엄마연극단 '엄반' 이야기

엄마들의 유쾌한 반란

엄마연극단 '엄반' 이야기

엄마들의 유쾌한 반란

안양문화예술재단 지음

뿌리와
이파리

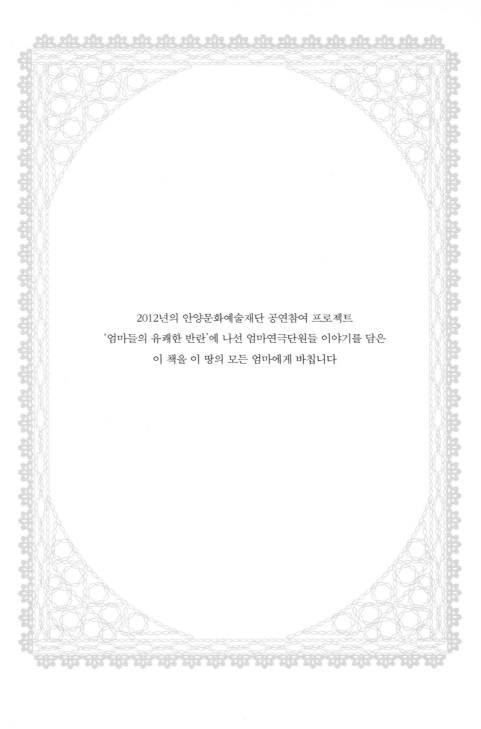

2012년의 안양문화예술재단 공연참여 프로젝트
'엄마들의 유쾌한 반란'에 나선 엄마연극단원들 이야기를 담은
이 책을 이 땅의 모든 엄마에게 바칩니다

차례

엄마의 시간

아침 6시 반. 쌀을 씻어 밥을 안치고 창문 밖을 내다본다. 그나마 봄이
오니 나무들이 싱그럽다. 모두들 자는 시간, 커피 한 잔 마시면서 우
아 좀 떨어보고 싶지만, 그랬다간 하루 종일 속이 불편할 것이다.

단 하루라도 늦잠을 자면 식구들이 불편해지고, 토끼 같은 새끼들
과 곰 같은 남편은 굶어야 한다. 설마 그럴까 싶었지만, 몸살이라도
나면 단체로 쫄쫄 굶고 나가는 꼴을 보고 나니, 쓰러지거나 뼈가 부
러지지 않는 이상 일어나는 게 낫다.

7시. 큰애를 깨우고, 찌개를 끓인다. 남편 코에서 알코올이 뿜어져
나온다. 안방은 공기가 통째로 술독이다. 아침 시간 5분은 밤 시간 1시
간 같다더니, 5분만 편히 앉아 있으면 모든 게 어그러진다. 쉴 새 없
이 차리고 치우고 챙기다 보면 꼭 누군가는 찾는 물건이 생긴다. 눈
은 안경 쓰려고 달고 다니고 귀는 안경 걸려고 달렸는지, 교복 윗도
리, 양말, 물통, 차 키, 지갑, 죄다 어디 갔는지 일일이 던져줘야 안다

니, 이건 상투적인 아침드라마보다도 더 상투적이다.

8시 반. 막내까지, 모두 나갔다.

빈 시간. 점심 약속이라도 있는 날엔 서둘러 치워야 한다. 창문 아래로 학교에 뛰어가는 초등학생들이 보이고, 차 몇 대가 주차장을 빠져나간다. 개를 데리고 한가롭게 걷는 여자가 있고, 경비 아저씨가 잰걸음으로 움직인다. 재활용쓰레기차는 왜 이렇게 일찍 오는지, 오늘은 쓰레기부터 내놓아야 한다. 처음엔 12시에 온다더니, 점점 이른 시간으로 당겨져서 요새는 아침 9시에 도착한다. 어젯밤에 내놨어야 하는데 뭐 하느라 그랬는지 깜빡했다. 애들 있을 때 분리했으면 부려먹기라도 할 걸.

11시에 친구를 만나 밥을 먹기로 했으니 서둘러야 한다. 서두르다, 그럼 그렇지, 참치캔에 손가락을 베였다. 짜증이 솟구친다. 캔참치 먹어서 좋을 거 없다고 그렇게 말을 해도 들어먹질 않는다. 대충 밴드로 상처를 감싸쥐는데, 피가 꽤 많이 난다. 짜증, 짜증, 짜증. 그래도 점심 때 친구와 밥 먹으며 수다라도 떨면 기분이 좋아지겠거니 스스로 토닥토닥.

쓰레기를 내다버리고 이불을 개고 여기저기 늘어진 빨래들을 빨래통에 넣는다. 빨래를 돌리고 나갈 수 있을까 모르겠다. 아직 9시 20분. 그래, 빠듯하겠지만 빨래 돌려 널고 나갈 수 있겠다. 세제를 넣고 세탁기를 돌린다. 식탁은 아직도 그대로다. 반찬통에 뚜껑을 닫아 냉장고에 넣고 수저는 수저대로 그릇은 그릇대로 설거지통에 일단 처박는다. 약통을 꺼내 베인 손가락에 약을 바르는데, 생각보다 상처가 깊다. 역시 캔은 위험하다는 생각을 하며 빨간 약을 바르고 밴드를 붙이고 꾹꾹 누른다. 고무장갑을 끼고 부리나케 설거지를 한다.

재활용쓰레기차가 도착해 작업하는 소리가 요란하게 들린다. 청소기도 돌려야 하는데, 갑자기 뭔가 허전해서 라디오를 켠다. 세상에서 제일 정겨운 목소리는 저 목소리다. 아침 9시 반쯤, 아무도 없을 때 나한테 노래를 들려주는 중년의 저 남자.

설거지를 마치고 세탁기를 쳐다보니 아직 헹굼 중이다. 부우우웅 하는 소리가 상쾌하게 들린다. 하루이틀 이러고 사는 것도 아닌데 오늘은 왠지 새삼스럽다. 세탁기가 돌아가는 사이에 청소기를 꺼내 돌리기 시작한다. 바닥에 뭘 이렇게 떨어뜨려 놓았는지, 손이 없나 발이 없나, 아무리 시켜도 말을 안 듣는다. 내가 뭘 잘못 교육시켜서, 내가 뭘 잘못 가르쳐서 이 모양들인가 말이다. 아이의 책상 위는 너저분하고, 남편의 돌돌 말린 양말은 침대 밑에 처박혀 있다. 이건 정녕 이 나라 남자들만 갖고 있는 특기인가. 이런 건 왜 전국적으로 물려받는 걸까. 베개에도 술냄새가 그득하다. 베갯잇을 뜯어 일단 빨래통에 넣고 노려본다. 락스에 확 담가?

청소기를 돌리고 물걸레질을 한다. 시계를 보니 11시가 다 되어간다. 친구에게 문자를 보내려고 전화기를 드는데, 부재중 전화가 세 통이나 와 있다. 그리고 문자.

'미안. 아침에 갑자기 막내가 토하고 난리가 나서 나 지금 병원이야. 장염이래. 오늘 못 보겠네. 근데 전화는 왜 안 받냐.'

전화기를 내려놓고 식탁의자에 앉는다. 그래, 우리가 그렇지 뭐. 어디 밥 한 번 먹기가 쉽니.

베갯잇을 노려보다가 이불을 들고 나와 욕조에 담가버린다. 이불이나 빨아야지, 에잇. 다리를 걷어붙이고 미친 듯이 밟아댄다. 노래도 절로 나온다. 날씨가 좋다.

물 빠지라고 이불을 세면대에 걸쳐두고 젖은 발로 커피를 탄다. 나도 모르겠다. 낮잠이나 한숨 잘까 하던 차에 전화벨이 울린다. 시누이다.

직장 다니면서 애 둘을 키우는 시누이가 오늘 야근이 잡혔다는 전화다. 도저히 빠져나갈 수가 없는데, 고모부는 지방 출장이란다. 시부모님은 엊그제 여행을 가셨다. 애들 고모네 집과 우리 집은 30분 거리. 아이들이 여기까지 찾아오긴 어려울 테니 내가 달려가마고 얘기해줬다. 고모네 아이 둘은 유치원 종일반이다. 저녁 6시나 되어야 차를 타고 집으로 오는데, 그 전에 유치원으로 가든가 고모네 집에 가서 기다려야 한다.

아, 빨래! 전화를 받느라 빨래가 다 되었다는 소리를 못 들었다. 빨래를 넌다. 이불의 물기가 덜 빠져 물에 젖은 소금가마니 같다. 몇 시나 됐을까. 날씨는 여전히 화창하다. 운동이나 나가볼까. 점심시간이 다 되었다. 오늘 같은 날은 산책을 좀 해도 좋겠지만, 햇볕이 만만치 않아 피부가 따끔거릴 것 같다.

라디오에서 처녀 적 노래가 흘러나온다. 밥 한 술 뜨고 반찬을 좀 꺼내 혼자 밥을 먹는다. 신나는 댄스곡에 이어 뜬금없이 심수봉이 나온다.

'미워하는 미워하는 미워하는 마음 없이, 아낌없이 아낌없이 사랑을 주기만 할 때, 수백만 송이 백만 송이 백만 송이 꽃은 피고, 그립고 아름다운 내 별나라로 갈 수 있다네.'

저 촌스럽던 노래가 왜 이리도 감동적인지, 늙는 모양이다. 밥그릇을 치우는데 가사가 자꾸 머릿속에 맴돈다. 밖에 나가 혼자 앉아 있자니 청승맞다. 산책을 하자니 안 하던 짓이라 내 모습이 낯설다. 개나 한 마리 키울까 생각해보다가 무슨 일을 더 떠맡으려고 자폭을 하나 싶어 고개를 도리질한다.

봄 타나. 가슴이 심란해지는 걸 느끼는 순간, 냉장고를 연다. 오늘은 냉장고 청소를 하는 거다. 고무장갑을 끼고 앞치마를 입고 커다란 쟁반을 두 개 꺼내고, 오늘은 이 일을 하며 오후를 보내고 이따가 고모네 집에 가서 조카들을 데려와 오랜만에 맛있는 저녁을 차려줘야겠다. 인생 뭐 있나. 이렇게 하루가 가고 또 하루가 가고, 그렇게 일상이 쌓여 내 인생이 되어가는 거지. 어느새 나는 사라지고, 엄마로 남았다.

엄마로 사는 것, 아내로 사는 것이 지겨울 정도로 익숙해지면, 더이상 답답하지 않고 편안해질 거라 생각했는데, 그 역시도 마음 같지 않다.

여는글

한 사람이 태어나는 일은 혼자만의 일이 아니다.

여기, 한 아이가 태어난다. 그 아이를 기다리는 엄마가 있고, 가족이 있다.

그 아이가 자라나 사회를 만난다.

아이가 만나는 사회를 엄마도 같이 만난다.

엄마는 아이와 함께 성장한다.

엄마의 상처가 치유될 때, 아이도 건강하게 자란다.

엄마의 모든 기대를 안고 자란 아이는 인생의 굴곡을 배운다.

그 비탈길에서 힘이 되어주는 건 역시 엄마다.

그리고 엄마는 늙는다.

엄마의 아이들은 새로운 가족을 만나고, 엄마는 더러 기억을 잃기도 한다.

여기 한 아이가 태어난다.

그 아이는 자라서 엄마가 되고, 그리고 천천히 늙어간다.

공연 직전

"언니 정신차려요! 알았죠?"

메이크업 아티스트들이 분장용 화장
품을 거울 앞에 늘어놓았다. 여기는
무대에 오르는 사람들이 분장을 하고
대기하는 분장실. 다양한 색깔의 아
이섀도와 생전 처음 보는 화장붓들이
줄줄이 늘어서 있다. 두 명씩 나란히
기다려 분장을 시작한다. 멀리서 보
면 눈, 코, 입이 잘 안 보이기 때문에
화장을 강하게 해줘야 한다. 돈도 안

냈는데 머리 드라이도 해준다. 스태프들이 마이크를 하나씩 달아주
고 있다.

"내 눈썹은 왜 이렇게 두꺼워?"

"써니 언니는 어디 갔어?"

"나 마이크 달아야 돼."

"넌 누구니!"

서로 얼굴을 보며 깔깔대고 웃는다. 마이크는 1번부터 14번까지.

마이크를 달아주는 스태프가 같은 말을 단원들에게 반복한다.

"자, 얼굴에 마이크 붙인 거 손으로 잘 눌러주셔야 합니다."

"마이크가 허리띠 같지 않아?"

뒤돌아 다른 단원에게 묻는 바다 씨.

"전 목소리가 큰데요. 소리가 너무 크지 않을까요?"

"아, 마이크를 조금 뒤로 빼드릴게요."

연습량과 기량에 비해 큰 무대. 발성은 6개월 연습 가지고 되는 게 아니라서, 전 단원이 마이크를 달고 무대에 오르기로 한다.

벽에는 단원들의 메시지를 담은 종이가 붙어 있다.

'행복한 만남, 행복한 시간, 행복한 순간들, 우리들의 유쾌한 반란'

'2012년 멋지게 마무리하게 되어 감사합니다'

'이제는 가족이 되어버린 언니들, 배우라는 이름으로 불리게 해주셔서 감사합니다'

'언니들 최고'

'행복합니다! 사랑합니다!'

'나도 내가 누군지 잘 몰랐는데 그 힌트를 조금 얻게 된 것 같네요'

'내 생애 최고의 날, "엄마들의 유쾌한 반란"'

"시작 해놓고 걸어가면 감정의 변화가 없다고."

조연출의 목소리가 우렁차게 울린다. 복도에서 우람쥐가 질문을 하고 있다.

마음이 조급해진 사람들이 한두 명씩 스태프를 붙잡고 이것저것을 묻는다.

"내가 알아서 한다고, 이 새끼야!"

대사를 크게 외치는 이수 역의 한걸음.

혼자 중얼중얼하며 걸어다니는 삼고다 언니, 뜨거운 수정과를 내놓는 동작을 맞춰보는 양 여사와 영란 역의 수나 언니와 써니 언니. 줄이 잔뜩 그어진 대본을 들여다보는 건달처녀.

"사무적인 것처럼 얘기하고 끝나는 게 아냐, 그랬으면 다시 일상으로 돌아갔겠지, 근데 말귀를 못 알아들었잖아! '말해? 말아? 말해? 말아?' 그러니까 감정이 계속 쌓이는 거잖아!"

조연출 이기봉 선생이 우람쥐에게 계속 자세하게 설명을 해준다. 뜬금없는 우람쥐의 질문.

"우리는 왜 집에 들어갈 때 슬리퍼 안 갈아신어요?"

"그런 쓸데없는 거 신경쓰지 마."

"……."

"그런 마음만 가지고 있으면 된다고. 나는 누구야, 누구 엄마야, 그런 마음을 가지고 있으면 돼. 그걸 표현하려고 하면 어색해져. 나는 그런 감정을 갖고 있어요, 이렇게 설명하려고 하면 어색해진다고."

분장실 안쪽에서 샌드위치, 김밥 냄새에 섞여 들려오는 이런저런 수다들.

"나이 들어 보여? 나 여기서 서른다섯이야. 어머, 치매 할머니는 몇 살인 거야?"

메이크업 아티스트에게 역할을 설명해주는 단원.

"서른 살, 백수요. 집에 있는 애."

"분장하는 데에 애로사항 있습니까?"

체크하는 스태프. 기록영상을 찍는 재단 관계자. 분장을 기다리는 사이에 "그거, 어디 나가는 거예요?"라고 묻는 단원.

이수가 받기로 한 전화의 벨소리 '내가 제일 잘나가, 떵따리떵떵떵 떵따띠떵떵!' 하는 소리가 거듭해서 들리고, 무대에서는 음향과 영상을 세팅하느라 큰 소리가 울렸다가 줄어든다.

소품을 준비한 어린왕자는 이리저리 분주하게 움직이며 테이프 붙일 자리를 확인한다.

한 명씩 한 팀씩 무대로 나가 리허설을 해보는 단원들.

"잘 들리세요? 더 큰 소리, 가장 큰 목소리의 대사를 해보세요!"

"오케이!"

멀리서 들리는 음향감독의 마이크 소리.

다시 분장실에서는 "왜 머리 묶었어?", "업스타일이야", "세련돼 보여"라는 수다인지 평가인지 모를 얘기들이 오고가는데, 갑자기 "자, 이제 팀별로 모이세요!"라는 목소리가 크게 들린다. 일사분란하게 움직이는 단원들 입에서 자기도 모르게 "어떡해! 어떡해!" 소리가 튀어나온다.

3시 공연팀과 7시 공연팀이 다른 장소에 모여 의상을 입고 리허설을 준비한다. 다시 거울을 보고 집에 전화를 하고 대본을 보고 꼬깃꼬깃 접힌 자기 대사 부분을 움켜쥔다.

무대에서 리허설이 시작되는 동안, 아무도 말을 하지 않는다. 무슨 말을 해야 하나. 간혹 헛기침 소리. 어색한 화장에 무거운 눈으로 다른 단원들의 리허설 모습이 비치는 모니터를 뚫어져라 쳐다보며 대본을 꼭 쥐고 있다.

복도에서 혼자 걷는 써니, 구석에 의자를 놓고 다리 꼬고 앉아 대본을 읽고 있는 한걸음 씨, 마치 20대 같다. 손가락으로 브이 자를 그리며 사진도 찍어본다.

빈 복도, 무대에 올랐던 배우들이 내려오고, 다음 팀이 준비한다. 조용한 소리.

"마이크 끼고 무대 뒤에서 말씀하시면 안 돼요!"

스태프의 큰 목소리.

마이크 체크, 언니, 윤하 마이크로 바꿔야 돼요. 언니, 갈아입어야 돼! 서로 챙기는 단원들. "언니 정신차려요! 알았죠?" 깔깔깔 터지는 웃음.

긴장된다고 말하지 않아도 분장실에 가득한 팽팽한 긴장감. 실수하면 어쩌나, 대사가 기억 안 나면 어쩌나, 우리는 모두 아줌마들인데.

대강의 마이크 세팅과 순번, 입장순서를 모두 확인한 뒤 최종인사를 어떻게 할지를 상의한다. 손을 올릴 것인가 내릴 것인가, 다 같이 손을 잡고 하나, 둘, 셋에 내려볼까 하는 의견들이 분분하다. 밖에선 여전히 스태프들의 목소리가 들린다.

리허설 시작 직전.

모두 분장실로 모이라는 소리가 복
도에 울린다. 연출자 김종석 선생이
단원들을 기다린다. 조용해진 대기실
에서 말을 시작한다.

"세 분 나가시고 난 다음에 흰옷으
로 갈아입으셔야 합니다. 입고 조끼를
입으면, 아니, 아니, 그 안에 있는 거 있
죠, 껴입으라고. 안에, 그다음에, 걸어올 때, 한두 명씩 걸어나올 때
그때 나오시면 됩니다. 이해하셨죠? 옷은 갈아입으셔야 합니다. 리허
설 때 체크해보시고, 나중에 행진할 때 들어오셔야 합니다.

1막, 3막은 대사를 하나하나 다 갖고 가지 말고, 쉬었다 가지 않고,
끊기지 않도록 톡톡톡톡 처리해주세요. 소리가 넓은 공간에 전달되
도록 말하셔야 하고, 마지막 커튼콜 할 때 인사하고 도망가지 마시고,
인사하고 끊고, 관객석 한 번 보시고 퇴장하시면 됩니다."

이렇게 해라, 저렇게 해라, 누구는 뭘 어째라 저째라 같은 연기에
대한 이야기가 아니라 입장, 퇴장의 순서, 극이 오르고 내리는 시간에
대한 이야기를 한다. 단원들은 더 중요한 얘기가 나오지 않는 것이
되레 이상하다.

연출자 김종석 선생의 이야기가 끝나고, 조연출 이기봉 선생에게
엄마들이 마지막 인사법을 의논한다. 손을 잡느냐 마느냐, 내리느냐
올리느냐, 고개를 언제 드느냐.

이제 단원들도 서로를 등장인물의 이름으로 부른다.

3시 공연을 앞두고 샌드위치를 베어먹으며 주고받는 수다에, 은진이, 시형이, 영미, 순진이, 향임이, 윤미, 숙영이, 수현이, 연희, 영미, 계성이, 정화, 명주, 삼영이, 소화, 수진이, 애리, 성화, 명순 언니, 해숙 언니, 화순 언니, 영미 언니는 사라지고, 명숙이, 영란이, 지영이, 지숙이, 경은이, 정숙이, 진희, 윤하, 이수, 양 여사, 권 여사, 유미, 산모, 간호사만 남았다.

"자기 할 거에 집중하고 있다가 올라가셔야 합니다. 수다 떨다가 올라가면 집중도 안 되고 되다가도 깨져요. 대사 틀리는 건 중요하지 않아요. 프로 배우들도 그래요. 자, 만약에 대사를 틀렸다고 하면, 빨리 다른 분들이 도와주시면 됩니다. 관객들은 우리 대사가 뭔지 몰라. 틀렸으면 바로 버려야 돼. 빨리 넘어가야 돼요. 절대 관객한테 미안해하지 마세요."

조연출의 마지막 부탁.

"이제 하우스 오픈하기 때문에 무대에 들어가시면 안 됩니다."

연출자의 알림.

"예?"

"아, 관객석을 여는 겁니다. 관객들이 들어오고 있거든요?"

엄마들이 말수가 줄어들고, 배우로 변신하기 시작한다. 서로 스카프를 정돈하고, 마이크를 점검하고, 끌어안고 손을 잡고 조용히 기도를 하기도 한다.

잘 하실 거라는 연출자의 말에 "네"라고 조용히 대답하는 늘 용감한 왕벌진희의 목소리도 살짝 떨리고 들떠 있다.

"잘 할 수 있어. 파이팅"

모자공주를 끌어안는 우람쥐.

"이제 심장이 지치지 않았어?"

입을 가로막는 모자공주.

"왜 떨어? 별 거 아니야, 괜찮아!"라며 파이팅을 외치고 다니는 수나 언니와 바다 언니. 용감한 언니들은 떨리는 마음을 저 뒤로 밀어두고 동생들을 토닥이며 활짝 웃는다.

이름을 바꾸고 가면을 쓰는 것인지 가면을 벗는 것인지, 그건 극이 끝나면 알 수 있을 것이다.

우리는 가면을 쓰는 것인가, 가면을 벗는 것인가.

무대 위의 내가 나인가, 무대 밖의 내가 나인가.

고무줄놀이

"12시가 되-면-은-, 문-을- 닫-는-다, 월, 화, 수, 목, 금, 토, 일! 와아~ 무궁화 꽃이 피었습니다!"

무대에 소란스럽게 이어지는 목소리들. 무대 위에 웬 여자들이 무더기로 서 있다.

명랑한 음악이 배경으로 깔리고, 무궁화꽃이 피었습니다, 쎄쎄쎄를 하더니 일렬로 줄을 맞춰 고무줄놀이를 시작한다.

"금강산 찾아가자 일만이천봉, 볼수록 아름답고 신기하구나! 철따라 고운 옷 갈아입는 산, 이름도 아름다워 금강이라네, 금강이라네."

폴짝폴짝 뛰는 여자들. 저 사람들이 연극을 하겠다고 모인 엄마들인가.

다시 돌아올 수 없는 시절의 놀이가 아닌가.

말뚝박기, 고무줄놀이. 중년의 여자들이 무대 위에서 흰 셔츠에 색색의 스카프를 매고 어린 시절에 했던 놀이를 한다. 이제 저렇게 뛰었다간 다리도 아프고 숨도 찰 텐데, 저 여자들은 갑자기 30년 전으로 돌아간 걸까. 발걸음이 가볍다.

우리 모두에게, 저런 시절이 있었는데.

계집애가 말뚝박기 한다고 야단을 맞으면서도, 체육복 바지를 안에 입고 교복 치마를 동여맨 채 기합을 넣으며 달리던 그때, 누가누가 더 잘 뛰나 머리끝까지 고무줄을 끌어올려 다리를 쩍쩍 올리던 그때, 그게 언제였던가.

서른다섯부터 쉰셋까지, 적지 않은 나이의 이 여자들은 모두 엄마다. 엄마들, 엄마들의 유쾌한 반란, 그 엄마들은 언제부터 엄마였을까?

엄마가 된 나, 고무줄치마

유치원 때는 아나운서가 되고 싶었어요. 그래서 막 혼자 책 읽는 연습을 하고 그랬죠. 발음이 정확해야 된다는 생각을 했고. 남들한테 똑부러지고 인기 있는 사람이 되고 싶었어요. 친구도 많은 애가 되고 싶었죠. 인기를 끌려면 어떻게 해야 하나, 그러다보니 웃기는 애가 된 거 같아요. 말하자면 개그 본능이라는 게 생긴 거겠죠?

어느 날은 학교 애들이 우리 집 담벼락에 낙서를 잔뜩 해놨는데, 그게 다 제 욕이었어요. 내가 뭔가 나쁜 아이였나보다 하고 반성했어요. 친구들에게 상처 주는 말을 했나보다, 막 말을 지껄였나보다. 아, 그러면 내가 말조심을 해야겠구나. 아무래도 말을 많이 해서 주목을 받으려다보니 그러지 않았을까요? 그래도 전 심심한 건 싫어요. 외로운 게 참 싫고요. 그래서 길을 걸어가면서도 막 혼자 중얼중얼거리곤 해요. 내가 미쳤나, 내가 지금 집으로 가는 게 아니고 병원으로 가야 되는 거 아닌가, 하하, 그러면서 그냥 집에 오는 거죠.

회사에 들어가서도 발표하는 게 있으면 먼저 손들어서 하고 앞에 나서서 하려고 하고. 왜 뭔가 더 자유로운 쪽으로 안 나갔느냐면, 집안 분위기가 그랬어요. 정확하게 정해진 길을 따라서 가야 하는 분위기가 있었어요. 그래서 앞으로 앞으로, 전진 전진. 학교 가라는 데 가고, 직장도 좋다는 데 가고, 결혼하고 아이 낳고, 참 아무 생각 없이 살았죠? 맞아요. 그게 문제예요. 왜 진작에 좀 더 현명하게 생각하고 연습하지 않았을까. 저는 그게 참 후회가 되기도 하는데, 후회 안 하려구요.

모자공주, 41세

중학교 2학년 때, 부모님이 이혼을 했어요. 크리스마스 선물로 부모님의 이혼을 받았죠.

사춘기 시작할 때니까 힘들긴 했죠. 근데 오히려, 그 사건이 저한테 도움이 되었어요. 그 이전엔 무서운 게 없었거든요. 우리 언니는 약하고 여린 사람이었고, 밑에는 여동생 하나랑 일곱 살 터울인 막내 남동생이 있었죠. 딸 셋에 아들 하나니까, 다른 집들도 그랬잖아요. 남아선호사상. 그래서 저는 집에서 약간 삐딱한 아이로 자라는 중이었거든요. 그런데 엄마아빠가 이혼을 하니까, 갑자기 그게 큰 콤플렉스가 되는 거예요. 그래서 오히려 아, 나는 정확하고 깔끔한 사람이 되어야겠다고 생각했던 건지. 남들에게 흉잡히지 말아야겠다, 삐뚤어지지 말아야겠다고 결심을 했죠. 양말 하나도 늘어진 건 안 신었어요. 항상 깨끗하게, 남들에게 흉잡히지 않게, 그렇게 지내야지 했죠.

엄마아빠가 헤어지기 전에는, 우리 집은 무척 행복하고 모범적인 가정이었어요. 마당에 앵두나무도 있었고, 남들이 볼 때는 참 좋아 보였을 거예요. 그런데 속으로는 곪아가고 있었다고 할까, 마음엔 깊은 상처가 있는, 그런 집이었죠. 그래서 막 삐뚤어지려고 했는데, 부모님의 이혼으로 갑자기 확 틀어져버리니까, 제가 오히려 제 자리로 돌아가려고 했던 거죠. 그래서 흠잡히지 않으려고 살았고, 내 상처가 흉이 되지 않게 지켜줄 수 있는 사람, 그런 사람을 찾았던 거죠. **하늘공주, 45세**

학교 다닐 때 공부를 잘했어요. 늘 앞자리에 있었죠. 반장도 참 많이 했어요. 늘 반장, 늘 앞자리, 늘 일등이었죠. 수학을 좋아했어요. 대학도 수학과를 갔고. 명쾌하게 답이 나오는 거, 수학은 그게 매력이잖아요. 답이 여러 가지인 건 잘 못 하겠더라고요. 과정과 결과가 확실하게 딱딱 떨어지는 게 적성에 맞아요.

대학 때도 공부를 열심히 했어요. 그냥 그때는 공부하는 게 전부고, 하는 만큼 나온다고 생각한 거죠. 졸업하면서 바로 대학원 진학을 했는데, 대학원을 졸업할 때가 되니까 갑자기 딱 공부를 다 놓고 싶은 거예요. 아, 질린다. 이런 느낌? 그래서 취직을 했어요. ○○공사였는데, 그때는 그 일도 참 무료하고 지루해서, 내가 못 견뎌서 박차고 나와버렸어요. 나왔는데, 뭘 했겠어요? 늘 공부만 했는데. 그래서 애들 수학 과외를 했어요. 그러다가 작은 학원으로 들어갔죠. 제가 애들을 잘 가르쳤는지는 모르겠는데, 제가 정확하고 절도 있는 생활을 좋아하니까, 아마 그래서 가르치던 애들이 성적이 잘 나왔을 거예요. 그러다가 큰 학원에서 스카우트 제의가 와서, 그리로 옮겼죠. 돈도 많이 벌고. 그게 20대 때예요.

사실 생각해보면 참 편안하게 살았고, 편안하게 돈 벌었어요. 참 철이 없었다 싶은 건, 그 때는 제가 최고 잘난 줄 알고 그냥 살았던 거니까요.

왕벌진희, 45세

연극을 하고 싶었어요. 고등학교 때도 연극동아리에 들어가고 싶었는데, 뭔가 시기가 안 맞았어요. 그래서 못 했죠. 대학을 다니면서 직장을 다녔는데, 그때도 연극동아리가 하고 싶었어요. 이리저리 알아보니까 연극동아리가 있더라구요. 그래서 면접을 보려고 오디션을 언제 하나 봤더니, 도저히 시간을 낼 수 없는 날짜였어요. 회사에 휴가를 내야 되는데, 이미 휴가를 다 써버린 거죠. 그래서 그냥 포기했어요. 학교를 졸업하고 직장을 다니면서도, 이제 학교는 안 다니고 직장만 다니니까 그럼 이제 해봐야지 하고 생각했는데, 직장 다니는 일반인이 참가할 수 있는, 말하자면 연극아카데미 같은 거는 명동이나 광화문 쪽에 있더라구요. 저는 집이 시흥이었거든요. 아, 이거 끝나고 집에 어떻게 가나, 그런 생각도 들고, 아무래도 너무 어렵겠다고 생각했어요.

그때는, 어떻게 해서라도 해야겠다, 그런 생각보다는 나는 인연이 아닌가보다, 이건 내가 갈 길이 아닌가보다, 참 장애물이 많고 인연이 안 닿네, 그래서 그냥 화를 내면서 안 했던 거 같아요. 많이 지쳤을지도 모르고. 아, 사실은 제가 동시에 여러 가지 일을 잘 못 해요. 한 가지에 집중하면 그거 하나 하기도 힘들거든요. 직장을 다니면서 학교를 다니는 것도 힘들었는데 직장을 다니면서 연극을 그 멀리까지 가서 해야 된다고 생각하니까, 도저히 이건 내가 할 수 있는 게 아닌가 보다, 아니면, 음, 이런 건 조금 더 편한 조건에 있는 사람들이나 할 수 있는 일인가보다 하고 포기해버린 거죠. **우주토끼, 42세**

고등학교에 연극반이 있어서 들어갔는데, 다른 학교는 그런 동아리들이 무척 엄하다더라구요. 근데 저희는 그렇지 않고 즐겁게 재미있게 했거든요. 애들끼리 대본 구해와서, 야, 니가 이거 해봐, 나는 이거 할게, 그러면서 역할극을 해본 건데, 어떻게 생각하면 소꿉놀이가 약간 진화된 형태였던 거 같아요.

대학은 연극영화과를 가고 싶었어요. 좋은 대학을 가서, 정식으로 절차를 거쳐서 배우가 되려고요. 쉽게 말해 줄도 빽도 없는데 방법은 그것뿐이다 싶었고, 어떤 다른 방법이 있는지도 몰랐으니까요. 입시 전문 연기학원에 다녔는데 공부는커녕, 거기 가니까 노는 게 너무 재미있는 거예요. 지금도 다들 알 만한 배우가 족집게 선생으로 정평이나 있었는데, 그 선생님한테 배웠는데도 떨어지더라구요. 엄마가 너는 이 길이 아닌 거 같다고 하셨죠. 저도 그냥 순순히 그 말에 순응하고 다른 과를 들어갔어요. 근데 재미가 없더라구요. 학교를 왜 다니나 싶고. 그래서 그냥 그만뒀어요.

그만두고 아르바이트 몇 달 한 경험으로 작은 가게를 차렸어요. 지금 남편을 그때 만나 연애하면서 같이 사업을 시작하게 됐죠. 근데 가게가 있던 상가가 전체적으로 서서히, 다 같이 장사가 안 되더라구요. 한가해지고, 공부를 완전히 접어버리면 안 될 거 같아서, 사이버대학에 등록해서 가게 구석에 처박혀 공부를 했어요.

결국 가게를 말아먹고, 직장생활도 했어요. 여러 가지 프로젝트를 하는 회사였는데, 너무 바쁜 거예요. 야근을 밥 먹듯이 하고 새벽에 집에 들어가 옷만 갈아입고 나오고 이러다보니 몸이 못 버티겠더라고요. 일은 바빴고, 나름대로 보람도 있었지만, 어쩔 수 없었어요. 잠을 못 자니까 살 수가 없더군요.

그래서 그만두고 극단을 찾아갔어요. 극단을 찾아가서, 바닥부터 해보겠다고. 어릴 때 봤던 연극 중에 아주 감동적인 게 있었어요. 그래서 그 연극을 올린 극단을 찾아갔는데, 가서 생활을 해보니 참 나쁘더군요. 대표님이 재떨이를 던져요. 남자 선배들은 욕 살벌하게 하고. 공연프로젝트를 해서 석 달 동안 고생했는데 나오는 돈은 20만원뿐이고. 아, 내가 생각한 건 이런 게 아닌데. 난 뭘 배우고 싶었는데 이런 생활을 견뎌야 하나, 남들도 다 참으니까 이런 폭력도 불평등도 다 참아야 하나, 8개월 정도를 갈등했는데, 다른 데는 안 그렇다는 얘기를 듣기 시작했죠. 내가 잘못 찾아온 거구나, 내가 딱 그렇게 유별나게 안 좋은 곳을 찾아온 거구나, 그걸 깨닫고 나왔어요.

그때는 지쳤던 거 같아요. 다시는 안 하겠다고 생각한 건 아니에요. 그렇지만 당장 다른 곳으로 옮겨서 다시 시작할 기운은 없었어요. 저 너무 번잡스럽죠.

우람쥐, 34세

학교 다닐 때, 우리 학교에 영화촬영을 하러 왔어요. 강석우하고 최수지가 왔지요. 와, 정말 멋있다. 재미있겠다. 그래서 친구하고 같이 근처에 가서 얼쩡거렸더니 엑스트라를 하겠냐는 거야. 어머, 신기한 일이잖아요. 내가 화면에 나오는 거야? 물론 당장 하겠다고 했죠. 우리가 맡은 역은 캠퍼스를 지나가는 학생. 80년대 초반인가, 그때는 여학생들이 책을 다 앞에 이렇게 끼고 다녔어요. 그렇게 하고 둘이 걸어갔어요. 그게 다예요. 걸어만 갔는데 돈을 주는 거예요. 그때 돈으로 3만원을 받았으니까, 정말정말 훌륭한 아르바이트잖아요. 야, 돈도 주네, 우리 다음에 또 할까, 그랬는데, 하긴 뭘 또 해. 그게 아무 때나 있나. 그냥 그게 다예요. 근데 기억은 아주 선명하게 남았죠.

써니, 53세

어릴 때부터 내성적이었어요. 그렇게 남 앞에 나서는 건 부끄럽고 무서운데, 소풍 가면 애들하고 콩트를 짜서 장기자랑을 했어요. 발표하는 거랑은 다른 거예요. 둘 다 남 앞에 나서는 건 마찬가진데, 희한하죠? 아이들하고 '이수일과 심순애' 같은 거도 하고요. 국어시간에 책 읽으라고 하면, 희곡 같은 거 나올 때는 꼭 손들어서 소리내어 읽고. 애들이 잘한다고, 성우 하라고, 그런 소리는 들었어요. 춘향이 대사 같은 게 있으면, '어머님, 서방님은 언제 돌아오실까요?' 이런 대사를 구슬프게 잘한다고 선생님들도 칭찬해주시고 그랬어요.

예고를 가보고 싶었는데, 집안 형편상 상고 가야 된다고 해서 상고

가고, 취직해야 된다고 해서 취직하고, 직장 다니고.

그러다가 스무 살 무렵에 뮤지컬을 봤어요. 〈아가씨와 건달들〉. 그 뮤지컬을 보고, 열병을 앓듯이, 아, 저 무대에 한 번만, 이름 없는 무희라도 좋으니까, 이름도 없고 대사도 없어도 좋으니까, 그런 거라도 한 번 해보고 싶다, 딱 한 번만 해보고 싶다, 그런 꿈이 생겼죠. 뮤지컬 말고 연극은 세실극장에서 티켓 끊어서 보고 그랬는데, 사실 연극에 도전할 생각은 못 해봤구요. 상고를 나와 친구 따라 원서 냈는데 공무원이 돼서, 공무원 생활을 20년 정도 했어요. 취미활동으로라도 연극공부를 해보고 싶다고 생각했는데, 기회가 없었죠.

왜 이렇게 사는 게 재미가 없어요? 하라는 대로 다 하고 살고, 나름대로 충실하게 성실하게 살았는데, 재미가 없어요. 답답하고 우울하고 그런 날은 일기를 써요. 남들이 보면 배부른 소리 한다고 그러는데, 먹고 사는 걱정을 하는 것도 아닌데, 왜 이렇게 답답할까. 나는 왜 답답할까. 내가 하고 싶은 건 뭘까. 왜 나는 만족을 못 할까. 그런 생각이 들었죠.

건달처녀, 48세

부모님이 자식교육에 열성이었죠. 형제들이 많은데 모두 다 서울로 전학을, 말하자면 유학을 보낸 거예요. 집은 원래 경기도 여주 쪽이거든요. 그래서 언니들하고 다 서울로 오고, 우리가 자취하는 집에 살림 봐주는 아줌마가 있었어요. 그러다 방학이 되면, 아우, 나는 친구들하고 놀러다니고 싶은데, 우리는 무조건 일사분란하게 집으로 돌아가야 되는 거예요. 방학이 되면 고향에 주르르 내려가서 부모님하고 한 달 정도를 지내요. 그게 무슨 재미가 있었겠어요? 재미만 없는 게 아니고, 부모님하고도 무척 서먹서먹해요. 정도 잘 안 붙고. 아, 재미없다. 나는 그러지 말아야겠다.

미니정숙, 43세

　지금은, 말 꺼내기도 민망해요. 무용 전공인데, 결혼 전에 뮤지컬을 잠깐 했어요. 오래 전 일이죠. 대기업에서 하는 뮤지컬 전문 극단에 있기도 했고. 〈웨스트사이드 스토리〉 아시죠? 거기서 애니바디스 역할을 했죠. 그 전엔 일반 극단에 있었는데, 사실 무용이 전공이라 연기는 제대로 배우지 못했어요. 그때는 제가 너무 부족하게 느껴져서, 돈이 생기는 대로 뭔가를 배우러 다녔어요. 현대무용, 고전무용 두루두루 다니면서, 정말 용돈도 모자라는 시절이었지만 저는 나름대로 꿈이 있었기 때문에 재투자를 한다고 생각하고 아까워하지 않았죠.

　그런데, 그 꿈을 펼치기도 전에 갑작스럽게 준비 없이 결혼을 하게 됐어요. 어떻게 살 것인가, 아기는 어떻게 낳고 어떻게 키울 것인가, 그런 고민 없이 갑자기 결혼해서 살다보니까, 가정에 묶여버렸어요. 결혼한 지 얼마 안 돼서 아기가 빨리 생기면서 그냥 발목 잡힌 거예요. 그때 같이 활동하던 배우들은 여전히 활동을 하고 있고 언젠가부터 텔레비전에도 나오는데, 어, 저 형, 나랑 같이 뭐 했던 형이야, 하던 말도 못 하겠더라구요. 그건 그저 다 지나간 일이구나. 이제 나와는, 아주 먼 이야기, 상관없는 이야기가 되었구나.

꽃순이, 46세

시골 출신이에요. 5학년까지 다니던 학교가 아이들이 줄어들어 폐교가 되었어요. 학교를 옮겼죠. 중학교는 대구에서 다녔는데, 갑자기 서울로 전학을 오게 됐어요. 작은언니가 서울의 좋은 대학에 들어갔거든요. 아버지는 일찍 돌아가셨고, 언니들이 똑똑해서 공부를 잘 했기 때문에, 어머니가 자식교육을 잘 해보겠다고 다 서울로 올라온 거죠. 방문 열면 바로 아궁이가 있고 부엌 있고 그리고 단칸방 하나 있는 셋방, 거기에 살았어요.

고등학교 2학년 때 어머니가 갑자기 쓰러지셨어요. 집에 수입이 없으니까 이미 졸업해서 회사를 다니던 언니들이 그만둘 수는 없고, 어쩌다보니 제가 학교를 잠깐 쉬면서 병간호를 맡았어요. 언니들은 다 저보다 나아요. 제가 제일 부족하고 얼굴도 못났고 그래요.

지금도 엄마 생각하면 미안해요. 엄마한테. 물론 너무 어려서 그랬겠지만, 그때는 너무 힘들었거든요. 어느 날 학교 갔다 왔는데, 엄마가 부엌 아궁이에 쪼그리고 앉아서는 "어머, 애야… 밥을 못 하겠다"고 하시더니, 며칠 있다가 갑자기 쓰러지셨어요. 병원에 가자마자 입원하셨는데, 일주일 뒤에 나올 때는 완전히 식물인간이 되어 나오셨어요. 전신마비가 된 거예요. 병원비를 계속 감당하기도 어렵고 병원에서 할 수 있는 것도 없다고 하고, 그래서 집으로 모셨어요.

간호하는 것도 별 거 없어요. 화장실 해결하고, 이리저리 자세 바꿔드리고, 식사를 못 하시니까, 그때 인스턴트 수프를 끓여서 그걸 거즈로 짜서 주사기로 입에 넣어드렸어요. 그리고 못 움직이시니까 욕창이 생길까봐 몸을 이리저리 돌려드리는데, 가끔 앉기도 해야 되거든요. 그럼 어떻게 내내 받치고 있을 수도 없고, 병원처럼 무슨 도구가 있는 것도 아니라서, 내가 벽에 못을 박았어요. 그리고 거기에 수건을 걸어. 그래서 어머니를 앉혀서 못 아래까지 밀고 가는 거예요. 벽 모서리에다 앉히고 수건을 감아서 턱을 받치게 묶어요. 그럼 엄마가 잠깐 앉아 있을 수 있어요. 그럼 그때 내가 이부자리 정리하고.

의사 선생님이 왕진을 오시면 페니실린을 주고 가요. 병원에 모시고 갈 수가 없으니까, 그럼 그것도 내가 주사를 놓고 그랬어요.

엄마 머리 감겨드리는 게 너무 힘들어서 내가 바리캉으로 다 밀어버렸어요. 엄마는 의식이 없으니까 모르셨겠지만, 만약에 당신이 알았다면 얼마나 슬펐을까, 아무것도 못하는 자기 모습을 봤다면 얼마나 괴로웠을까. 내가 조금 더 잘 했어야 하는데. 그때가 제일 슬펐던 거 같아요.

지금은, 혹시 그때 조금씩 조금씩 일산화탄소에 노출돼서 마비가 온 게 아닐까, 가끔 혼자 그런 생각을 해요. 그런 거였다면 다른 방법을 썼으면 괜찮았을 텐데, 너무 무지해서 그냥 보내드린 게 아닌가.

몇 년 전만 해도, 엄마 소리를 입에 올리지도 못했어요. 지금 세월이 좀 지나니까, 어쩌면 극복이 좀 된 건지는 모르겠지만, 지금은 이렇게 얘기할 수는 있네요. 그래도 미안해요. 엄마 생각하면 참 많이 미안하죠. 그렇게밖에 못 해드린 게.　　　　　　　삼고다, 52세

91학번이에요. 학생운동의 마지막 끝물을 타던 학번이죠. 그때는 시위하다 맞고, 죽기도 하고, 그랬던 시절이에요. 사진으로 찍어야 할

것들이 정말 많았어요. 제가 그때 학보사 기자였거든요. 보통은 남학생들이 많이 했는데, 저는 뭐 제가 기자니까 제가 찍었죠. 남자들하고 똑같이 공중전화박스에 올라가고. 찍어야 할 것들이 저렇게 많은데 어떻게 손을 놓고 있나 싶었던 거죠. 갈수록 분위기가 심각해져서, 공사장에서 헬멧을 하나 얻었어요. 헬멧 쓰고 전화박스에 올라가고 담 위에 올라가고, 사진 장비에 사다리까지 들고 다녔어요.

안 믿기시죠? 제가 보이는 거하고 많이 달라요. 남들 앞에 나서지도 못 해요. 덜덜 떨려서 경련이 오거든요. 발표수업 같은 거 하면 다 토하고 그냥 쓰러져요. 근데 사진 찍는 거는, 직접 내 눈을 보이는 게 아니라, 내가 카메라를 통해서 사물을 보고 그 사물과 만나는 거잖아요. 그래서 할 수 있는 거예요. 취재사진을 찍다보니까 자신감도 붙고, 내가 뭔가 할 수 있겠구나, 사진으로,

그런데, 결혼. 결혼을 해서, 사진이라는 게 집에 붙어 있기 어렵고 밖으로 나가야 하니까, 그래 일단 접자. 잠깐 쉬자. 내가 전공도 아니고, 전문 작가도 아닌데, 일단 아이들에게 충실하자. 그런 생각을 하고 접었어요. 그렇지만 지금도 장비는 다 그대로 있고, 암실도 있어요. 아이들 키우면서야 아이들만 키우고 살았죠. 아이들 사진만 찍고. 지금도, 완전히 접은 건 아니에요. **어린왕자, 42세**

모르겠어요. 저는요, 엄마한테 늘 미안했어요. 우리 엄마가, 힘들어하는 게 눈에 보였어요. 내가 조금만 속 썩이면 엄마가 너무너무 힘들어한다고, 그렇게 생각했던 거 같아요. 그래서 착하게 착하게 살려

고 했죠. 엄마가 힘들까봐, 엄마가 속상할까봐, 엄마가 아플까봐. 그러다 보니까 말수도 줄고, 뭘 해달라고 해본 적이 없네요. 다른 애들처럼 나도 피아노도 배우고 싶고, 춤추는 거 좋아하니까 무용도 배우고 싶은데, 아, 엄마가 힘들겠다, 엄마가 힘들면 어떻게 하지, 나는 엄마 힘들게 하지 말아야지, 엄마를 기쁘게 해드려야지, 나는 착한 딸이 되어야지, 그런 생각으로 가득했던 거 같아요. 착한 딸, 엄마 속 썩이지 않는 딸, 그런 딸. 지금도 그런지는 잘 모르겠지만요.

내가 하고 싶다고 뭘 하고 그런 게 아니었어요. 남동생 하나랑 저밖에 없는데도요.

그냥 나는… 모르겠어요. 맨날 엄마한테 미안했어요. 떡볶이 같은 것도 잘 못 사먹었어요. 엄마 힘드실 텐데, 속 안 썩이는 딸 되려고요. 많이 답답했죠. 지금 생각해보면, 와, 우리 엄마는 행복했겠다, 나는 그렇게 얌전하게 컸으니까, 이런 생각이 들 때가 있어요. 싸우고 오면, 엄마가 참고 오라고 그랬어요. 집안이 참을성, 인내심, 양보, 뭐 그런 분위기였거든요. 엄마가 사회봉사활동도 많이 하고, 주변에도 헌신적이고, 집안에도 그렇고, 그런 엄마였어요. 내가 하고 싶은 걸 못 하고 산 게 아니라, 하고 싶은 게 뭔지도 몰랐어요. 내가 뭘 하고 싶다는 생각 자체를 못 하고 살았던 거죠. 바보같이.

저렇게 빙 돌아서 와도 되잖아요. 근데 나만 앞으로 직선으로 왔더라구요. 정문으로만 다닌 거예요. 즐겁지도 않고, 명쾌하지도 않고, 내 의지도 아니었는데. 왜 그랬지? 그런 생각이 들곤 해요. **한걸음, 44세**

초등학교 6학년 때, 어린이신문에 나온 아역배우 모집 광고를 봤어요. 아버지를 졸라서 지원했죠. 그때는 그런 기회가 드물었거든요. 아버지도 어렵지 않게 승낙해주셨어요. 집에 형제가 다섯이었으니까, 그래 우리 집에 그런 아이 하나쯤 있어도 괜찮겠다고 생각하셨겠죠. 어떤 경로인지, 뭘 하게 되는지 정확하게는 몰랐지만, 지원을 해서 서울을 와보니 아이들이 엄청나게 많더라구요. 나중에 생각해보면 그게 배우를 뽑는 게 아니고 방송아카데미 같은 학원에서 수강생을 모집한 건데, 광고만 보면 당장 배우가 될 거 같았거든요. 그때는 그런 분별력도 없을 때니까요.

서울에 가서 학원을 다니면서 연기공부를 해야 되는데, 저 하나 때문에 식구들이 다 이사할 수는 없잖아요. 아버지가 철도공무원이셨는데, 자식들도 다섯이나 되고 하니 집에서 많이 도와주실 형편은 못 됐구요. 아버지가 서울에 친척이 있다고 하시더라구요. 오촌 고모네였는데, 전학을 하고 고모네에서 학교를 다니게 됐어요. 그때가 〈호랑이 선생님〉이 처음 나오면서 어린이드라마도 생기고 아역배우가 진출할 수 있는 기회가 막 생기기 시작했을 때였죠. 학교 다니면서 수업 끝나면 연기학원 가서 연습하고 그랬어요. 그때는 좋고 설레는 기분보다도, 스스로 찾아서 집을 떠난 거니까, 누구한테 징징댈 수도 없고, 혼자 버티고 적응해야 한다고, 살아남는 법을 스스로 깨우쳤던 거 같아요. 아무리 친해도 내 가족은 아니고, 아이들도 완전히 다르니까요. 눈칫밥이 생긴 건데, 그때 참 제가 많이 성장했고, 많은 걸 배웠다고 지금도 생각하고 있어요. 아빠는 겁이 없었다고 하시죠.

두 달쯤 있다가 체육시간에 좀 크게 다쳤어요. 운동신경이 좋은 편인데, 뜀틀을 하다가 제가 흥분했는지, 남자애들이 하는 자리에 가서 하다가 점프를 너무 높이 해서 떨어지면서 중심을 잃었어요. 오른팔이 완전히 부러져서 뒤로 꺾여버렸죠. 놀라서 시골에서 부모님이 올라오시고, 고모도 너무 놀라고, 연기고 뭐고 다 때려치우고 내려가자고 하셨어요. 청운의 품을 안고 서울에 올라왔는데, 다쳐서 내려가야 한다니, 당연히 너무 아쉬웠죠.

그래서 중고등학교는 조용히 다니고, 대학 때는 과에서 하는 연극대회에 출전하긴 했어요. 야간대학을 다녔기 때문에 동아리 활동을 활발하게 하는 분위기는 아니었구요. 스스로 대학을 다니고 취직을 하고 연애를 하고 연애하면 당연히 결혼해야 되고, 그렇게 생활에 충실하면서 살았죠. 뒤를 돌아보거나 예전의 꿈을 생각할 정도의 여유는 없었던 거 같아요.

사랑단지, 43세

저는 시골 출신이에요. 부모가 가르치려고 하는 의욕이 없었어요. 지금의 50대 중에는 그런 환경에서 자란 사람들이 많았죠. 학교를 안 보내줬어요. 계집애가 배워서 뭐 하냐고. 중학교만 다니고 그만 다니라고 하더라구요. 중학교 때까지 공부를 잘했어요. 공부를 잘하면, 그래도 공부를 더 시켜주지 않을까, 그런 생각으로 열심히 했죠. 공부가 더 하고 싶고, 포기가 안 되는 거예요. 그래서 서울에 취직한 언니들한테 올라가서 돈 벌겠다고 올라왔어요.

서울에 와서 간호조무사학원을 다녔어요. 공부를 하려면 돈을 벌어야겠구나 해서 자격증을 딴 거죠. 아르바이트도 하면서. 조무사자격증을 따고 공부를 하면서 방송통신고등학교를 다녔어요. 직장을 다니면서 하는 거니까, 아, 참 좋더라구요. 일주일에 일하는 데가 딱 두 번 쉬는데, 학교는 수업이 일주일에 세 번을 가야 되더라구요. 그래도 하루 빠지면 그만큼 내가 스스로 더 하면 되니까, 포기하지 않고 졸업을 했어요.

방통고 3학년 때는 다 때려치우고 공부에 집중했어요. 나는 대학을 가야 되겠다 해서 내가 번 돈을 가지고 대학입시학원을 다녔죠. 열심히 했어요. 성적이 꽤 잘 나오더라구요. 그런데 돈은 없고, 대학 등록금도 혼자 해결을 해야 되는데 어떻게 할까 하다가 교대를 가게 됐어요. 그때는 교대 등록금이 정말 쌌거든요. 용돈을 받으면서 학교를 다닌 셈이에요.

그때는 그렇게 좋았어요, 학교 다니기가. 나중에 선생님이 된다는 것도 좋고. 친구들보다 네 살이 많지만, 아주 즐겁게 학교를 다녔어요. 물론 가난했죠. 길에서 친구랑 20원짜리 호떡 하나 사서 나눠먹던 기억, 그 기억이 아주 선명해요. 그래도 원망은 전혀 없어요. 얼마나 좋아요. 내가 대학생이 되었는데, 그리고 선생님이 되었는데.

수나, 53세

산부인과

"당연히 아프죠.
엄마가 되기가 뭐 그리 쉬운 줄 알아요?"

"이 세상에서 임신이 안 되는 건
안젤리나 졸리하고 너하고 나밖에 없어!"

1막 1장

에효, 우린 언제 분만이란 걸 해보냐?

엄마가 된다는 것. 누군가는 기다리는 일이지만, 누군가에겐 당황스러운 일이다. 인생의 다음을 준비한다는 것은 누구에게나 어려운 일이다. 애타게 기다리는 사람도, 당황스러운 사람도, 그리고 곧 몇 분 뒤에 엄마가 되는 사람에게도, 엄마가 된다는 건 모두에게 결코 쉽지 않은 일이다.

산부인과에서 만나게 되는 많은 인연들은 각자의 사랑과 아픔을 동시에 가지고 있다. 그 다양한 감정을 보듬는 과정이 바로 엄마가 되는 과정의 첫걸음이다.

'엄마들의 유쾌한 반란'은 엄마들이 자기 이야기를 꺼내놓는 것으로 시작했다. 가슴 아픈 이야기, 내가 가장 예뻤을 때, 일탈, 여름 등 다양한 주제로 시작한 이야기가 있었다. 그중 모든 사람이 공통으로 겪은 과정이 하나 있었으니, 그것은 바로 '엄마'가 된 첫 순간이었다.

불임으로 아이를 갖기 위해 애쓰는 명숙과 진희는 임신을 기대하며 병원에 왔다. 때마침 옛 친구 유미도 임신 8개월의 몸으로 병원을 찾아 셋이 마주치게 된다. 불임으로 고통받던 두 친구는 유미의 임신이 부럽기만 하고, 그날도 임신이 되지 않았다는 결과를 듣고 진희는 특히 유미에게 예민하게 대하는데…. 아무 걱정 없이 행복할 것만 같던 유미에게는 두 번째 아이를 염색체 이상으로 떠나보내야 했던 아픔이 있었다는 사실이 밝혀지면서, 셋은 서로의 아픔을 보듬어줄 수 있는 마음을 갖게 된다.

한편, 원치 않는 임신으로 당황한 20대 미혼모와 세 친구는 출산이 임박해 들어온 산모의 진통 소리를 들으며 새삼 '엄마'의 의미를 되새긴다.

때 현대
곳 오후의 산부인과 대기실

등장인물

명숙
불임클리닉을 다니는 30대 후반의 주부.
주책맞고 솔직함

진희
불임클리닉을 다니는 30대 후반의 주부.
예민한 성격의 멋쟁이

유미
둘째 출산을 앞두고 있는 30대 후반의 주부
(진희, 명숙, 유미는 친구 사이)

이수
혼전임신으로 산부인과를 찾은 아가씨

간호사/ 의사/ 산모

밝아지면 산부인과 대기실. 후면 왼쪽에 진료실 문, 오른쪽은 밖에서 들어오는 문이다. 무대 앞쪽에 대기실의 의자가 놓여 있다. 의자에 앉은 두 여자, 진희와 명숙. 둘 앞에서 간호사가 강연하듯 열심히 뭔가를 설명한다.

간호사 이건 좀 과학적 접근인데 말이죠. 아들을 원하시면 몸을 알칼리성으로 만드세요. 딸은 반대로 산성으로.

명숙 그걸 어떻게 만들어요? 뭐 몸이 원한다고 금세 바뀌나요?

간호사 노력을 하셔야죠. 알칼리성으로 만들기 위해선 알칼리성 식품을 먹어주는 거죠. 딸기, 미역, 시금치, 우유 뭐 이런 식품을 많이 드시고 관계 전에 소다수로 닦으세요.

명숙 에? 어딜요?

진희 으휴, 어디긴 어디야?

간호사 예, 바로 거기요.

명숙 그리고요?

간호사 관계를 갖되 깊이 삽입해야 돼요. 그래야 아들 유전자를 가진 Y염색체가 오래 살아남아요. Y염색체가 원래 성질이 급해서 금세 죽거든요.

명숙 고것도 사내라고 성질이 급하단다. 하하하하!

진희 웃지 마, 좀.

간호사 그리고 아들을 원하면 관계를 자주 하면 안돼요. 참고 참았다가 배란일에 하는 게 좋아요. 딸은 그 반대고.

명숙 무조건 자주 한다고 좋은 게 아니네요.

간호사 그럼 딸 유전자인 X염색체가 살아남을 확률이 많지요.

명숙, 진희 아~!

의사, 들어오며 간호사에게 눈총을 준다.

의사   김 간호사, 그거 다 어디서 들은 건데?

간호사   예? 이거 다 과학적 근거로….

의사   네이버 선생님 의견 아니고?

간호사   아, 뭐….

의사   선무당이 사람 잡는다는 말 몰라? 일이 그렇게 없어?

간호사   예. 알겠습니다. 입 다물겠습니다.

의사   아들이고 딸이고 원하는 대로 뽑는 자판기도 아니고, 이런 말에 현혹되시면 안 됩니다. 이런 게 다 정설이면 아들 낳겠다고 셋씩 넷씩 낳겠어요? … 약장수도 아니고. 아들이고 딸이고 건강하기만 하면 됩니다.

진희, 명숙   예.

병원 인터폰이 울린다.

간호사   여보세요? 아, 17호 환자 분만실 들어갔다고요. 예, 알았어요. … 선생님, 분만실 응급콜인데요.

의사   알았어요.

의사와 간호사, 서둘러 나간다.

명숙   근데, 우리 진, 진료는?

진희   응급분만인데 기다려야지 뭐.

명숙   에효. 우린 언제 분만이란 걸 해보냐?

사이,

진희   해 봤어?

명숙	응?
진희	집에서 테스트기?
명숙	그럼 안 해보냐?
진희	한 줄?
명숙	응, 우라질 한줄. 테스트기 회사 우리가 다 먹여살린다니까. 아니 왜 인공수정도 안 되는 거냐구? 배란일이 왔다 갔다 하는 건 또 무슨 경우고.
진희	그래서 나 지난달에 배란일 그거 안 따지고 했잖아.
명숙	응?
진희	에라 모르겠다. 하루도 안 빼놓고 했다고.
명숙	으이 짐승! … 그럼 너 딸이겠다.
진희	딸이면 좋지. 얼마나 이쁘겠어?
명숙	생겼으면 말이지. 생겼어?
진희	몰라. 테스트 안 하고 왔어. 니 말마따나 테스트기 회사 그만 먹여살리려고. 난 오늘 병원서 결과 볼 거다.
명숙	오, 대박! 신랑 힘들었겠다.
진희	힘들기는, 그 정도 기운은 써야지.
명숙	우리 박 서방은 삼일 연속은 못한다고 막 도망가던데. 씨부럴, 애는 뭐 혼자 낳나? 내가 무슨 아메바냐고? 암튼 니네 신랑이 짱이다. 이번에 너 소식 있으면 다음 달 나도… 짐승이 돼보는 거야. (음흉한 웃음)
진희	오, 나 떨려!
명숙	나도!
진희	우리가 여기서 만난 지도 벌써 17개월째다. 이제 누구 하나라도 돼야만 하는 타임이라고.

명숙	그래 맞어! 17개월, 그간에 쏟아부은 돈이 얼마냐?

진료실 문을 열고 유미가 나온다. 8개월 쯤, 배가 많이 부른 모습이다.
진희와 명숙이 유미를 알아본다.

명숙	어, 너 유미 아니니? 유미 맞지?
유미	아! 명숙이? 어머 진희도 있었네.
진희	반갑다. 너, 이 병원 다녔어?
유미	응!
명숙	몇 개월이야? 배가 많이 불렀네.
유미	응, 8개월!
진희	첫째?
유미	아니야. 첫째는 지금 어린이집 다녀. … 두 둘째!
진희	어머, 벌써 그렇게 됐니?
명숙	하긴 뭐 우리도 결혼하자마자 낳았으면 둘이 뭐야? 셋도 낳았지. 그러고 보니 진희 너도 같은 해 결혼했잖아?
진희	(명숙 째려보며) 그랬지.
유미	어머! 아야! (얼른 의자에 앉는다.)
진희	왜 그래?
유미	아, 태동이 심한 편이라. 아들이라서, 사내는 사내라서 뱃속에서 부터 다르다니까.
명숙, 진희	아! … 그렇지.
진희	아들이구나. 큰애는?
유미	딸이야! 이제 다섯 살!
진희	딸 하나 아들 하나, 좋네.

유미	뭐 그렇게 됐어. 바란다고 맘대로 되는 일도 아니고.
명숙	배 좀 만져봐도 돼?
유미	얘는?
명숙	어디 어디 만져보자! 어머, 신기해! 태동 느껴진다. 진희야, 너도 만져봐!
진희	어휴, 얘는 주책없이. 뭘 자꾸 만져보래? 유미 민망하게.
유미	아니야. 난 괜찮아!
명숙	괜찮대잖아! 만져봐. 정말 신기하다니까.
진희	(망설이다) 그럼, 어디… (유미의 배에 손을 대본다. 태동을 느끼자 놀라 얼른 손을 뗀다.) 아, 그러네. 느껴진다. 태동!
명숙	그치 그치? 이런 게 태동이구나!
유미	그런데 너흰 어쩐 일이야? 같이?
명숙	어쩐 일은, 여기 불임클리닉 유명하잖아. 우리 아직 애가 안 생겨서. 불임이지 불임.
진희	(명숙을 째려본다.) 너는 참…?
명숙	아이고, 아니야. 뭐 불임은 나고, 진희는 오늘 결과 알려고 왔대. 지난달에 하루도 안 빼고 신랑이랑,
진희	야!
명숙	아, 미안!
진희	어떻게 너는 학교 때나 지금이나 변한 게 없냐? 변함없이 주책이야.
명숙	그럼, 사람이 뭐 그렇게 쉽게 변하냐? 철들면 죽는대. 내가 갑자기 철들겠어?
유미	그만, 그만해! 싸우지 말고. 나도 들었어. 여기 병원 원장님 불임클리닉 잘한다고. 잘 될 거야!
진희	그래야지.

사이,

명숙 흠. 난 이번 달도 꽝이야.

진희 너는 너는 꽝이 뭐니? 이게 뭐 복권이야?

명숙 안 생겼음 꽝이지 뭐. ⋯ 그래서 말인데 유미야, 너 애기 사진 있지? 초음파! 요샌 입체초음파라 잘 보인다며? 고추도 잘 보여?

유미 어, 뭐 잘 보이드라.

명숙 그럼, 나 한 장만 줘라!

진희 유미 애기 사진을 니가 왜?

명숙 애기도 샘 탄다는 말 몰라?

진희 뭐?

명숙 유미 애기 사진 냉장고에 탁 붙여놓고 매일 보면서 내 뱃속에도 애기 생겨라! 하고 빌면 애기 생길지 누가 알아?

진희 아예 굿을 해라. 굿을!

명숙 굿해서 생긴다면 해야지. 우리 박 서방 3대 독자야. 대 끊어 놓을 일 있냐고 명절마다 시엄씨 얼마나 볶아대는 지 알아?

유미 (깔깔대며) 명숙이 넌 여전히 재밌다. 어쩜 예전 그대로니?

명숙 넌 웃는구나. 하지만 나하고 진희는 비극이야. 비극!

유미 어머, 미안해! 줄게. 사진!(가방의 수첩에서 초음파 사진을 꺼내 그중 하나를 명숙에게 준다.)

명숙 고마워! 나 애기 생기면 다 니 덕이다!

진희 (딴짓하며) 얼마나 기다렸는데 아직도 부를 생각을 안 해? (유미에게) 넌 진료 다 끝난 거야?

유미 어? 아니. 검사 결과 들을 게 있는데 좀 기다리래.

진희 무슨 검사?

명숙	아들이라면서 또 무슨 검사를 해?
진희	검사 하면 성별검사만 있는 줄 알아?
유미	그냥, 양수검사. 35세 이상 산모 권장이야.
명숙	아, 노산이라서?
진희	(발끈해서) 노산은 무슨 노산? 유미는 첫애도 아닌데, 노산의 기준 몰라? 35세 이상의 초산 산모가 노산이라고.
명숙	왜 화를 내고 그래?
진희	니가 자꾸 엉뚱한 소릴 하니 그렇지.
간호사	양유미 산모님!
유미	예!
간호사	이쪽으로 오세요. 검사실로요.
유미	얘들아, 나 좀 갔다올게. 이따 밥이라도 같이 먹자, 오랜만에 봤는데.
명숙	응. 그러자.

유미가 일어서 간호사를 따라 나간다.

진희	명숙이 넌, 정말!
명숙	뭐?
진희	됐어!
명숙	나두 됐거든.

사이, 간호사가 나온다.

간호사	박진희 님, 송명숙 님!
진희, 명숙	예!
간호사	여기 키트 가지고 테스트 검사 좀 할게요. 이 컵에 소변 받아서

1분간 담가 주세요.

명숙 오, 드디어 왔어 왔어! 운명의 시간이.

진희 넌 집에서 해봤다면서 뭘 또 운명의 시간이야!

명숙 그건 일주일 전이고. 그땐 착상이 미처 안 돼서 검사에 안 나타날 수도 있잖아. 느낌이 좋아. 유미 애기 초음파 사진도 있고.

진희 어서 가기나 하자.

명숙과 진희가 문밖으로 나간다.
젊은 여자가 병원 문을 다급히 열고 뛰어 들어온다. 오자마자 흐느껴 운다.
간호사, 여자를 힐끗 쳐다보다 눈을 돌린다.

이수 (요란하게 울리는 전화를 받는다.) 왜? 상관하지 마. 내 몸에 생긴 일 내가 알아서 한다고! 그래, 이 새끼야! (끊는다.) (전화벨) 왜 자꾸 전화하는데? 오지 마! 니가 올 일이 뭐가 있어? 오면 뭐, 애 낳아 키우자고? 웃기고 있네. 니가 무슨 재주로! 때려쳐! 나도 니 새끼 낳고 싶은 생각 손톱만큼도 없으니까! (끊고 데스크로 달려간다.) 접수요! 윤이수 901224… 빨리 좀 봐줘요. 빨리!

간호사 선생님, 분만 들어가셨어요. 기다리세요!

이수 최대한 빨리 해달라고요. 빨리!

간호사 글쎄 기다리세요!

이수 암튼 빨리요. … 마음 바뀌기 전에… 빨리.

간호사 우리 병원은 낙태시술 안합니다. 그거 불법인 거 아시죠?

이수 … (충격으로 멍하여) 누가 뭐 그거 한대요? 웃겨! 나 진료받으러 왔다구요. 진료! 재수 없어. 정말!

간호사 (이수를 빤히 바라보다) 기다리세요. 선생님 지금 분만 중이시니까.

이수, 자리에 앉는데 또 전화벨이 울린다.

전화를 꺼내 배터리를 뽑아버린다.
진희와 명숙이 문을 열고 들어온다. 둘 다 얼굴이 안 좋다.

간호사 결과 나왔죠? 나왔으면 이리 주세요!

진희, 명숙 간호사에게 키트를 준다.

간호사 두 분 다 한 줄이네요. 임신 아닙니다. 선생님 지금 분만중이시니까 내려오시면 말씀 듣고 가세요.

진희, 명숙 무거운 걸음으로 의자에 앉는다.

명숙 어떻게 그럴 수가 있지?

진희 한두 번이야?

명숙 이 세상에서 임신 안 되는 건 안젤리나 졸리하고 너하고 나밖에 없어!

사이.

진희 칫! 졸리 쌍둥이 낳은 게 언젠데? 쌍둥이 낳고 입양하고 또 낳고 입양하고 애들 여섯에 둘러싸여 산단다.

명숙 그랬어?

진희 그래. … 이제 이 세상에서 임신 안 되는 건 너하고 나뿐이야!

명숙 이잉! 이러다 사십 되면 어쩌라고? 이잉!

진희 뉴스 못 봤어? 쉰일곱에도 아기 낳았대. 그것도 우리나라에서.

명숙 그 할머닌 낳는데 우린 왜 안 되냐고? 이잉!

진희 삼신할미가 노망들었나보지.

명숙 난 그렇다 치고 넌 매일 했다며?

진희 매일 아냐!

명숙	응?
진희	신랑 장염 걸려 설사하던 사흘은 못했다고.
명숙	설사… 이잉, 그럼 그날이 배란일?
진희	그랬나봐.

이수, 전화기를 켠다. 울리는 전화벨.

이수	왜? 만나면? 만나면 뭘 어쩔 건데? 당장 결혼이라도 할 수 있니? 시발 나쁜 새끼야! 그러니까 내가 하지 말랬잖아, 하지 말랬잖아!
명숙	어떤 년은 죽어라 해도 안 되고 어떤 년은 죽어라 피할라 해도 되고.

이수가 두 사람을 째려본다.

명숙	왜 째려보고 난리야? 이잉!
이수	(전화벨 울린다.) 왜? 나는 뭐 좋아서 여기 와 앉아 있는 줄 알아? 나도 무섭다고! 무서워 죽겠다고! (울면서 전화기를 들고 나간다.)
명숙	애, 쟤 스무 살은 넘어 보이니? 그래 역시, 스무 살 땐 한 번 하면 바로 임신이라더니… 우린 노산이야! 노산!

사이,

진희	이젠 뭘 더 어떡해야 하는 거지?
명숙	(초음파 사진 꺼내보며) 흑, 잉! 안 되면 시험관아기라두 해야지.
진희	그것까지 해야 돼?
명숙	박 서방 3대 독자! 이잉.

유미가 방끗 웃으며 검사실 문을 열고 나온다.

간호사	(유미를 부축하며 결과지를 보고) 이제 안심하세요! 검사 결과 아주 좋아요.
유미	고마워요! 정말 꿈만 같아요. (뱃속 아기에게) 고맙다. 새빛아! 엄마가 사랑해! 건강하게 있다가 곧 만나자!
진희	결과가 좋은가 보다. 무슨 검사인데?
유미	응. 양수검사 5개월 때 이상소견이 있어서 걱정했거든. 지금 좋아졌대. 아무 이상 없다고. 그런데 너흰?
명숙	꽝이야. 확실히 꽝!
진희	그 소리 좀 하지 마!
유미	어머나, 너무 실망하지 마. 앞으로 열심히 하면 되지.
진희	열심히? 뭘 더 어떻게 열심히 해야 하는데?
명숙	어머, 야?
진희	넌 쉬웠으니까 그렇게 말할 수 있나본데, 열심히 하라니 이게 무슨 수학시험이라서 열심히 하면 되는 거니?
유미	난 그런 뜻으로 말한 게 아니라….
진희	니가 우리 마음을 알아? 결혼 후 6년간 노력했어. 매달 생리가 터질 때마다 내 자궁을 도려내고 싶은 심정이야. 그걸 니가 알아? 어떻게 알아? 정말로 남의 아이라도 훔치고 싶은 그 절박함을 니가 알아? 열심히 하라고? 우리가 열심히 안 해서 이렇다는 거야? 우리 탓이라는 거야?
명숙	너 왜 그러니? 유미가 설마 그런 뜻으로 말했겠니?
유미	변한 게 없는 건 너도 마찬가지구나. 여전히 니 입장만 생각하며 자기연민에 빠져서….
진희	뭐라구?
명숙	왜 이래? 이러다 너희 머리채라도 잡고 싸우겠다.

진희	자기연민? 그래 난 내가 가여워! 그럼 안 되니? 남편도 시댁도 아이 안 생기는 게 내 탓이라고 여겨 눈총 주는데 나라도 나한테 연민 좀 주면 안 돼?
유미	왜 너만 아프다고 생각해? 다른 사람은 하나도 안 아프고 행복하기만 해서 웃고 있는 것 같아?
진희	흥, 넌 뭐가 아픈데?
유미	그만두자.
명숙	유미야, 니가 이해해! 넌 모르겠지만 진희나 나나 오래 힘들어했어. 불임, 당해보지 않은 사람은 이거 모른다. 다른 건 노력하면 얻어질 수 있지만 이건 아니야. 뜻대로 안 돼!
유미	그만두자! 그만두자고! (흥분해 일어선다.)

성큼 걸음을 옮기다 현기증에 휘청하는 유미를 흰 가운을 입은 의사가 부축해준다.

의사	어휴, 조심하셔야지요. 어렵게 가지신 아기인데 관리 잘하셔야 합니다. 시험관아기는 훨씬 더 조심하셔야 해요. 조산 위험 있어요.

사이. 명숙과 진희 놀란다. 의사가 진료실로 들어간다.

유미	예, 그래야죠. 조심해야죠. (급히 나가려 한다.)

진희가 달려가 유미를 잡는다.

진희	저기, 유미야!
유미	왜?
진희	미안해!
명숙	(유미를 잡아 의자에 앉히며) 좀 앉아 봐. 이렇게 보내면 우리가 너무 미안하잖아.

유미, 진희, 명숙이 앉는다.

명숙 시험관 한 거야?

진희 너도 힘들었던 거네.

유미 ….

명숙 우리가 미안해.

진희 몰랐어.

유미 몰랐겠지. 어떻게 알겠어? 몇 년 만에 보는 건데? … (자기 배를 쓸면서) 이 아이, 사실은 셋째야! 첫째는 실은 결혼 전에 속도위 반으로 뱃속에 넣은 채 웨딩드레스를 입었어. 첫째 키우느라 정 신없는데 둘째가 생겼어. 사실은 생긴 줄도 모르고 무리를 많이 했지. 일도 많이 하고 피곤하다고 약도 먹고, 임신인 걸 뒤늦게 알고 검사를 했는데 5개월째에 염색체 이상이라서 유산했어. … 5개월이면 눈, 코, 입, 팔, 다리 다 생기고, 태동도 활발히 하는 그 런 아이였는데… 자신이 없더라. 평생 장애를 안고 살아갈 아이 의 부모로 살아갈 자신이 없었어. 결국…. 마취에서 깨어났는데, 바람 빠진 풍선처럼 배가 푹 꺼져 있는 거야. 무섭더라. 그 아이 가 없다는 게, 우리 편하자고 그 아이를 보냈다는 게…. 그래놓고 또 아이가 갖고 싶었어. 미치도록. 근데 안 되더라. 몇 년을 벼르 다가 시험관아기 시술했어. 그렇게 갖게 된 아이야, 셋째는. 새빛 이! 둘째 때 태명 그대로 새빛이! … 그 아이에게 나, 나쁜 엄마 야. 아니 엄마도 아니지. 세상에 낳아주지도 못했으니까….

진희, 유미를 와락 안아준다.

명숙 에이그, 니네 정말 학교 때랑 똑같아. 교생 선생님 좋다고 서로 싸 우다가 학교 앞 매운 떡볶이 먹고 울고 껴안고. 이 지지배들아!

간호사 박진희 님, 송명숙 님, 진료실로 들어오세요!

진희	어머, 나 좀 봐. 우리 차례다. 기다려! 우리 꼭 같이 밥 먹자.
명숙	그래 기다려! 우리 금방 끝나!

진희와 명숙이 진료실로 들어간다. 홀로 남은 유미.

유미	(허공을 응시하며) 미안해! 엄마가! 아니 엄마가 못 돼줘서 미안해 새빛아! 우리 둘째, 내 아가!

소란스럽게 문이 열리며 이수가 한 만삭의 산모를 부축해 데려오고 있다.
산모는 요란스럽게 신음소리를 낸다. 간호사 달려온다.

간호사	어찌 된 일이에요?
이수	가로수를 잡고 병원에 좀 데려가달라고 해서.
산모	애가 곧 나오겠어요. (신음) 아우, 아파! 아!
간호사	보호자는요?
산모	지방에 일하고 있어서. 지금 출발했다는데 그래도 5시간은 걸려요. 아악!
간호사	어서! 어서 이리로, 2층 분만실로 가세요. 어서요!

명숙과 진희 나온다.
의사가 급히 나와 분만실로 간다.

명숙	어머, 아기 나오려나봐!
진희	굉장히 아픈가 보다.
유미	그럼, 말이라구! 한 생명이 세상 밖으로 나오는데 그 신비로운 일이 그냥 될 리가 있어! 저게 바로 진통이라는 거야. 진통!
명숙	아, 느껴보고 싶다. 진통!
진희	으 난 무서워!
유미	으휴, 이 철없는 예비엄마들!

명숙	예비엄마?
유미	그래. 곧 엄마 될 거니까.
진희	엄마?
산모	(고통에 비명 같은) 아, 엄마! 나 살려! 엄마!
간호사	(소리) 힘주세요. 쫌만 더, 쫌만 더…!
산모	아, 선생님! 아! 아파요!
의사	당연히 아프죠. 엄마 되기가 뭐 그렇게 쉬운 줄 알아요. 진통이 올 때마다 힘을 주는 겁니다. 심호흡하고! 자, 하아! 하아!
산모	아! 아! 못하겠어요! 으~ 나쁜 놈! 나만 이렇게 아프게 하고!
명숙, 진희, 유미	으, 아프겠다. 엄마야!
산모	선생님, 저 수술할래요. 수술해줘요!
의사	자연분만할 수 있는데 무슨 수술을 해요. 자 힘줘요! 그렇지! 잘한다.
산모	(힘주며) 아! … 아!
의사	보인다. 머리 보여요! 힘줘요! 엄마!
산모	엄마? 엄마요!
의사	지금 아기도 아주 큰일을 하고 있는 거예요. 엄마가 잘 힘을 줘야 아기도 힘을 내죠. 자, 진통 올 때마다 힘!
산모	아!
진희, 명숙	아, 무서워!
유미	무섭긴, 낳아서 키워봐라. 낳는 고통은 저리 가라야. 그래도 뱃속 있을 때가 속 편하지.
진희, 명숙	정말?
의사	쫌만 더! 쫌만 더!

산모	(비명이 최고조) 아! 아악!
의사	그렇죠.

'응애'하는 아기 울음소리.

의사	예쁜 공주님이네요!
산모	(울먹이며) 엄마야! 울 아가 고생했지. 엄마 여기 있어!
간호사	엄마 되셨네요. 축하해요!
명숙	어머, 낳았나봐!
진희	어떡하니?
유미	얼마나 이쁠까?

분만실 쪽을 향해 서 있던 이수가 의자에 앉으며 생각에 빠진다.

이수	엄마? … 엄마! … 엄마?

어둠.

소리	지금 이 순간에도 얼마나 많은 아이들이 세상에 태어날까요? 그리고 얼마나 많은 여자들이 엄마가 되어갈까요? 듣기만 해도 먹먹해지는 단어, 엄마! … 엄마! … 엄마! 이것은 엄마가 된 여자들의 이야기입니다.

경쾌한 음악.

1막 2장
내가 엄마가 되었을 때

제가 지금 50대잖아요. 사실 10년만 젊었으면 뭘 좀 했겠다, 해볼 수 있었겠다, 그런 생각을 하긴 해요. 그러면 뭘 해요, 이미 지나간 걸. 그때는 아무것도 깨닫지 못하고 지나온 걸. 그렇지만, 누가 나한테 젊음을 다시 돌려주겠다고 해도, 나는 다시는 30대로 돌아가고 싶지 않아요.

정말 힘들었어요. 대학 나와서 직장 다니다가 결혼을 했는데, 결혼이라는 게 생활이라고 이론적으로만 알지, 그게 구체적으로 어떤 건지는 전혀 몰랐죠. 알고 하는 사람도 있을까요? 아마 많지 않을걸요. 어느 날 갑자기 집에 나 혼자 뚝 떨어져 있는 거야. 아주 작은 아이들이 꼬물꼬물하게 있고. 갑자기 그게 확 낯선 날이 있었어요. 어머, 저 아이들은 누구지? 내가 지금 여기서 뭘 하고 있지? 나는 누구지? 내가 어떻게 여기에 있지? 무슨 기억상실증에 걸린 사람처럼, 내가 매일 쓸고 닦는 집이고, 내가 내 배 아파서 낳은 아이들인데 너무 어이없게, 갑자기 그게 확 낯선 날이 있었어요. 당황스럽죠. 당황스러웠어요. 내가 미쳐가나 그런 생각도 했고, 우울했죠. 당연히 우울한 생각이 들죠.

그때는, 또 남편이 참 바쁠 때잖아요. 지금 돌이켜 생각해보면 그래요. 그때는 남편이 바쁜 게 서운했는데, 지금 생각해보면 당연히 일을 많이 해야 되는 나이였던 거예요. 그런데 그걸 이해를 못 한 거죠. 내가 미성숙해서. 나도 너무 어렸으니까. 미스 때 뭘 알아? 인생을 어떻게 알았겠어요?

지금 애기 어린 엄마들도 참 힘들겠다, 그래, 나도 그랬단다 하는 마음으로 봐요. 그래도 저는요, 조금만 버텨봐라, 그런 말은 솔직히 못 하겠어요. 수명이 길어졌다, 골골백세란다, 너희들도 제2의 인생을 살아야 된다, 꼭 그렇게 해야 해, 그런 얘기는 해주고 싶죠. **한나, 54세**

저는 사람 참 잘 만나는 성격이었거든요. 근데 그게 애기 낳고 변하더라구요. 예민해졌어요. 제 주변에선 안 믿어요. 원래 그런 성격 아니었거든요. 웃기지 말라고 그러죠. 니가 뭐가 예민하냐고. 아, 저도 놀랍더라구요. 내가 왜 이러지 하면서. 아기가 어리니까 깔끔을 떠는 거예요. 혹시 무슨 일이 생길까 싶어서 하루 종일 청소하고 아기 먹을 거 가리고, 유난 떠는 사람이 된 거예요. 그러나 게으른 품성이 어디 가겠어요? 아이들 크면서 그 깔끔 떠는 건 지쳐서 사라지더라구요.

산후조리원에서 만난 친구들이 있어요. 산모교실을 갔다가 다 같이 배부른 상태에서 엘리베이터를 탔는데, 그때 인사를 하고 동네도 다 비슷해서 친해지게 됐어요. 지금은 그 친구들이 하나의 육아공동체를 형성한 상태예요. 친정 부모님보다, 솔직히 남편보다, 그 이웃 친구들의 도움을 정말 많이 받아요. 상주고 싶은 친구들이죠. 물론 그중에는 이사를 가서 못 만나게 된 친구도 있지만, 그때 다 같이 배부른 상태에서 만났던 거라 애들 나이도 비슷하고 형편도 비슷해서 여태까지 좋은 친구로 만나고 있죠. 솔직히 말해서요, 그 친구들 없었으면 애 이만큼 키우기 정말 힘들었을 거예요. 남편요? 남편이야 뭐… 모르죠, 집안 꼴이 어떻게 돼가는지, 애들이 뭘 하는지, 내가 뭘 하는지. 도통 관심이 없는 게 아니라, 관심을 가질 틈이 없더라구요. 다들 그래요, 언니들이. 제일 바쁠 때라고. 그때는 다 그렇다고. 아이들이 크면서, 우울하거나 힘들거나 그런 거보다 저는 게을러지는 거 같아요. 사람들을 새로 만나는 게 정말 힘들어요. 지금 있는 사람도 좋은데, 내가 어딜 나가서 누굴 더 만나야 해? 왜? 뭐 하러? 그런 생각이 먼저 들어요. 애들 학교 들어가면 서로 인사하고 아는 척하고 엄마들 모임 잘 나가고 그래야 된다는 얘기 들으면, 솔직히 스트레스 받아요. 아, 그런 거 정말 하고 살아야 되나…, 귀찮은데…. 정말 그런 거 해야 돼요?

비단낭자, 37세

아이를 많이 기다렸어요. 애를 꼭 몇 명 낳아야겠다 그렇게 생각한 건 아닌데, 첫째아이 낳고, 둘째를 기다렸죠. 그전에 어디 점집을 누구 소개로 간 적이 있었어요. 옆에서 부추기니까 한번 가보고도 싶은 거예요. 그랬더니 그 무당인가 점쟁이인가, 아무튼 그 아줌마가 나한테 둘째는 낳기 힘들겠다, 터울이 좀 있어야겠다, 그런 얘기를 하는 거예요. 한참 까먹고 있었는데, 둘째가 생겼죠. 생겼는데, 병원에서 전화가 왔어요. 양수검사를 했는데, 아이가 좀 많이 안 좋다고. 출산을 하더라도… 문제가 있을 거 같다고….

울었죠. 어떻게 그걸 말로 다 하겠어요. 엄청 울었어요. 어른들한테는 말도 못 하고 남편하고만 상의를 해서, 포기하기로 했어요. 음… 그 문제에 대해서 다시 감정을 불러일으키는 건 사실 좀 힘들어요. 이제 세월이 지나서 극복이 됐다고 생각했는데, 그 얘기를 하면 또 눈물이 나죠. 그래도 얘기할 수 있게 됐다는 것만 해도 많이 치유가 된 거라고 생각하구요. 인연이 아니었을 거다, 그렇게 생각하라고, 주변에서 다른 언니들이 그렇게 말해주더라구요. 자기도 그런 일 있었다면서 얘기해주는 분들이 계셨어요. 고맙고 놀랍고, 아 나만 그런 거 아니구나, 나만 겪은 일 아니구나 하는 게 위로가 되긴 해요. 낳아서 기르다가 사고로 잃기도 하는데, 그저 이건, 인연이 아니었나보다, 그렇게 생각하기로 했는데, 눈물은 나네요. **꽃사슴, 44세**

아, 애들 어릴 때? 글쎄, 저는 별로 크게 어려웠던 건… 기억이 안 나요. 다 잊어버렸나? 사실 결혼할 때 형편이 서로 안 좋아서 뭐 도움 받은 것도 없고, 하나씩 하나씩 쌓아 올라가자, 그런 마음으로 시작했거든요. 먹고 사느라 바빴어요. 애들도 막 정신없이 키운 거 같고. 애가 셋이니까. 둘이면 모르겠는데, 셋이니까, 그냥 막 정신없이 회오리

치듯이 키웠어요. 오히려 그게 나은 거 같기도 하죠. 열심히, 부지런히 살았어요. 가진 게 없는데 할 수 있는 건 이것밖에 없다, 그런 마음으로 살았죠. 그렇게 30대 지나고, 40대도 금방 가겠죠? **사랑단지**

주변에서 자식 하나인데 잘 키워야 되지 않겠냐면서, 좋은 유치원을 보내라고 권유를 많이 했어요. 지금 저희 애가 스무 살이니까 벌써 15년쯤 전인데, 아무튼 이 일대에서 대단하다는 유치원을 보냈어요.

근데 저희 애가 유치원을 다니면서 성격이 변하는 거예요. 살갑고 밝은 아이였는데, 내 손만 잡고 다니려고 하고 징징거리고 의기소침해졌어요. 우리 애가 여러 가지로 적응을 못 하나, 그런 생각만 하다가 초등학교에 보냈는데, 그때도 그러더라구요. 학교 안 가겠다고 울고. 너 학교 안 가면 초등학교는 의무교육이라 엄마아빠가 잡혀가, 그랬더니, 그럼 엄마 감옥 가, 나 정말 학교 가기 싫어, 이러면서 우는 거예요. 얼마나 가슴이 얼마나 아팠는지 몰라요.

직장생활하면서 가끔 외근을 나가면, 아이 손잡고 다니는 엄마들이 있잖아요. 그게 그렇게 부러울 수가 없었어요. 나도 그만두고 싶다. 나도 아이만 보고 싶다. 집에서 애만 보고 있으면 얼마나 좋을까. 나는 왜 좋아하지도 않는 직장을 계속 다녀야 되나. 재미없었어요. 남들은 그만하면 좋은 직장이라고 하는데, 저는 정말 회사 다니기가 싫었어요. 그냥 월급만 바라보고 다닌 거예요. 돈만 벌려고. 아파트 중도금은 있죠, 먹고 살아야 되죠, 그리고 근속을 채우면 노후가 보장되니까, 꾸역꾸역 다녔어요. 내일은 그만둬야지 내일은 그만둬야지 하면서 또 하루 나가고 또 하루 나가고, 그렇게 20년을 채웠어요.

하루는 제가 술을 전혀 못하는데, 나 그만둘 거라고, 정말 다니기 싫다고 엉엉 울면서, 집에서 혼자 양주를 막 까서 벌컥벌컥 마셨어요. 그리고 쓰러졌나봐요. 이불에 다 토하고 난리도 아니었대요. 친정엄마도 그만두면 안 된다, 나중에 후회한다, 애엄마가 어디 가서 재취업을 하냐고 말리고, 시어머니도 말리고, 남편도 반대하고, 왜 세상에 내 편은 하나도 없는 거야, 그러면서 울었던 거죠.

참고 참다가 아무래도 안 되겠다 싶어서, 저도 너무 지치고 애도 그렇고 해서, 애아빠가 마침 시골로 발령을 받은 김에 강원도로 들어가 버렸어요. 저도 1년 휴직계 내고 애도 적응시키고. 시골은 시골이더라구요. 선생님들이 학부형 얼굴을 다 알고 인사 서로 다 하고. 저는 거기 앉아서 호미 들고 하루 종일 밭 갈고 농사짓고, 참 행복했어요. 저희 애도 거기서 성격을 되찾았죠. 1년 살고, 더 살려고 했는데 휴직을 더 할 수가 없어서 다시 올라왔어요. 지금 그 집은 남겨뒀어요. 조금만 더 있다가 우리 다시 가자고. 농사, 어렵죠. 어렵다는데, 저는 체질인가봐요. 잘 되던데요. 기분이 좋아서 그랬나?   **건달처녀**

전 집에 있는 게 좋아요. 밖에 나가는 건 애들 아빠가 좋아하고. 안 다니는 데가 없어요. 공연도 참 잘 보러 다녀요. 남편이 열 번 가면 저는 두 번 정도 따라가죠. 결혼하고 그냥 집에 있었어요. 직장생활 조금 하다가, 나는 집에 있는 게 좋더라구. 애들을 연년생을 낳아놓으니까, 하나는 옆에 끼고 하나는 젖 물려서 안방에 이불 좍 깔아놓고 뒹

굴렁굴하고, 자다보면 한 놈은 위에 가 있고 한 놈은 옆에 굴러다니고 있고, 애 아빠는 마루에서 자고 뭐 그랬죠. 집에서 딱 애만 키울 수 있는 것도 축복이에요. 근데 그걸 잘 못 느끼죠, 엄마들이. 조금 지나고 나야 느껴요. 나도 그랬지 뭐. 써니

아들 하나 딸 하나인데, 우리 아들보다 딸이 조금 더 똑똑해요. 별나게. 오빠랑 23개월 차이가 나는데, 학교는 연년생처럼 들어갔어요. 오빠를 먼저 유치원을 보내놓으니까 그 조그만 게 자기도 가야 된다고 바득바득 우겨서, 그래 뭐 너는 좀 똑똑한 거 같으니까 괜찮겠다 싶어서 넣어줬더니, 잘 다니더라구요. 그리고 취학통지서 나올 때도, 너는 사실 한 살 많은 친구들이랑 다녀서 안 나올지도 몰라, 그랬더니, 우리 딸이 취학통지서 나오게 해주세요, 학교 가게 해주세요 하고 매일매일 기도를 한 거예요. 그냥 지나가는 말로 장난삼아 한 말인데, 그게 아이한테는 아주 심각한 일이었더라구요. 어차피 나올 거였는데. 유치원 과정을 다 마쳤으니까. 생일도 빠르고.

그날 그 표정을 잊을 수가 없어요. 취학통지서 나온 날, 그날 그 노란 종이를 받아들고 딸내미가 얼마나 황홀해하던지, 세상에 그 표정은 정말 잊히지가 않네요.

그러고 초등학교 3학년 때인가, 어느 대학교에서 하는 미술대회에 나가서 상을 받았는데, 그 상이 학교로 온 거예요. 전국대회니까 아이 생년월일이 거기 딱 쓰여 있는 거야. 그러니까 같은 반 애들이 한 살 어리다고 애를 놀렸나봐요. 우리 딸내미 똑똑하다고 했잖아요. 친구

들한테 그랬대. 나는 나라에서 법으로 정해서 학교 가라고 취학통지서를 보내줘서 여기 들어온 거니까 아무 문제 없다고. 그랬대요, 지가 글쎄. 지금도 그래요. 똑똑하게 잘해요. **하늘공주**

시댁이랑 친정이랑 같은 지역인데, 결혼하면서 우리 직장이 서울이니까 둘 다 서울로 넘어왔거든요. 그랬더니 고향을 떠난 타지 생활인 거죠. 아는 사람이 하나도 없는 거예요. 저는 대학도 집에서 다녀서 여기 친구도 없지, 동창도 없지, 오로지 아는 사람은 애아빠하고 우리 애들.

현관문 딱 닫고 집안에 앉아 있는데, 미쳐버리겠더라고요. 애가 애를 키운 거지. 그때 서른도 안 됐을 땐데 알면 뭘 알아요. 학교에서 공부하고 직장 조금밖에 안 다녔는데, 애를 어떻게 키우는지 무슨 수로 알아. 그저, 너무 답답하다, 내가 뭐든 해야 되는데 이게 뭔가 싶어서 애 네 살 때쯤에 집에서 과외를 시작했어요.

제 딴에는 애들 교육상으로도 좋고, 내 일도 하면서 밖에 안 나가도 되니까 그러면 좋겠다고 생각했는데, 그게 아니더라구요. 애는 그 공부하는 분위기에서 어린 시절을 보낸 거잖아요. 그러니까 늘 조용해야 되고 떠들면 안 되고 엄마가 가르치는 형 누나들 눈치보면서 혼자 구석에 덩그마니 있고 그래야 했던 거죠. 그걸 몰랐죠, 그때는.

지금도 이렇게 보면, 큰애는 내가 돌보지 못한 티가 나는 거 같아요. 나만 그렇게 생각하는 거라고들 하는데, 내 눈엔 보여요. 큰애 때는 정말 경험도 없고 누가 알려준 것도 아니고, 너무 실수가 많지 않

았나 싶어서 미안하죠 지금도. 많이 미안해요. 그래서 작은애한테는
실수 안 하려고 하다보니까, 또 큰애한테 좀 미안하고.   왕벌진희

　만난 지 6개월 만에 결혼을 했어요. 직장도 제대로 다니지 않았고,
남편이 나이차이가 좀 나거든요. 그래서 음… 낚였냐구요? 아마도,
하하. 남편 직장생활하는 것도 이해가 잘 안 가고, 왜 그렇게 늦게 오
는지. 나는 집에 혼자 있는데 이게 뭐야 하면서 징징징. 제가 좀 애 같
았던 거죠. 그러다가 연년생으로 아들 둘을 낳고 나니까 번쩍 정신이
드는 거예요. 어머, 내가 엄마가 됐어. 이제 그러지 말아야지. 애가 애
를 키울 수는 없잖아. 엄마가 돼야겠다. 나는 참 보잘것없고 별볼일없
는 사람이지만, 이제 그만 징징대야지. 훌륭하진 않더라도 나약한 엄
마가 되진 말아야지. 그랬는데, 그렇게 된 거 같긴 해요. 조금씩 조금
씩, 무뎌지면서 강해지는 모습이 보이긴 하더라구요. 아, 그때는 정말
맨날 울고 그랬는데. 왜 결혼하자고 해놓고 나를 이렇게 외롭게 하는
거야…, 슬프게….   햇살, 45세

'엄마들의 유쾌한 반란'이 시작되다

안양문화예술재단 공연기획단에서는 2011년에 처음으로 시민참여 프로젝트를 진행했다. 처음 시도한 것은 가족합창단. 시민들 중에 가족 단위로 참여할 수 있는 지원자들을 받아 1년간 합창을 연습해 연말에 공연을 하는 프로젝트였다. 아빠들이 참여하면서 회원 간의 친목도가 높아지고 마지막 공연장에서는 감동의 눈물이 쏟아지는 것을 본 공연기획단은 욕심을 냈다. 이번에는 뭔가 다른 걸 해보자!

기획단은 공공예술이 일반 시민들에게 가져다줄 수 있는 것이 무엇인지를 점검할 필요가 있었다. 공공예술은 언제나 주최 측과 혜택을 받는 측이 구분되어 있다. 적지 않은 지자체에서 공공미술을 활용해 시민들이 즐길 수 있는 프로그램을 개발하고 있지만, 어떤 예술인들은 이러한 공공미술 프로젝트가 관 주도라는 성격 탓에 예술을 대상화하고 깊이있는 예술을 접하는 데에 방해가 된다고 비판한다.

더욱이 안양 지역은 신구 도심으로 나뉘어 있는 데다가 도시의 주역할이 베드타운이라는 점이 공동체 형성에 걸림돌이 된다. 지역주민들의 공적 생활터전과 사적 생활터전이 일치하는 경우, 즉 일하는 곳과 생활하는 곳이 일치할 경우에는 자연스러운 공동체 문화가 형성될 수 있으나, 직장이 다른 도시에 있고 집에 와서 잠만 자는 경우 도시민들은 이중의 도시에 걸친 생활을 하게 된다. 이렇게 양쪽에 모두 뿌리를 내리고 일정한 감정을 배분해야 하는 경우, 시민들은 스스로 뭔가를 이루어내기보다는 생활에 이익이 되는 혜택을 찾기가 쉽다.

안양문화예술재단은 공기관으로 보이지만 엄연한 민간기관이다. 그러나 그 모태가 안양문예회관에서 시작되었고, 재단의 행사는 시의 적극적인 지원과 협조를 받게 되어 있다. 어찌 보면 공기관과 민간기관의 장점을 모두 고루 갖추고 있지만, 반면에 양쪽의 단점도 함께 드러낸다는 견해도 있다.

여러 논란과 비판에도 불구하고 안양문화예술재단과 같은 단체들은 예술을 통해 후기산업사회에서 붕괴된 공동체를 재건하려고 노력해왔다. 공동체가 자생적으로 생기지 않는 도시에서 자생적 공동체를 만드는 방법의 하나로 선택된 것이 문화동아리 만들기이다. 엄마들의 유쾌한 반란은, 안양문화예술재단이 2011년에 나름 의미있는 성과를 올렸던 안양가족합창단의 다음 주제였다.

합창 외에 같이 할 수 있는 예술장르를 찾던 공연기획팀은 공연예술의 기초이자 종합예술이며 협동작업이 이루어질 수 있는 연극을 선택했다. 어차피 추구하는 바가 공공예술로 공동체를 재건하고, 그 공동체의 모체가 될 문화동아리를 만드는 일이라면, 연극만큼 훌륭한 과정도 없을 터였다. 재단은 2012년 봄, 주부들을 대상으로 하는 연극연습 프로젝트를 개발하기로 했다.

기획서에는 이렇게 적혀 있었다. '문화소외계층으로 분류되는 주부들에게 일상을 벗어난 자신의 모습을 발견하고 새로운 자아를 찾아가는 기회를 제공하며, 체계적인 육성과정을 통해 시민문화커뮤니티를 이끄는 매개자 그룹을 양성하고자 함.'

"연극반을 꾸려서 합창단이랑 같이 나중에 뮤지컬을 하면 어떨까?"

"그럼 연기는 연극반이 하고, 노래는 합창단이 하나요?"

"아, 그럼 좀 이상한가?"

"이상하죠."

독립된 연극반을 만드는데, 어떤 연령대의 연극반을 만드느냐가 문제였다. 가족합창단이 성공했다고 연극을 가족 단위로 꾸려나가는 건 어려워보였다. 청소년 대상의 연극프로그램은 어디서나 하고 있어서 희소성이 적었다. 그래서 엄마들로 연극반을 꾸려보자는 쪽으로 의견이 모아졌지만, 다들 반신반의했다. 예술재단에서 추구하는 시민참여 프로젝트의 가장 큰 목적은 초반에 토양을 제공해주고 나중에는 자체적인 동아리 활동을 할 수 있도록 분위기를 조성하는 것이다. 끈끈한 결속력을 가진 동아리로 오래 남을 수 있다는 측면에서는 아무래도 엄마들이 강했다.

"엄마들은 바쁜데, 연극을 할 수 있을까?"

엄마들의 일상은 매우 규칙적으로 보이지만 불규칙한 돌발상황으로 가득 차 있다. 엄마들의 직업명은 '전업주부'. 전업주부는 돌봄을 원칙으로 한다. 그들이 돌봐야 하는 대상들이 맞닥뜨리는 모든 일이 엄마들의 일이 되기 때문이다. 연극은 시간을 들여 오랫동안 기다려야 하는 일인데, 하루하루 제각기 다른 일상을 유지하면서 엄마들이 과연 협동작업을 해낼 수 있을지가 관건이었다. 기획은 쉬웠지만, 실행은 결코 쉽지 않을 터였다. 담당자는 불안했다. 야심차게 준비한 프로젝트인데, 지원자가 적으면 어쩔할까. 연극이라는 건 아무래도 부담스러운 장르다. 합창도, 그림도 아니고, 단시간에 기술을 습득해 결과물을 내놓을 수 있는 분야도 아니다. 단원들이 모이고, 그들이 모두 자기를 드러내고 서로 기다려주며 연기를 한다는 게 과연 쉬운 일일까.

프로젝트 기획이 시작되면서 문화예술재단은 안양이라는 지역적 특성, 즉 구도심과 신도심으로 구별되는, 홈타운과 베드타운의 경계에서 다양한 계층의 시민들이 서로간의 소통의 결핍을 아쉬워한다는 것을 잊지 않기로 했다. 시민참여 프로젝트로 기획을 하되 크게 부담되지 않도록, 스스로 꾸려나가는 연극단 특유의 자치적 성격에 따른 책임감은 덜어주되 충분히 누리고 혜택을 받을 수 있는 교육을 중심으로 하며, 간단한 실습으로 연극의 방식을 빌린 자기표현 하기, 자아찾기 등 주부들이 부담없이 참여할 수 있는 수준으로 꾸려가기로 한 것이다.

2012년 4월 19일. 정식 공고가 떴다.

안양문화예술재단에서는 안양시 거주 주부들을 대상으로 문화예술을 즐기고 문화예술활동을 통한 문화커뮤니티 형성 기회를 제공하고자 〈엄마들의 유쾌한 반란〉 제1기 단원을 모집하오니, 많은 관심과 참여 부탁드립니다.

평범한 주부들의 일상탈출!
그동안 '아내'로, '엄마'로 충실하느라 잃어버린 자아
이제는 '나'를 되찾자!
안양문화예술재단 연극체험 프로그램
〈엄마들의 유쾌한 반란〉
지금 도전하세요!

1. 모집기간: 2012.4.18(수)~5.18(금)
2. 모집대상: 안양시 거주 기혼여성 중 연극에 관심 있는 누구나 신청 가능
   장르별 모집: 연출 · 배우 · 작가 · 무대
3. 모집인원: 선착순 40명(별도 오디션 없이 연회비 입금순 선착순 마감)
4. 접수방법: 첨부파일에서 모집원서를 다운받으셔서 작성한 후
   E-Mail(e_afca@naver.com) 또는 Fax(031-689-5002) 접수

홈페이지에 공고가 나고, '엄마들의 유쾌한 반란'이라는 제목의 현수막이 안양시 곳곳에 내걸렸다.

"정말 주부가 지원해도 되나요?"

"경력 있는 사람들만 하는 거 아닌가요?"

"전 연극영화 전공이 아닌데 할 수 있나요?"

"나이가 너무 많을 거 같은데 괜찮은가요?"

문의전화가 걸려오기 시작했다. 지원자가 미달이면 어쩌나 하던 차에 문의전화가 걸려오는 것만으로도 기뻤던 담당자는 '연령, 전공, 나이 불문입니다'라는 말을 반복했다.

인터넷을 통해, 하나둘 지원서가 접수되기 시작했다. 지원서는 드문드문 들어왔지만, 문의전화는 멈추지 않았다.

"지금 지원하신 분들 중에는 40대가 가장 많구요, 심사를 통해 뽑진 않아요."

전화기를 내려놓으면서도 과연 이런 위로로 지원자가 늘어날 수 있을까 고민되었다.

결국 지원 마감일인 5월 18일까지도 40명이 채워지지는 않았지만, 이 정도 인원이면 충분하다고 판단하고 접수를 마감했다. 접수한 신청자는 총 32명. 연령대는 1959년생부터 1979년생까지 다양했는데, 50대가 6명, 40대 20명, 30대 4명이었다.

재단에서는 연극 제작에 필요한 연출, 배우, 작가, 무대의 네 분야로 나누어 신청을 받았는데, 대부분의 지원자가 배우를 지원했고, 연출과 극작은 추후 배우수업을 거친 다음에 도전해보고 싶다는 의견이 다수였다. 무대를 지원한 사람은 두 명 있었고, 어떤 분야도 상관

(재)안양문화예술재단

안양문화예술재단 공연참여프로젝트

엄마들의 유쾌한 반란

1기 단원모집

평범한 주부들의 일상 탈출,
이제는 '나'를 찾자!

- **모집기간**: 4.18 (수) – 5.18 (금)
- **모집대상**: 안양시 거주 기혼 여성 중 연극(연출·배우·작가·무대)에 관심 있는 누구나 신청가능
- **모집인원**: 선착순 40명 (별도 오디션없이 연회비 입금순으로 선착순 마감)
- **모집방법**: 안양문화예술재단 홈페이지(www.ayac.or.kr)에서 모집원서 작성 후
  E-Mail(e_afca@naver.com)또는 Fax(031. 689. 5002) 접수
- **연 회 비**: 1인 100,000원
- **활동기간**: 5월 – 12월
- **모임일정**: 매주 첫 주를 제외한 금요일 오후 2시(월3회)
- **모임장소**: 평촌아트홀 연습실(자유공원내)
- **문   의**: 안양문화예술재단 031.687.0523

없다고 한 신청자도 있었다. 모두 아이를 둔 엄마들이었고, 그 아이들은 20대 중반, 군대를 다녀온 아들부터 유치원도 아닌 어린이집에 다니는 아이들까지 20년의 나이차가 있었다. 넓은 연령대의 아이를 둔, 그야말로 넓은 연령대의 '엄마'들이 '엄마들의 유쾌한 반란'에 합류하게 되었다.

5월 25일의 오리엔테이션으로 '엄마들의 유쾌한 반란'이 시작되었다. 자리에 앉아서 준비운동 삼아 강의나 듣겠거니 했던 엄마들은 '엄마들의 유쾌한 반란'의 취지에 대한 설명을 듣고 바로 자기소개를 하게 되었다. 게다가 다음주부터는 각자가 앞에 나가서 자기소개 형식으로 이 프로그램에 참여하게 된 동기를 발표한다는 것이었다.

발표라니. 남들 앞에 서서 모두가 나를 주목하고 있는 가운데 자기이야기를 했던 게 과연 언제였는지 기억도 나지 않았다. 가슴이 두근거렸다.

프로젝트 전반의 진행을 맡은 김정아 과장이 엄마들에게 전반기 연기연습과 지도를 담당할 김경진 강사를 소개했다.

"우리 아들뻘이네."

젊디젊은 강사가 앞에 서서 인사를 하자 50대의 엄마가 툭 던진 혼잣말이었다.

그렇게 엄마들은 엄마로서 자리에 앉아 연극수업을 듣기 시작했다.

하늘을 나는 원더우먼이 날 불러

평촌아트홀은 집과 가까워서 산책을 자주 나옵니다.

그 봄날, 남편과 산책을 하고 있었지요.

"어, 저거 뭐지?"

"뭐가."

"저기 현수막 봐봐, 엄마들이 모여서 연극 같은 걸 한다는데?"

"응."

저는 연극이나 예체능에는 별로 관심이 없거든요.

"저기 봐봐, 저거, 재미있을 거 같지 않아?"

"어, 그래. 재미있겠네."

나는 시큰둥합니다.

"당신도 해봐!"

"뭐?"

남편은 매사에 적극적이고 재미있게 살려고 하는 사람이죠. 저는 그렇지 않아요.

"저걸 나보고 해보라고?"

"그래, 당신도 저런 거 좀 해봐! 애들도 이제 다 컸잖아. 집에만 있지 말고. 한번 해봐. 연극이래. 선착순이라네. 전화해서 알아봐. 재미있게 좀 살아라, 재미있게, 웅?"

남편이 보기엔 내가 그렇게 지루하고 무료한 사람으로 보이나 봅니다. 자기가 권유한 건데 알아보지 않으면, 자기를 무시한다고 화를 내겠지요. 안 그래도 집에만 있지 말고 운동하러 다녀라, 뭐 해라, 뭐 해라, 말이 많아요. 저는 문화센터 강좌 정도려니 생각했죠. 예술재단에 전화를 했더니 수업 듣고 연극에 대한 공부를 한다고 하더군요. 그래, 집 가까우니까 차비는 안 들겠구나. 남편이 적극적으로 해보라고, 꼭 해보라고 강권한 게 마음에 걸려서 10만원이라는 연회비를 입금했습니다.

인터넷에서 신청서를 내려받았지요. 이름, 생년월일, 이메일, 핸드폰 번호까지 썼는데, '관심분야'에서 막혔습니다. 1순위, 2순위, 3순위 칸이 있는데, 연출, 배우, 극작, 무대 중에서 관심 있는 순서대로 적으라고 적혀 있더군요. 담당자에게 전화를 걸었습니다.

"저기요, 제가요… 이런 거 한 번도 안 해봤구요, 잘 모르는데요, 지원해도 되나요?"

담당 과장님은 그럼요, 그럼요, 다들 아마추어고, 주부들이니까 걱정하지 않아도 된다고 하시더라구요. 그게 위로가 된 모양입니다.

하고 싶은 걸 쓰라니 뭘 써야 하나, 한참을 고민했어요. 그러다가

'배우'라고 적었습니다.

'배우가 제일 쉽겠지, 그래도. 연출이나 무대는 내가 뭘 할 수 있겠어. 그래도 여기서 제일 쉬운 건 배우 같네.' 그래서 1순위에 '배우'라고 적었습니다. 신청 동기를 쓰라는 곳에도 한참을 고민하다가 적었습니다. "좋은 기회를 마련해주셨으니 열심히 하겠습니다." 꽃사슴

애가 둘인데 어떻게 그런 걸 하나, 아직 학교도 안 간 어린아이들인데. 생각해보니, 내년에 큰애가 학교를 들어갑니다. 학교를 들어가면 저는 정말 죽은 듯이 지내야 할 것 같습니다.

남편에게 넌지시 물어봤지요.

"있잖아, 저기 안양시에서 엄마들 연극반을 모집한다는데, 나 할까? 나 그런 거 하고 싶었는데."

남편은 시큰둥합니다.

"애들은 어쩌고?"

"애들? 뭐, 애들 없는 시간에 하면 되지. 나 그런 거 하고 싶었는데."

"애들 챙기는 거만 지장 없으면 해! 뭐, 알아서 할 일이지."

남편은 별 도움이 안 됩니다. 회사일이 바빠서 집이 어떻게 돌아가는지 잘 모르니까요. 친구들이 주변에 있으니 아이들을 잠깐잠깐 맡겨도 되지 않을까. 신청서를 냈습니다. 내가, 연극을 다시 하게 되는 건가? 정말? 혼자 배시시 웃었습니다. 비단낭자

교직생활 26년차입니다. 올해는 연구년입니다.

경기도교육청에서 초등학교 교사들에게도 1년간의 연구년을 주었습니다. 연구주제를 잡아서 일 년간 스스로 공부를 하고 휴식도 하면서 재충전하는 기회를 만드는 겁니다. 26년간 쉬지 않고 출근을 하다 보니 솔직히 조금 지치는 면도 있었는데, 참 좋은 기회였죠. 아침 7시가 지나 일어나면서, 세상에 살다가 이런 날도 있구나 하는 생각이 들더군요.

그러다 같이 연구년을 맞은 동기에게서 전화가 왔습니다.

"그거 봤어? 안양예술재단에서 엄마들 연극반을 모집한다는데."

"뭘 한다고?"

"엄마들, 주부들 대상으로 연극 강연을 한대. 연극반을 모집해서 수업해주고 실기지도도 좀 해주는 모양이야."

"그래?"

"할까?"

"그러지 뭐."

저는 흔쾌하게 대답했습니다. 같은 교직에 있는 친구들 네 명이 의기투합을 잘 하는데, 우리 모임의 별칭이 '그러지 뭐'입니다. 누군가 뭔가 도전적인 주제를 내놓고 '같이 할까?'라고 물으면 '그러지 뭐'라는 대답이 나오거든요. 어차피 학교에서 늘 아이들 앞에 서 있고, 원래도 국어 가르치는 것을 가장 좋아합니다. 연극에 대해 공부를 하게 되면 우리 아이들 앞에 더 좋은 모습으로 설 수 있지 않을까요? 연극 대본은 꼭 교과서에 나오는데 더 재미있게 가르칠 수 있겠구나 하는

마음이었습니다. 수나

올해는 휴직년입니다. 육아휴직을 제대로 쓰지 않고 저축해둔 게 있었습니다. 그때는 괜찮겠다 싶어서 넘어갔는데, 아이들이 자라면서 엄마가 집에 있는 시간이 필요하다는 걸 느꼈습니다. 한 해 동안 하고 싶은 일이 많았습니다. 첫째, 영어공부를 제대로 하고 싶었습니다. 외국인과 유창하게 프리토킹! 회화를 잘하고 싶은 욕심이 있었습니다. 둘째, 운동을 해서 제 자신을 가꾸고 싶었습니다. 그리고, 엄마들의 유쾌한 반란 단원 모집 공고를 보게 되었습니다. 원래 말하는 걸 참 좋아하는데, 연극이라니, 저도 잘 할 수 있을 거라고 믿었습니다.

재단에 전화를 걸어봤습니다. 아직 자리가 다 차지 않았다고 하더군요. 얼씨구나 하고 원서를 냈습니다. 남의 인생을 연기해보고 싶었습니다. 가르쳐주고 연극도 시켜준다는 게 신기했습니다. 아, 나도 뭔가 색다른 걸 할 수 있겠구나. 한 해 쉬는 동안에, 재미있는 일을 할 수 있겠다고 생각했습니다.

모자공주

운동하는 걸 좋아합니다. 배드민턴을 치러 다닌 지 꽤 됐구요. 호계 체육관에 그날도 배드민턴을 치러 갔다가 현수막을 봤습니다.

'그래도 어릴 때 아역배우라도 해보겠다고 서울까지 유학 왔던 경력이 있는데, 여기서 주저앉기엔 좀 아깝지. 한번 도전해보는 것도 괜찮겠다.'

이제 가게도 어느 정도 자리가 잡혔고 아이들도 잘 커나가고 있으니, 내가 하고 싶은 걸 한번 다시 해보는 것도 좋지 않을까 생각했습니다.

아이들이 커나가고, 가게에 제 역할을 대신해줄 사람도 생기니 마음이 허한 일이 많았습니다. 쓸쓸함 같은 게 문득문득 찾아왔습니다. 그럴 때, 내가 하고 싶었던 아주 어릴 때의 꿈, 그 꿈을 다시 만나볼 수 있다면, 어떤 기분일까, 세 아이의 엄마로서, 어떤 일이든 열심히 하는 모습을 보여준다면 아이들에게도 좋은 일이 아닐까. 이렇게 스스로에게 이야기했습니다.　　　　　　　　　　　　　　**사랑단지**

하늘색 바탕에 귀여운 원더우먼.

'엄마들의 유쾌한 반란. 아, 말이 참 좋다! 반란이라니, 그래, 나도 반란 좀 일으켜봤으면!'

현수막을 보고 하루 종일 고민했습니다. 그러다가 친구에게 전화를 걸었습니다.

"저기, 그거 봤나 모르겠는데, 엄마들의 유쾌한 반란이라고, 안양문화예술재단에서, 엄마들 연극을 한대."

"엄마들이 연극을 공연한다고?"

"아니, 엄마들만 모아서, 연극을 가르쳐준대."

"그래?"

"나 한번 해보고 싶어. 근데, 혼자 못 하겠는데 같이 하면 어때?"

"그럴까?"

"우리 같은 사람 많겠지?"

"엄마들 대상이라며?"

"그래도 만만치 않은 엄마들만 오는 거 아닐까?"

"그럴 수도 있겠지."

"해도 될까?"

하하하.

전화기 너머에서 친구의 웃음소리가 들립니다. 몇 날 며칠을 고민했습니다. 신청서를 놓고 적었다가 지웠다가 인터넷에서 내려받아 컴퓨터 앞에 앉아서 썼다가 지웁니다. 아니야 아니야, 못 해, 이걸 나 같은 사람이 어떻게 해! 그러다가, 아니야 아니야, 할 수 있어, 할 수 있을 거야! 대단한 엄마들이 여기까지 오겠어? 다 나 같은 사람들일 거야. 다 비슷할 거야! 아니야 아니야! 몇 번을 도리질했는지 모릅니다. 친구가 다시 연락을 해 묻습니다.

"신청서 다 썼어?"

"아, 모르겠어….'

"그냥 하자! 뭐, 어려운 거 있겠어? 우리 수준 봐가면서 해주겠지."

그래. 친구와 함께 한다는 데에 힘을 얻어 신청서를 냈습니다. 클릭, 완료. 와, 정말 내가 연극을 배우게 되는 걸까? 너무 설레었습니다.

산들바람, 50세

아마추어 극단에서 오랫동안 활동을 해왔습니다. 연극은 이미 저에게 삶의 일부분입니다.

"당신도 운동 좀 해!"

남편이 말하면, 저는 이렇게 대답합니다.

"걱정하지 마! 나는 연극을 하잖아. 남들이 운동 다니는 것처럼, 나는 연극을 하면 돼. 움직이는 양도 운동 못지않고 숨도 잘 쉬어야 하고 별 차이 없어. 운동도 하고 연극도 하고 다 할 수 있나. 나는 연극으로 운동하는 거라고 생각하면 되니까, 걱정 마셩!"

그동안 극단에서 연기연습을 해오면서 전반적인 연출과 창작과정을 배우고 싶은 욕심이 있었습니다. 문화예술재단에서 체계적으로 강사를 모시고 교육을 진행한다고 하니 그런 부분을 배울 수 있을 것 같더군요.

늘푸소나, 42세

"말을 해봐!"

오늘도 딸아이는 뭔가에 뿔이 나 있습니다.

사춘기가 왔습니다. 드디어 올 것이 온 거죠.

"엄마하고 말 안 해!"

문을 쾅 닫고 들어가버립니다.

그동안 성실한 주부로 살아왔다고 자부하는데, 아이들이 자라 사춘기를 맞으면서 뭔가가 어그러지고 있다는 느낌이 들었습니다.

"난 작가가 될 거야! 작가는 원래 엄마 말 안 듣는 거야!"

딸아이의 기가 막힌 선언을 들었습니다.

"내가 너를 너무 자기주도적으로 키웠구나! 아주 자아가 팽창했어!"라고 한탄을 해보지만, 이미 내가 한 말은 딸아이의 귓등을 타고 넘어갑니다.

칭찬받고 싶었습니다. 나는 마음이 보드라운 사람인데, 왜 생활은 이렇게 까칠할까요? 몇 년 전 다리가 아파 수술을 받았습니다. 뭔가 어긋나고 있다는 생각이 들기 시작했습니다. 어긋나버린 관절처럼 내 인생도 찌그러지고 있는 게 분명합니다.

어릴 때부터 춤추는 걸 좋아했습니다. 연극이라는 건 생각해본 적이 없지요. 그렇지만 이제 뭔가 해야 할 때가 아닌가 싶었습니다. 나 자신이 뭘 하고 싶은지 한번 해봐야겠다. 그때 현수막을 본 겁니다. 하늘색 바탕에 원더우먼 그림. 나도 저 푸른 하늘을 날아가는 원더우먼이 되고 싶어. 새가 되고 싶어.　　　　　　　　　　**한걸음**

가족 중에 연극 관련 일을 하는 사람이 있었어요. 지금은 그만뒀지만, 어깨너머로 몇 가지를 본 적이 있죠. 일을 조금 도와주기도 했구요. 참 재미있겠다 생각했습니다. 엄마들을 대상으로 유쾌한 반란이라는 이름을 걸고 연극수업을 한다는 걸 들었을 때, 그 생각이 나더군요. 나도 해볼까.

유치원에서 아이들 가르치는 일을 합니다. 정식 보육교사는 아니고 특별활동 강사지요. 어차피 아이들과도 연극수업을 하게 되는 일이 있는데, 창작과정을 배워야겠다는 생각을 했습니다. 연기수업도 받고 싶었구요. 아이들 뒷바라지에 남편 뒷바라지, 내 직업 외에, 온전히 나를 위한 시간을 갖고 싶었습니다. 일주일에 두어 시간, 그 정도는 나에게 투자해도 되지 않을까.　　　　　　　　　**어린왕자**

아파트단지엔 매달 안양시에서 나오는 소식지가 도착합니다. 여러 가지 정보도 들어 있고 디자인도 예뻐서 자주 가져다 봅니다. 문득 눈에 들어온 게 '엄마들의 유쾌한 반란'이라는 제목이었지요. 엄마들이 연극을 한다? 아, 나도 어릴 때 그런 거 참 좋아했는데…. 그래도 젊은 엄마들이겠지? 나는 나이가 너무 많은 게 아닐까 조심스러웠어요. 그래도 그게 어쩌면 제 평생의 소원이었는지도 모른다는 생각도 문득 들었어요.

　"나이가 너무 많지 않은가요?"라는 질문에 "그렇지 않아요!" 하는 부드러운 대답을 들었습니다. 과감하게, 용기 있게, 신청서를 냈습니다. 그래, 나는 연극을 하고 싶었던 거라고, 그런 마음이 내 가슴속 어딘가에 분명히 있었다고, 그걸 다시 찾아가기로 마음먹었습니다.　한나

　우리 집은 세 자매인데, 그중 제가 제일 못난이입니다. 둘째언니는 똑똑하고, 큰언니는 공부를 잘했지요. 둘 다 욕심이 있으니까요. 제가 아무리 칭찬을 받아도, 언니들 앞에서는 참 별 게 아닌 게 되어버립니다.

　엄마들의 유쾌한 반란. 정경화 씨의 바이올린 콘서트에 갔다가 그 팸플릿을 봤습니다. 가만히 팸플릿을 집어들고 한참을 머뭇거렸습니다. 집에 와서도 그 생각이 머릿속을 떠나지 않습니다. 언니들 생각도 자꾸 났습니다. 저게 뭐지, 저게 뭐지? 연극인가, 연극을 배운다는 건가, 연극을 한다는 건가? 나도 저런 거 해볼 수 있지 않을까? 언니들

은 늘 뭐든지 나보다 잘하는데, 나는 언니들만큼 잘하는 게 과연 뭘까? 정말 나는 언니들만큼 잘하는 게 없는 걸까? 충무로에 있는 학교를 다닐 때 유명한 배우들을 많이 봤는데, 그 사람들을 보면 신기하고 가슴이 콩닥대고 그랬는데, 여길 가면, 그 느낌을 다시 받을 수 있지 않을까?

남의 인생을 살아보면 어떨까? 연극은 그런 거 아닌가? 나도 그렇게 할 수 있지 않을까? 나도 해볼 수 있지 않을까?

마음속에 생각을 품고 있으니 생각이 무럭무럭 자랐습니다. 내가 해볼 수 있을까 하는 생각은, 나도 해볼 수 있겠지 하는 생각으로 바뀌어가더군요.

삼고다

평촌에 큰 백화점이 들어선 날이었습니다. 그날 오픈 기념으로 사은품을 준다는 소식을 일찌감치 입수했습니다. 문 여는 시간 맞춰서 아침 일찍 버스를 타고 부리나케 백화점으로 가고 있었죠. 갑자기 부흥고 앞에서 버스가 고장이 났습니다. 아, 사은품 받아야 되는데 매진되면 어떡해 하며 속으로 툴툴거렸죠.

조금 기다리면 다음 버스가 올 테니 그걸로 갈아타시면 된다는 버스기사 아저씨의 얘기를 듣고, 창밖을 보았습니다. 파란 하늘에 펄럭이는 하늘색 현수막, 귀여운 원더우먼이 손을 번쩍 치켜들고 있더군요. 엄마들의 유쾌한 반란. 어머, 그림이 참 귀엽다! 저건 뭐지?

엄마들의 유쾌한 반란이라니, 이름도 재미나네. 그 자리에서 휴대폰을 열었습니다.

검색을 하기 시작했죠. 안양문화예술재단에서 엄마, 주부들을 대상으로 하는 연극공부와 자기 발전의 기회 어쩌고저쩌고. 이거야, 이걸 하는 거야! 그래, 이거 해야겠다! 그럼 내가 많이 배울 수 있겠어! 망설임은 없었죠. 바로 신청할 수 있었어요. 전 기다리고 있었거든요!

미니정숙

그날도 저는 빵집에서 샌드위치를 말고 있었습니다.

직장을 그만둔 몇 년간, 하고 싶은 거 다 하고 살겠다고 선언하고 여러 가지를 했죠. 결국 빵집에서 샌드위치를 만들고 있더라구요. 하기 싫었던 건 아니에요. 요리하는 건 좋아하거든요. 돈을 많이 벌고 싶다는 것도 아니고, 아이도 다 컸고. 수영도 다니고, 바람날 것 같던 댄스스포츠도 하고 요가도 하고, 요리 자격증 따는 것도 배우러 다니고. 그런데 그게 다, 시간을 때우기 위한 취미였습니다. 그리고 샌드위치를 만들고 있었죠. 아르바이트로.

엄마들의 유쾌한 반란. 문득 스무 살에 봤던 뮤지컬이 생각났어요. 그 뜨거운 감동이 막 쏟아져내리는 것 같았습니다. 믿기 어려웠어요. 내가 아직도 그걸 못 잊고 있다는 걸 깨달았습니다.

그래, 여태 내가 나만을 위해, 내가 정말 하고 싶은 걸 해본 적이 언제 있었니 하고 제 자신에게 되물었습니다. 그리고 "없었어!"라고 대답했죠.

바로 신청서를 냈어요. 그거였거든요. 연극, 무대, 그게 제가 기다리던 거였다는 걸, 아주 오랜만에 깨닫게 됐죠.

건달처녀

문화예술에 오지랖이 넓은 남편 덕분에 그날도 평촌아트홀의 음악회에 갔습니다. 해설이 있는 음악회를 듣고 쉬는 시간에 나와서 커피를 뽑는데, 노란 포스터가 보였습니다. 고개를 갸우뚱하고 이게 뭔가 하고 쳐다보고 있는데, 남편이 옆에 와서 섭니다.

아, 이 오지랖 양반, 또 한 소리 하시겠네. 아니나 다를까 말을 보태기 시작합니다.

"이거 해봐!"

"뭐?"

"아줌마들 모아서 연극한다잖아. 이야, 이거 재미있겠다. 당신, 이거 해봐!"

"아, 싫어! 내가 이런 걸 어떻게 해?"

"아, 그러지 말고 해봐! 심심하지도 않고 사람도 사귀고 얼마나 좋아! 나이 먹어 집에만 있지 말고 해봐 한번!"

"아, 됐어!"

"어허! 그럼 돈을 먼저 내자! 내가 내줄까? 고민이 될 때는 무조건 돈을 먼저 내는 거야. 그러면 후회가 없지. 결정이 빨리 되거든."

그런 사람이에요. 떠밀렸어요. 아들 하나 군대 가고, 아들 하나 대학 다니고, 그래도 저 나름대로 봉사활동도 다니고 하는데, 내가 사는 게 그렇게 심심해보이나 하고 혼자 신이 나서 호들갑 떠는 남편을 물끄러미 바라보고 서 있었지요.

써니

버스 타고 어딘가 가던 길, 파란 하늘을 바라보며 아, 좋다 하던 그 날.

아이들은 각자 제 길로 가고 있고, 나는 여기서 하늘이나 보고 있네, 그래도 괜찮아 괜찮아, 날씨도 좋구나 하던 그날. 엄마들의 반란, 연극. 가슴 깊은 곳에서 뭔가가 쑤욱 올라오는 걸 느꼈습니다. 아, 저거 하고 싶다, 나 저거 하고 싶다, 나 저거 하고 싶어!!!

모르겠습니다. 왜 그랬을까요? 지루했을까요?

10년쯤 전에 안양시에서 한 설문조사에 자기가 하고 싶은 걸 적었던 기억이 갑자기 휙 스쳐 지나갔습니다. 세계여행, 그리고 연극. 세계여행은 돈 모으고 부지런 떨면 해볼 수 있겠지만, 연극은 죽을 때까지 못 할 수도 있겠다고 접어놨던 기억, 그 기억이 떠올랐습니다. 그래, 내가 연극을 하고 싶어했지! 저건 내 꿈이었어! 내 로망이었어!!

햇살

내 꿈을 찾겠다고 아마추어 극단에서 놀멍쉬멍 연기를 배우고 소품을 만든 지 몇 년이 지났습니다. 집에 일이 생겨 1년을 쉬게 되었죠. 조금 멀리서 나를 바라보고 싶었습니다. 그런데 병이 도진 거죠. 이건 뽕 같은 거예요. 산에 다니는 사람들 산뽕 있다고 하듯이. 뭐 망설일 게 있나요. 그냥 지원서를 낸 거죠. 이번엔 자리를 바꿔서 한번 해보자. 내가 있던 극단에서는 우리끼리 꾸려가는 입장이었지만, 여기는 교육을 해준다니까, 뭔가 더 좋은 것을 배울 수 있겠지. 강의도

들을 수 있고, 전문적인 훈련도 할 수 있겠지. 신청 분야는 필요없는
겁니다. 연극은 그런 것이더군요. 한 작품에 들어가는 그 모든 것이
다 똑같이 중요한 일이고, 그게 다 연극을 이루는 요소라는 걸 어렴
풋이 알고 있었으니까요.　　　　　　　　　　　　　　　　**하늘공주**

　돈도 벌어봤고, 직장생활도 해봤고, 아이들 뒷바라지도 열성적으로
했고, 뭔가 좀 지루하다 싶은 날이었습니다. 새로운 거 없을까. 가만
있지 못하는 성격 때문이겠죠. 뭔가를 찾아다니고 있던 때였고. 엄마
들의 유쾌한 반란. 그래, 내가 꼭 반란을 일으켜야 하는 건 아니지만,
저기 가면 뭔가 또 새로운 게 있겠지. 나 자신을 위해서 일주일에 한
번 정도, 그 정도는 해야 되는 게 당연한 거라고, 지금도 그렇게 믿습
니다.　　　　　　　　　　　　　　　　　　　　　　　　　**우람쥐**

제2막

내 아이의 선생님

"아냐, 아니야!"

"나, 기억하니?" "… 기억났어! 미안해."

"잘 가, 이제 내 꿈속에 나타나지 마."

아직도 꿈에 니가 내 빰을 때려

엄마는 아이와 함께 자란다. 세상에 나오는 아이의 탄생은, 엄마에게는 출산의 과정이다. 한 아이가 세상에 나온다는 것은, 엄마와 아기의 온전한 단 둘만의 투쟁이다. 엄마는 아기를 밀어내야 하고, 아기는 엄마에게서 떨어져나와야 한다. 시간이 지났는데도 아기가 엄마에게서 벗어나지 못하면, 엄마도 아기도 모두 위험해지고 만다.

아기가 자라, 아이가 되고, 처녀애가 되고 총각이 될 때까지, 엄마는 아이와 함께 무럭무럭 자란다. 아이가 자라는 만큼 엄마도 자라고, 엄마가 자라는 만큼 아이도 자란다. 엄마는 아이를 키우며 인생을 다시 산다. 아이의 상처를 보듬으며 내 상처를 치유하고, 내 상처를 치유하며 아이를 더욱 크게 끌어안을 수 있다.

따돌림은 엄마들에게 예민한 주제다. 엄마들은 알게 모르게 사회에서 따돌림당하는 것만 같다. 소외당해서 '아줌마'라는 이름을 달게 된 것만 같다. 엄마들의 기억 속엔 누군가에게 따돌림을 당했던 기억들이 있고, 이제는 자라나는 내 아이들이 누군가에게 따돌림당할까봐 두렵다.

연극수업 중에 엄마들은 '내가 가장 예뻤을 때'와 '내가 가장 슬펐을 때'를 이야기했다. 앞에 나와 발표하는 엄마들도 울고, 앉아서 듣는 엄마들도 울었다. 그리고 손을 꼭 잡고, 다 괜찮다, 모두 지나간 일이라고 위로했다. 가슴속에 깊이 응어리진 돌덩어리를 토해내는 작업, 엄마들의 가장 슬픈 추억 속에 숨어 있던 어린아이가 일어나 말한다.

"안녕, 이제 다시는 내 꿈속에 찾아오지 마!"

일곱 살 세민의 엄마인 지영은 새로 부임해온 세민의 담임 서경은이 어린 시절 자신에게 큰 상처를 준 바로 그 친구라는 것을 알고 당황한다. 뚱뚱했던 어린 시절, 자신을 놀리고 빰까지 때렸던 그 아이가 내 아이의 선생이라니···. 지영은 과거의 상처를 곱씹으며 경은에게 유치원을 옮기겠다고 통보하게 되는데···.

경은은 세민이 걱정되어 지영을 찾아가 과거의 일을 사과하려 하지만, 지영은 경은을 쉽게 용서할 수가 없다. 그러나 경은이 자폐아인 딸을 키우며 마음아파하면서도 자신의 딸과 아이들을 따뜻하게 보살피려고 노력하는 엄마이고 진심으로 세민을 걱정한다는 것을 알게 되면서 마음이 움직인다.

때　현대
곳　유치원, 초등학교 교실, 지영의 집

등장인물

지영
주부. 일곱 살 딸아이 세민의 엄마

경은
지영의 초등학교 동기이자
세민의 유치원 선생님

그 외 친구들, 엄마들

밝아지면 유치원 현관문 입구다.
문 안으로 방금 아이들을 들여보낸 엄마들이 손을 흔든다.

엄마들 안녕! 이따 만나!

지영도 딸에게 손을 흔든다.

지영 세민아! 안녕! 이따 만나! 엄마가 일찍 올게! (손 흔들며) 안녕!

엄마들 토끼반 선생님 새로 왔다면서요?

지영 예, 그랬다네요. 전 아직 못 뵈었는데….

엄마1 애들이 당분간은 좀 힘들겠어요. 어릴 때 선생님 바뀌고 이러는 거 안 좋은데….

엄마2 전에 계시던 선생님 결혼하면서 그만둔 거잖아요.

엄마3 여자는 왜 결혼하면 일을 그만 두나 몰라.

엄마1 뭘 몰라! 엄마 노릇하느라 그런 거지.

엄마2 근데 새 선생님 딸도 함께 다닌다던데.

지영 딸이요?

엄마2 자세히는 몰라요. 다람쥐반인가? 그렇대요.

지영 아, 좋겠네요. 엄마랑 종일 같이 있고 그 딸은….

엄마3 세민인 적응 잘해요?

지영 옮긴지 석 달째인데 아직도 적응중이죠. 뭐. 애가 워낙 까탈스러워서.

엄마1 어릴 때 까탈스러운 애들이 똑똑하대요.

지영 그럴까요? 좀 걱정이에요. 친구도 많은 거 같지 않고.

엄마2	유치원 옮기는 거 쉽지가 않아요.
지영	그렇죠. 뭐. 그런데 애들 아빠가 직장을 옮기는 바람에.
엄마3	저기, 토끼반 선생님 나오시네. 우린 갈게요.
엄마들	또 봐요!
지영	예. 가세요!

문 안쪽에서 유치원 교사 경은이 인사를 하며 나온다.

경은	안녕하세요? 세민 어머님, 이번에 토끼반 담임으로 온 서경은이에요.

지영, 깜짝 놀란다.

지영	(방백) *경은? 서경은? 서경은이라고? 내가 잘못 들은 거 아니지? … 아니야. 아니겠지. 경은이란 이름이 뭐 한두 사람이겠어? 하지만 서경은은? 그건 그리 흔한 이름이 아닌데….*
경은	어머님!
지영	아, 안녕하세요?
경은	세민이가 차분하고 마음도 따뜻해서 친구들과 잘 어울려요.
지영	아, 그런가요? 집에선 고집도 센 편이고 그런데.
경은	그만한 고집이야 다 있죠. 고집 있는 아이가 나중에 잘돼요.
지영	아, 하하! 그렇군요. … 저, 실례지만 연세가?
경은	아유, 어머님, 연세는 무슨, 서른다섯이에요. 저도 세민이만 한 딸이 있는 걸요. 호호호.
지영	(방백) *서른다섯? 나하고 같다. 그럼 혹시?*
경은	혹시?
지영	아니, 아니에요. 제가 아는 분하고 이름이 같아서.

경은	그런 얘기 많이 들어요. 저희 자매들이 은자 돌림이라. 혜은이, 세은이, 경은이. 여자 이름으론 흔하죠 뭐. 그럼 어머님, 저는 이만 교실로. 세민이 걱정 마세요. 아주 잘하고 있어요.
지영	아, 예. 예. 그래야죠.

경은이 문 안으로 들어간다.
발이 붙어버린 듯 멈춰버린 지영.

지영	맞다. 서경은. 그 아이다. 아니 이제 아이가 아니지. 딸부잣집 셋째 딸, 서경은. 나를 아프게 했던 그 이름! 그 여시!

대도구인 의자 몇 개를 들고 오는 사람들. 무대는 일시에 초등학교 교실이 된다. 뚱보 옷을 입고 까만 뿔테 안경을 쓰고 막대사탕을 입에 문 지영, 의자에 앉는다. 샤랄라 공주 옷을 입고 삐삐 머리를 한 경은이 여자애들 서넛과 함께 흥겹게 들어온다.

경은	어우 덥다 더워. (지영에게) 난 너만 보면 더워 죽겠어! 이 뚱땡이!
여자애들	뚱땡이! 호호호호!
경은	(지영에게) 야, 사탕 뱉어!
지영	응?
경은	사탕 뱉으라구!
지영	… 왜?

경은이 지영의 뺨을 짝 때린다. (마임으로 표현)
지영의 사탕이 바닥에 툭 떨어진다.
여자애들이 깔깔깔 웃어댄다.

경은	뱉으라면 뱉지. 무슨 말대꾸야! 작작 좀 처먹어라. 이 뚱땡아!
여자애들	지영이는 뚱보래요. 뚱보래요.

경은과 여자애들이 지영이를 가운데 두고 빙빙 돌면서 놀린다. 어쩔 줄 몰라 서성이는 지영. 아이들이 한 바퀴 돌고 사라진 뒤에도 지영은 어쩔 줄 모르고 서 있다.

지영   아냐! 나 뚱보 아니야! (입고 있던 뚱보 옷과 뿔테 안경을 벗고 현실의 지영이 된다.) 아무리 뚱보라도 그렇지. 니들이 그렇게 놀리는 건 아니지. 그건 아니지. … (생각에 잠겨 무대를 한 바퀴 걷다 멈춰서서) 세상에, 그게 언제 적 일인데…, 25년도 더 전이잖아. 그런데 이렇게 생생하다니…. (뺨을 어루만지며) 아직도 뺨이 화끈거리는 것 같아. … 어떻게 맞고 아무 소리도 못할 수가 있지. 아, 속상해! … 그런데 그 재수 없는 기집애 서경은이 우리 세민이 담임이라고? 담임?

초등생 모습의 경은이 얄밉게 나타나 말한다.

경은   작작 좀 처먹어라. 이 뚱땡아!

지영   아, 안 돼! 어떻게 그런 애한테 내 아이 교육을 맡길 수가 있지? 안 돼. 절대 안 돼! … 당장 옮겨야지. 학교도 아니고 유치원인데 옮기지 뭐. 옮기자.

지영이 뚜벅뚜벅 걸어와 문 앞에서 벨을 누른다.
경은이 나온다.

경은   어머, 세민 어머님! 오늘은 일찍 데리러 오셨네요.

지영   저, 선생님께 할 말이 있어서요.

경은   아, 예. 들어오세요. (지영을 안내해 무대 중앙의 의자에 앉기를 권한다. 무대는 유치원 교실이 된다.) 세민이에게 무슨 일이라도 있나요?

지영   (방백) *모른다. 어쩌면 모를 수가 있지? 하긴 모르는 게 당연한가? 그 때의 나는 내 인생 최고의 뚱보였고, 지금의 난 뚱보가 아*

니니까. 하지만 난 너를 알아. 서경은! … 예. 저, 우리 세민이 유치원을 옮길까 하구요.

경은　(긴장하여) 예? 아니 왜? 세민이 우리 유치원에 온지 3개월밖에 안 된 걸로 아는데요.

지영　(방백) 왜냐구? 바로 너 때문에! … 3개월이 되었든 한 달이 되었든 옮길 사정이 있으면 옮겨야지요.

경은　무슨 다른 이유라도? 세민이가 유치원 다니기 싫다고 하나요?

지영　(방백) 내가 싫다. 내가 싫어서 그래. … 세민이가 아니라 저 때문이에요.

경은　아 … 어머님께 사정이 있으시군요. 그런데 아이들 한참 예민한 시기에 유치원이나 어린이집 등 환경이 자주 바뀌는 게 좋지 않아요. 정서적으로 불안할 수가 있거든요. 친구들과도 이제 좀 친해졌는데 다시 새로운 친구와 적응해야 하고,

지영　왕따!

경은　예? … 아, 예. 왕따까지는 아니지만 아무래도 학기 초도 아니고 하니까 적응이 쉽지는 않지요.

지영　(방백) 제대로 선생님같이 말한다. 그렇게 잘 알면서 넌 내게 왜 그런 거지? 하지만 니가 나라면 너한테 아이를 맡길 수 있을까?

경은　어머님!

지영　… 세민이가 예민하긴 하지만 애들한테 왕따당할 아이는 아니에요. 그런 걱정은 안 하셔도 됩니다.

경은　저나 유치원에 서운한 거라도 있으세요?

지영　….

경은　어머님, 부족한 게 있었다면 고치겠습니다. 말씀해주세요. 오해가 있으시면 풀어야죠. 세민이가 뭐라 하던가요?

지영   *(방백) 말할까? 내가 바로 나라고. 니가 뚱보라고 놀리며 뺨을 후려쳤던 그 뚱땡이 지영이라고. 그럼 넌 뭐라고 할까? 지금도 날 놀릴 수 있을까?*

경은   어머님, 부탁드려요. 제가 부족한 점이 있으면 사과드리겠습니다. 예, 어머님!

지영   혹시?

경은   예, 말씀하세요.

지영   천지영이란 이름 기억해?

경은   예?

지영   은혜초등학교 3학년 4반 천지영, 뚱뚱하고 핑핑 돌아가는 뿔테 안경을 쓴 아이, 천지영.

경은   천…지영? 은혜초등학교 3학년 4반?

사이.

지영   내가 바로 천지영이야. (핑핑 돌아가는 뿔테안경을 써 보인다.) 나, 기억하니? 서경은!

경은   (놀란다.) 헉, 아니, 그럼 니가!

지영   (안경 벗으며) 응, 내가 천지영!

경은   어머나, 세상에! (몹시 반가워하며) 이게 웬일이니? 너무 반갑다. 니가 그 뚱보 지영이라니? 믿어지지가 않는다, 얘. 어쩜 이렇게 예뻐졌어? 너무 반갑다. 세상 정말 좁다, 얘.

지영   (경은의 반응에 어이가 없다.) 반갑다고?

경은   그럼, 반갑지. 어쩜 이렇게 만나다니….

지영   *(방백) 어떻게 반가워할 수가 있지? 지가 나한테 어떻게 했는데…, 뭐야? 넌 하나도 기억 안 난다 이거야? 정말 참을 수가 없네.*

경은 진작 말하지 그랬어. 난 정말 몰랐다, 얘.

지영 (정색하고) 넌 어떻게 내가 반가울 수가 있어?

경은 ··· 내가 반가워하면 안 되는 거야?

지영 안 되지 그럼. 니가 나한테 어떻게 했는데?

경은 ··· 아, 내가 너한테 잘못했구나. 뭔가. 그 옛날에. 그러니까 지금
으로부터 25년도 더 전에?

지영 그래. 25년도 전에. 세월이 까마득하게 흘렀어도 잘못은 잘못
이지.

경은 내가 뭘 잘못했는데?

지영 (한숨) 참, 기가 막혀서. 니가 생각해봐. 니 잘못이니 니가 알겠지.
그것까지 내가 일러줘야 되니? ··· 토끼반 서경은 선생님, 암튼
전 우리 세민이 유치원 이번 주까지만 보낼 테니까 그리 아세요.
(팽 토라져 나간다.)

경은 저기, 지영아! ··· 아니 세민 어머님!

어둠.
음악.
밝아지면 쾅하고 문이 닫히는 소리, 뒤이어 문을 향해 지영이 소리 지른다.

지영 싫다니, 왜 싫어? 엄마가 더 좋은 유치원 알아본다니까! 토끼반
보다 더 좋은 반! 거기 친구들이 더 똑똑하고 착하다고 몇 번을
말하니? ··· 니가 어때서? 이쁘기만 하구만. 다들 너 좋아한다니
까! ··· 암튼 엄만 그렇게 정했으니까 그런 줄 알아! ··· 아무하고
나 잘 사귀고 그럼 얼마나 좋아? ··· (한숨)

초인종이 울린다.

지영 이 시간에 누구지?

경은	나야!
지영	누구?
경은	경은이.
지영	(망설이다 문을 연다.) 이 시간에 여기까지 웬일로?
경은	(빵을 내밀며) 이거 카스테라인데 세민이 좋아하더라. 아니 하더라구요. … 좀 들어가도 될까? … 될까요?
지영	들어와!
경은	오늘은 세민이 선생님 아니고 친구로 온 거니까 말 놔도 되지?
지영	(방백) 친구? 누구 마음대로 친구? … 뭐, 좋을 대로.

사이,

지영	저,
경은	저,
지영	먼저 말해!
경은	응. … 사과하고 싶어서.
지영	뭘? 넌 아무 기억 안 나는 것 같던데. 괜히 마음에도 없는 사과할 필요 없어. 우리 세민이 하나 나간다고 문 닫을 유치원도 아니잖아. 원장이 너한테 뭐랄 것도 아니고.
경은	그렇지. 난 괜찮아. 하지만 너하고 세민인 안 괜찮은 거 같아서.
지영	고양이 쥐 생각해주네. … 나, 솔직히 마음이 편치 않아. 니가 너인걸 알면서, 25년도 지난 일인데 그 일이 떠올라 자다가도 벌떡 일어나! 다 잊었는데, 내가 왜 또 이래야 하지! 때린 넌 아무 기억도 못하고 아무 죄책감 하나 없는데, 왜 여전히 나만 괴로워야 하느냐고?
경은	… 기억났어!

지영	아, 그래? 기억났어? 그것 참 다행이네.
경은	미안해!
지영	… (허탈한 웃음) 25년 전 일을 가지고 사과하고 사과를 받고 웃긴다야. 웃겨!
경은	나, 어릴 때 참 못돼 처먹었어. 그치?
지영	말이라고.
경은	정말 철이 없었지.
지영	… 그래, 도대체 뭐가 기억났는데?
경은	내가 너 뚱보라고 놀렸잖아. 애들도 널 놀리게 시키고!
지영	… 뺨 때린 건 기억나니? 작작 좀 처먹어라 이 뚱땡이년아! 욕한 건 기억나니?
경은	(충격으로) 내가… 그렇게까지 했어?
지영	맞은 놈은 편히 다리 뻗고 자도 때린 놈은 편히 못 잔다던데… 그 말 다 틀렸나봐. 넌 기억도 못하는 일을 가지고 난 평생에 트라우마가 돼서 살아왔는데…. 아직도 꿈에 니가 나타나 내 뺨을 때려. 난 아무 소리 못 하고, 왜 때리냐는 말 한마디 못 한 채.
경은	(무릎을 꿇고) 미안해! 정말 미안하다. 내가 잘못했어!
지영	내가 정말 화가 나는 게 뭔지 알아? … 왜 그때 내가 너한테 아무소리도 못 하고 맞고만 있었을까? 왜 때리냐? 니가 뭔데 날 때리냐고? 뚱뚱한 게 무슨 죄냐고? 그 말 한마디 못 하고, 소리 내울지도 못하고… 맞은 뺨이 얼얼한데도 등신같이 아무 소리 못하고. … 그런 내가, 그런 등신 같은 내가 얼마나 싫었는지….
경은	지영아, 미안하다. 정말 미안해. 내가 나빴어. 내가 나쁜 년이야.
지영	시간을 되돌릴 수 있다면 난 그 시간으로 돌아가 너하고 머리채라도 잡고 싸울 거야. 내가 너무 등신 같으니까. 그게 너무 싫으

니까. 25년이 지났어도 그때의 내가 너무 부끄러우니까.

경은　미안해!

지영　그런데 어떻게 니가 우리 애 선생님으로? … 너라면?

　　　사이.

경은　나라도 싫을 거야. 그럼. 그렇지.

지영　그런데 왜 여기까지 찾아왔어?

경은　세민이 때문에.

지영　뭐?

경은　우리 어릴 적 일 때문에 세민이가 괜한 고생을 하면 안 될 거 같아서.

지영　… 그건 내가 알아서 해!

경은　세민이가 우리 유치원에 와서 적응하느라 고생한 거 들었어. 이제 겨우 아이들과 친해졌는데 다시 또 옮기는 건 세민이에게 좋지 않아. 너도 알잖아.

지영　니가 걱정할 일은 아닐 텐데.

경은　말했지. 나한테도 세민이만한 딸이 있다고. … 사실 우리 딸은 특별해!

지영　… 나한테 이러는 이유가 뭐야? 세민이 나간다고 너 잘리기라도 하니?

경은　아니, 내 얘기 좀 들어봐.

지영　….

경은　우리 딸 자폐를 앓았어. 지금도 세민이랑 같은 일곱 살이지만 발달이 좀 느려! 내가, 그 이기적이고 못돼 처먹은 서경은이가 어떻게 보육교사가 되었는지 이해가 안 갔지? 실은 우리 딸 때문이야. 다른 아이들 방끗방끗 웃으며 엄마, 엄마 달려들 때 눈 한번 안 맞추던 우리 딸. 얼마나 안고 울었는지 몰라. 내가 뭘 잘못했나? 뭘 잘못해서 우리 아이가 이렇게 됐나? 돌이켜보니까 잘못한 게 많더라고. 어릴 때부터 욕심 많고 샘 많고, 늘 대장노릇 해야 해서 친구들 많이 괴롭혔어. 너한테도 평생 상처가 될 짓 하고…. 그 벌 받는 거 같더라고. 나는 우리 딸에게 내내 왕따당하고 있어. 일곱 살이 된 지금도 '엄마'라고 한번 불러주질 않는다. 집에서도 유치원에서도 늘 혼자야. 그 아인 세상 모든 걸 다 왕따 시키는데, 그 세상은 얼마나 고요하고 또 조용한지 아무도 못 들어오게 해. 엄마인 나도! … 나 있잖아. 그래서 보육교사가 됐어. 우리 딸 곁에서 조금이라도 보살피려고. 내가 한 잘못 조금이라도 갚으려고. 지영아! 내가 용서가 안 되지?

지영   ….

경은   그럴 거야. 나 때문이라면 백번이라도 그만둬도 좋아. 하지만 세민이는 무슨 잘못이니? 세민인 잘못이 없잖아. 다시 한 번만 생각해줘. (자리에서 일어나) 이만 갈게.

경은이 일어나 문가로 간다.

지영   이름이 뭐야?

경은   응?

지영   너희 딸?

경은   응, 민지.

지영   예쁜 이름이네. 민지.

경은   응. … 그렇지? … 너무 늦었지만 사과할게. 진심으로! 미안해!

지영   응. 좀 오래 걸렸어.

경은이 문을 닫고 나간다.

지영 잘 가. 이제 내 꿈속에 나타나지마. 절대로! … 잘 가, 경은아!
… 민지 엄마야!

어둠.

2막 2장

내 아이와 사는 법

아이들 어릴 때는 다른 반 엄마들이랑 합심해서 캠프도 같이 다니고 여행도 같이 다니고 그렇게 애들을 키웠어요. 그땐 참 재미있었어요. 그러다 남편 직장문제 때문에 이사를 많이 다녔어요. 정신을 차려보니 아이들이 내가 생각하지 않은 방향으로 나가더라구요. 처음엔 많이 울었어요. 남자애들은 자라는 과정이 많이 다르더라구요. 저는 남자형제가 없어서 너무 낯선 거예요. 어떻게 해야 할지도 모르겠고. 너무 힘들고, 너무 괴로웠죠.

어느 순간, 그걸 탁 놔야겠다는 생각을 했어요. 이걸 다 끌고 가면, 내가 원하는 대로 이루어지길 바라면, 내가 너무 힘들다는 걸 깨달은 거죠. 사실 저도 힘들지만, 그런 기대를 갖고 있는 엄마를 자꾸 바라봐야 하는 아이들도 힘들잖아요. 그래, 엄마아빠가 자꾸 이사를 다녀서 너희가 적응하기가 힘들었구나, 그걸 다 보살펴주지 못해서 미안

하구나. 그렇게 내려놓기로 했어요. 둘 다 가져갈 순 없겠구나.

지금은 괜찮아요. 아이들은 금방 클 거고. 이제 고등학교 2학년, 3학년이거든요. 다 지나가는 과정이겠죠. 그래서 저도 일을 시작하기로 했구요. 시간제지만, 내가 뭔가를 하면 아이들한테 덜 예민하게 굴 것 같아서 그렇게 하기로 했죠. 종교생활도 조금 더 열심히 하구요. 기도하는 마음, 그게 꼭 뭔가를 바란다기보다 그 소망을 잊지 않게 하잖아요.

햇살

그때 가졌던 꿈을 이루지 못한 건 후회를 안 한다면 거짓말이겠지만, 그래도 그 일을 계속했다면, 지금 우리 애들은 못 만났을 거 아니에요. 얼마나 예쁜데요. 아직 예쁠 때라 그런가? 괜찮아요. 아이들은 클 거고, 저는 다시 하면 되거든요. 나이 드는 건 큰 문제가 아닌 거 같아요. 그 나이에 맞춰서 할 수 있는 일이 따로 있을 거예요. 물론 저는 연기활동을 제대로 해보고 싶지만, 지금은 더 배우면 돼요. 아이들 크는 동안, 저도 조금 더 자라야 하지 않을까요. 제가 제 자신을 봐도 너무 애 같아서 말이죠.

우람쥐

제가 끼가 있나봐요. 어릴 때부터 방송이나 연예계 쪽을 선망해서, 메이크업 배워서 연예인 뒤를 따라다닌 적도 있어요. 그래서 아이들도 아마 그런 영향을 받았을 거예요. 큰애가 예중에 들어가서 기숙사에 넣었더니, 자꾸 '엄마, 방에서 피에로가 보여!' 이러는 거예요. 애가 이러다가 외로워서 큰 병 생기는 거 아닌가 싶어서, 이사를 해버렸어요. 기숙사에서 나와서 집에서 다닐 수 있게끔.

그랬는데 작은애도 예체능 쪽으로 나가고 싶어하더라구요. 요즘은 조금씩 공부하면서 일반 학교 다니고 있는데, 아이가 감수성이 살아 있어서 아직은 참 친절해요. 아들놈이 '엄마 우리 데이트 하러 갈까?' 그래요. 좋죠, 아들이 그러면. 그래서 둘이 팔짱끼고 안양천 걷고 그래요. 어머, ○○야, 여기 꽃 좀 봐, 너무 예쁘다, 이러면서, 우리는 좀 닭살 돋게 간지럽게 지내요.

일주일에 한 번씩 아이들하고 일부러 티타임도 가져요. 처음엔 잘 안 됐죠. 큰애가 뭐냐고 낯간지럽게, 엄마 진짜 이상한 거 많이 한다고 타박도 하고 그랬어요. 큰애는 어차피 학원 시간 때문에 점점 더 집에 없으니까, 요즘은 그냥 작은애하고 둘이 앉아서 이런저런 얘기 해요. 요일 정해놓고. 언제까지 그러겠어요, 지금이나 말 들어주니까 하는 거지. 지금 이때를 놓치면 안 된다고 생각해요. 제가 부모님하고 그런 게 없었거든요. 그래서 저는 꼭 아이들하고 이야기를 많이 하는 엄마가 되어야겠다고 결심했고, 실천하고 있는 거죠. 미니정숙

남편이 괴팍…하다고 해야 되나. 아무튼 본심이 뭔지 솔직히 지금 20년을 넘게 살아도 잘 모르겠어요. 변화가 없으니까. 말을 확 질러 버리는 스타일이라서 너무 답답하고, 원망도 못 하겠고, 버럭버럭 화를 잘 내니까 나는 나대로 위축되고, 그러다보니까 너무 밉고.

그래도 그냥 그 세월을 다 견뎠어요. 집에서 아이들 가르치는 일도

하고, 학습지 방문교사도 하고 그러면서 시간을 보내고, 내 자식만 잘 건사하자, 아이들 잘 키우자. 남편이 화를 내면 뒤돌아서 딱 애들 쳐다보고 동화책만 읽어주고 그랬어요. 아마 남편은 더 성질이 났겠죠? 자기 무시한다고.

다행히도 작은애는 자기가 어떻게 해야 난관을 헤쳐나갈 수 있는지를 참 파악해요. 아이 이모가, 그러니까 언니 한 사람이 해외에 있어요. 그래서 잠깐 구경 한 번 하고 오라고 애들을 방학 때 잠시 보냈어요. 그랬더니 작은애가 거기에 딱 꽂힌 거예요. 엄마, 나 거기 가서 공부하고 싶은데, 보내주세요. 우리가 돈을 쌓아놓고 사는 사람은 아니지만, 이리저리 아끼면 너 하나 못 보내주겠냐. 어미로서 그 정도는 해줄 수 있지 해서, 아이가 조를 때, 이때가 또 기회일 수 있다 싶어서 보냈어요.

남편하고 끊임없이 갈등이 있었는데, 그래도 내가 굳건하게 잘 지내야지, 나는 티내지 않아야지 했는데, 애들이 다 알더라구요. 다 크고 나서 한마디 툭툭 던지는데, 참 이제는 그게 뭐랄까, 나한테 아주 든든한 친구가 생겼구나, 우리 딸이 참 나한테 큰 힘이 되는구나, 그런 걸 느끼죠.   **삼고다**

애들은 그냥 맘을 비우고 키우는 게 좋은 거 같아요. 클 놈은 크고, 안 클 놈은 안 크더라고요. 공부할 놈은 책을 다 뺏어도 하지만, 안 할 놈은 안 해요. 그걸 억지로 시키면 서로 괴로운 거죠. 또 요즘 애들이 말 들어요? 각자 살아가는 문화가 다른데. 그래서 저는 많이 기대

안 하고 대신 엄격하게 지켜야 할 것만 얘기해요. 아니, 학교는 니네가 가는데, 왜 엄마가 바쁘니? 오늘 아침에도 그러고 나왔다니까요. 여차하면 엄마가 학교 가겠다, 응? 이러면서, 맨날 그러는 거야. 이제 좀 있으면 딸내미 중학교 들어가는데, 요즘 애들 다 화장한다면서요? 누가 그러더라구. 애들이 돈 없어서 싸구려 사서 쓰고 입술 부르트고 하니까, 기본적인 틴트 같은 거는 엄마가 사다 주는 게 낫다, 그렇게 생각하는 엄마들이 많아요. 그래, 뭐 내가 말린다고 니들이 안 하겠냐, 중학교 때 실컷 하면 고등학교 가서 안 하겠지, 그랬더니 진짜 그렇다데요. 그래서 전 욕심 안 부리려고, 노력에 노력을 하고 있죠. 잘 되고 있나 몰라.

아마추어 극단 생활을 했으니까 그래도 제가 조금 안다고, 아이 어릴 때 같은 반 애들 학예회 연습을 한대서 콩트를 짜줬어요. 요즘은 그런 활동을 다 엄마들이 알아서 해줘야 되잖아요. 한 달 반 정도 매달렸던 거 같아요. 2학년짜리 애들 데리고 그걸 하는데, 어머 애들이 애들이 아니고 그냥 애기 수준이잖아요. 얼마나 어려. 난리가 났죠. 그래도 애들이 잘 따라오더라구요. 재미있어하고. 콩트 짜서 연기 지도하면서 이렇게저렇게 해봐, 자 여기도 니가 해보는 거야 했더니, 아이들이 즐겁게 했어요. 무대에 딱 섰는데, 애들이 반응이 너무 좋은 거예요. 참여도 높은 걸 떠나서 애들이 연극연습을 하는 내내 눈이 반짝반짝하더라니까요. 저도 감동했죠.

우리 애도 그걸 하면서 성격이 많이 변했어요. 쭈뼛쭈뼛하던 게 없어지고, 어디 나가서 손들고 얘기하고 발표하고 이런 거에 스스럼이 없어졌어요. 거기 참여한 애들이 다 그렇대요. 그때 우리 딸 친구가 그 연극을 하고 다른 데로 전학을 갔는데, 한번은 딸한테 전화가 왔을 때 나를 바꿔달라고 하더니, 그 애가 '아줌마, 안녕하세요!' 하면서 '그때 그 연극, 너무 재미있었어요' 하는 거야. 애들이 변해요. 자신감이 생기더라구요. 눈빛이 달라지고. 그런 건 사실 기회 있으면, 어린 애들한테 더 해주고 싶은 생각이 있어요. **늘푸소나**

잔소리. 저의 가장 큰 단점이 그거죠. 잔소리가 많더라구요. 몰랐죠, 내가 나를 잘 아나? 자기 자신은 잘 모르잖아요, 객관화가 되기 전에는. 내가 어떻게 말을 하는지, 어떤 얘기를 하는지, 솔직히 그건 옆에서 누가 얘기를 해줘도 별로 와닿지도 않아요. 본인이 깨달아야지. 어느 날 아들이 얘기를 해주더라고. 근데 아마 그 전에는 얘기를 해줬어도 몰랐을 거예요. 이제 나이가 오십이 넘어가니까, 그래서 아는 거겠지. **바다, 50세**

단순하게 살았어요. 내가 왜 이렇게 경험이 없는지 생각해보면, 너무 시키는 대로, 남들이 하는 대로 큰길로만 걸어와서 그런 게 아닐까 싶어요. 정말 경험이 없으니까 느끼는 것도 그것밖에 없다 싶고. 동생하고나 싸우지 친구들하고도 싸워본 적이 없어요. 애들은 싸우면서 크는 건데, 내가 참지 뭐 하고 뒤로 빠지고 물러나고, 조용히 넘기고, 쌓아놓는 거예요. 꾹꾹 눌러놓는 거 같기도 해요. 싸워서 부딪쳐서 뭔가 바뀔 거 같으면 싸울 텐데, 안 될 거야 하고 뒤로 물러나요.

내가 바뀌는 게 낫지, 남을 어떻게 바꾸겠어요. **산들바람**

애들 클 때는 경제적으로 풍족하지도 않았고, 어린 애들 데리고 먹고살려니 바쁘고 힘들었어요. 나도 돈 벌면 마사지나 한 번 받아봐야지 하면서 살았죠. 그걸 서른일곱엔가 처음 해봤어요. 해보니까 별 거 아니더라구요. 그럼 그 다음엔 운동을 좀 해봐야지. 그건 마사지보다는 만족도가 크더라구요. 그렇게 하나씩 해보는 거죠. 하나씩 해보고 어떤 건 내 환상이었구나, 어떤 건 정말 괜찮구나, 어떤 건 기대했던 것보다 낫구나, 그런 걸 느껴보면서 환상을 하나씩 깨나가고 정리해 나가는 거죠. **사랑단지**

오래전에 애들만 데리고 미국을 갔는데, 영어가 잘 안 되니까 입국 관리하는 데에서 턱 막힌 거예요. 그리고 그때는 비자 심사가 까다로웠거든요. 제가 당황하니까, 출입국관리 여권 보던 사람이 흑인 여자였는데, 우리 딸이 거기 딱 가서는 뭐라고 뭐라고 해요. 영어공부를 따로 시킨 건 아닌데, 학교에서 배운 밑천으로 '우리는 여행을 왔어요', 뭐 그랬나봐요. 그랬더니 나한테는 그렇게 사나운 표정을 짓던 그 여자가 우리 딸한테는 표정이 정말 온화해지는 거예요. 그 나라는 애들한테 그렇게 친절한 건지, 아니면 조그만 동양 여자애가 얘기하니까 신기했는지. 그랬는데, 또 우리 아들은 옆에서 잘 듣더라구요. 듣는 건 아들이 하고, 말하는 건 딸이 하고. 그 심사관이 웃으면서

도장을 딱 찍어주면서, 저한테 '생일이 독립기념일이구나. 좋은 여행이 되길 바란다' 그러고는, 우리 딸한테 '크리스마스까지 있다가 가면 참 좋겠구나, 미국의 크리스마스는 정말 아름답단다' 했대요.

하늘공주

2막 3장

엄마, 연극을 배우다

매주 금요일 오후 2시부터 4시까지 서른두 명의 엄마들이 안양문화
예술재단 평촌아트홀의 연습실에 모였다.

5월 25일의 첫 수업을 지나 자기소개를 하고 이 프로젝트에 참여
하게 된 동기를 발표하는 시간을 가졌다. 이후 6월부터는 자기 표현
하기 실습을 시작했다. 누군가의 엄마로, 누군가의 아내로 살아온 주
부들이 가슴속에 숨겨놓았던 것은 바로 자신의 이름이었다. 이렇게
많은 사람들 앞에서 내 이야기를 해본 적이 있었던가. 누군가는 설레
고, 누군가는 숨이 막혔다. 심장병 걸리겠다는 농담도 오고갔다.

자기소개를 연극으로 꾸며서 한다는 건 쉬운 일이 아니었다. 대체
뭘 어떻게 하라는 거냐고 툴툴거리던 모자공주는 이 날의 발표를 잊
을 수가 없다.

〈엄마들의 유쾌한 반란 일정표(5/25~10/5)〉

구분			내 용
월	일	회차	14:00~16:00(120분)
5월	25일	1회	오리엔테이션 -〈엄마들의 유쾌한 반란〉 사업소개 및 자기소개 I
6월	8일	2회	자기소개 II-참여 동기(신준철 · 김경진)
6월	15일	3회	자기 표현하기 I -상황과 역할을 통해 이야기 이해하기(신준철 · 김경진)
6월	22일	4회	자기 표현하기 II -연극놀이를 통한 중심인물 연구하기(신준철 · 김경진)
6월	29일	5회	신문 · 잡지 · 뉴스를 통한 장면 만들기 I -일상 가운데서 일어난 사건으로 장면 만들기(김경진)
7월	13일	6회	특별강의 I -'유쾌한 반란'을 넘어서서 삶의 절정을 살라(박정자)
7월	20일	7회	신문 · 잡지 · 뉴스를 통한 장면 만들기 II -일상 가운데서 일어난 사건으로 장면 만들기(신준철 · 김경진)
7월	27일	8회	무대미술 강의-새로운 예술로서의 무대미술, 공간을 창조하다 김경희(무대디자이너)
8월	10일	9회	대사훈련, 스피치 I-외도, 바캉스(김경진)
8월	17일	10회	기획 관련 강의-창작뮤지컬 〈셜록 홈즈〉(강재선) 대사훈련, 스피치 II-외도, 바캉스(김경진)

구분			13:00~14:20 (80분)	14:30~16:00 (90분)	16:10~17:30 (80분)
8월	24일	11회	연극의 매력, 존재이유 (최준호)	내가 가장 예뻤을 때 (김종석 · 김경진)	
8월	31일	12회	한국 희곡사 (최준호)	나를 말한다 I (김종석)	무대조명 (김창기)
9월	7일	13회	그리스 비극? 그게 뭐야?(손상희)	나를 말한다 II (김종석)	무대미술 (이태섭)
9월	13일	14회	희곡 한번 읽어볼까? (손상희)	이미지를 통한 무대디자인 (이유정)	
9월	21일	15회	셰익스피어? 어렵지 않아(손상희)	연극적 체험 I (이기봉)	무대의상 (조문수)
10월	5일	16회	연극사 개론 총정리 (손상희)	연극적 체험 II (김종석 · 이기봉)	특별강의 II (오태석)

처음에 딱 들어갔는데요, 전반적인 분위기가 심상치가 않은 거예요. 다수준이 있는 사람들이 왔구나 짐작을 했죠. 내가 굳이 고품격으로 콘셉트를 잡을 필요 없겠다. 약간 수준을 낮춰야겠다고 결심했죠.

장기자랑을 하라는데, 제가 노래하고 소품을 준비해갔거든요. 다른 사람들 하는 거 이렇게 보고 있는데, 딸한테서 SOS 문자가 온 거예요. 도와주세요. 살려주세요. 애가 학원에 가 있을 시간인데, 너무 놀라서. 일단 밖으로 나갔죠. 딸이 전화를 안 받는 거예요. 세상에 내가 애 때문에 지금 1년을 쉬고 있는데, 나는 여기서 연극이니 뭐니 이딴 거나 하고 있고, 딸내미는 누구한테 잡혀갔을지도 모르고. 어머나, 세상에 나는 어떡해. 그러면서 막 학교에 전화하고 딸한테 또 전화하고 담임 선생님한테 전화하다가 애하고 통화가 됐어요. 버튼이 잘못 눌렸다는 거예요.

맥이 탁 풀리고 완전히 식겁해서 식은땀이 줄줄 나는데, 아무튼 상황은 종료됐으니까 교실로 돌아왔어요. 뒤에 넋 놓고 앉아 있으니까, 거기 모자 쓴 사람 나와서 하래요. 다른 사람 다 했다고. 기분 다 잡쳤는데 뭘 해요, 하긴. 그렇다고 안 한다고 할 수도 없고.

일단 앞에 나갔어요. 그래서 제가요, 지금요, 너무 놀래가지구요, 뭐 할 맛이 안 나거든요, 이런 거예요. 그냥 말투가 그렇게 나갔어요. 그랬더니 여기저기서 쿡쿡대고 웃는 거예요. 그래서 에라 모르겠다 하고 노래를 시작했어요.

무슨 노래를 했냐하면요. 백설공주 노래 했어요.

"나는 나는 공주인가봐. 사과가 너무 무서워. 한 입 베어물고 쓰러지면 어떡해. 나는야 백설공주."

노래를 하는데, 언니들이 깔깔깔깔 웃고 뒤집어지고 다 넘어가고 난리가 났어요.

제가 생각해도 좀 웃겼을 거 같아요. 표정은 썩어가는데 웃기는 노래를 부르고 있으니까. 얼굴도 백설공주하고는 거리가 멀고. 게다가 거기 언니들이 이런 동요를 들어본 지 너무너무 오래된 거죠. 사람들이 막 웃으니까 다시 기운이 나요. 그래서 3절까지 다 불렀어요.

"나는 나는 공주인가봐. 내 몸에서 비린내가 나. 물속으로 풍덩 거품 되면 어떡해, 나는야 인어공주.

나는 나는 공주인가봐. 12시가 너무 무서워. 내 마차가 펑하고 호박 되면 어떡해, 나는야 신데렐라."

소품으로 백설공주의 머리띠를 하려고 가져갔는데, 이미 맥이 풀려서 노래만 부르고 말았어요. 아깝죠. 노래가 끝나고 난 뒤에 사실은 소품이 있었다고 했더니 언니들이 한 번 더 넘어가더라구요. 그래서 제가 모자 공주가 됐어요. 맨날 모자를 쓰고 다녔거든요. 머리를 안 감고 다닌 건 아니에요.

'내가 가장 예뻤을 때', '내가 가장 슬펐을 때'를 발표하라는데, 그게 언제였던지 기억도 잘 나지 않았다. 엄마들은 숙제를 받고 집으로 돌아가는 길에 곰곰이 지난 일들을 생각했다. 철쭉이 지고, 햇볕이 따가웠다. 연둣빛 잎들이 짙은 초록으로 변해가는 계절에, 쨍한 햇빛을 받으며 걸었다. 누군가는 걸어왔고, 누군가는 버스를 타고 왔다. 마치 학생으로 돌아간 느낌, 매주 금요일 두 시간은 온전히 나만의 욕구를 채워주는 나만의 시간이라는 걸 가슴 가득 채워갔다.

저는요, 날마다 웃으면서 나왔어요. 오는 길이 예뻤어요. 예쁘게 보였어요. 아, 오늘은 뭐 배우지? 오늘은 어떤 선생님이 오시지? 갑자기 확 어려져서 스무 살로 돌아간 거 같았어요. 강의실에 앉아서 이렇게 노트 펴고 펜 잡고 있는 내 모습이 너무 감격스럽고, 그래서 주책맞아보일지 몰라도 늘 웃으면서 왔어요. 집에서 여기 오는 길이 너무 좋았어요. 꽃도 이쁘고, 나무도 이쁘고, 하늘도 이쁘고, 구름도 이쁘고. 아, 정말 좋았어요.

산들바람

가슴 가득 꽉 찬 것이 무엇인지 실체를 알 수는 없었지만, 설렘과 기대, 답답함과 아쉬움도 공존했다. 배우려고 했던 것과 다르기도 했고, 지루하기도 했고, 자꾸 발표를 시키니 위축되기도 했다. 그렇지만 '내가 지금 여기서 뭘 하고 있지?'라고 생각하는 그 시간마저, 참 오랜만이라고 느꼈다.

전 지루했는데요. 억지로 듣는 느낌이었구요. 저걸 다 알아야 되나, 너무 과한 걸 요구하는 게 아닌가 막 툴툴댔어요. 제가 불평이 많거든요. 누가 호의를 베풀면 그걸 감사할 줄 모르고 일단 내 맘에 안 들면 막 투덜대는 아주 못된 버릇이 있어요. 웃기죠. 근데 지금 생각하면, 와, 좋은 거 배웠는데, 열심히 할걸, 역시 나는 또 바보 같은 짓을 하고 말았군, 쯧쯧, 이러고 있어요.

모자공주

감사했어요. 문화센터에서 가볍게 듣는 강의나 교양 수준을 생각했는데 너무 뜻있고 깊은 강의를 듣게 해주셔서, 정말 고마웠어요. 저는 그런 수업 듣는 걸 참 좋아하는데 참 오랜만이더라구요. 다시 학교 다니는 거 같고. 좀 어려워서 내가 녹슬었구나 싶으면서도, 아줌마들이라고 무시하지 않고 좋은 강의로만 해주시는구나. 아, 감사하다, 감사하다. **삼고다**

엄마들은 아마 반반으로 나뉘었을 걸요. 대학교 강의 같아서, 좋다는 사람 있고 지루하다는 사람 있고. 뭔가 좀 알고 얻으려고 온 사람은 실기 위주 강의를 원했을 것이고, 아닌 사람은 와, 다 신기하다, 그러기도 했고. 그렇지만 모든 사람 입맛을 어떻게 다 맞추겠어요? 물론 기본실기 지도가 부족했던 건 있어요. 하지만 이론수업은 정말 다시 어디 가서 듣기 어려운 강의들이었거든요. 전 그걸로 만족해요. **우주토끼**

잃어버린 자아, 누군가의 엄마가 아니고 누구의 아내가 아닌 내 이름 석 자 불러주는 사람들이 있는 곳. 그 길을 걷는 순간순간이 행복했다.

하지만 엄마들이 서로를 이해하고 협력하여 반란을 도모하기에는 시간이 더 많이 필요했다. 가족의 울타리 안에서 나 자신이 아니라 누군가의 조력자로 살아온 시간들을 깨야 했다. 내 가족이 아닌 다른 사람들과 함께 어우러지는 경험도 이미 오래전 일이었다. 나보다 나이 많은 사람이 있고, 나보다 잘난 사람이 있고, 나보다 성실한 사람들이 가득하다는 생각에 섣불리 말을 꺼내기가 어려웠다. 단원들은 각자의 이야기를 듣고 꺼내며 분위기 파악에 나섰다.

7월에 심우인 제작감독이 안양문화예술재단에 들어왔습니다. 연극계의 바닥에서부터 차곡차곡 경력을 쌓아올라간 분이라고 들었죠. 심 감독이 재단에 들어오면서, 단순한 무대감독이 아니라 연극인이기 때문에, 힘을 발휘할 수 있다고 믿었습니다. 그때 재단 측에서 이 일에 조금 더 힘을 보태어 판을 키워보자는 의견이 나왔죠. 반대하는 사람은 없었습니다. 문제는 그 형식이었죠. 3개년 계획으로 가서 배우들을 키우고 직접 연극을 연출하고 대본을 쓰고 일반적인 극단의 형태를 갖추도록 할 것이냐, 아니면 엄마들의 자아성취 선에서 그칠 것이냐 하는 문제였습니다. 기본은 동아리의 형성이죠. 배우를 길러내는 게 아니라, 물론 그중에서 특출한 인재가 발굴되는 것도 좋겠지만, 자발적인 시민공동체를 형성하는 게 저희 목표였습니다.

재단에서 힘을 실어주겠다고 하자, 심 감독이 연극계의 1번부터 10번까지라고 해도 과언이 아닌 엄청난 인물들을 모셔왔습니다. 대단한 분이 여기 왔다는 걸 그때 깨달았죠. **(홍보실장 송경호)**

안양문화예술재단에 처음 들어오면서 공공예술, 참여예술에 대해 다시 생각하는 계기가 됐습니다. 안양이라는 지역을 잘 알지는 못하지만 APAP(Anyang Public Art Project)라는 공공미술프로젝트가 트리엔날레로 지속되고 있다는 걸 알았고요. 무대감독이 본업이지만, 제가 생각하는 예술이 무대에만 국한된 건 아닙니다. APAP는 안양의 공공예술의 본체라는 생각을 했죠. 제가 안양에서 무엇을 할 수 있을까 생각해봤습니다.

저는 사실 엄마들보다 아빠들에게 관심이 갔어요. 엄마들은 여러 문화센터 같은 곳도 있고, 나름대로 적극적으로 참여하려고 들면 기회가 없는 건 아니거든요. 반면에 아빠들은 정말 사회적 혜택에서 배제되어 있어요. 저는 아빠들이 소외된 사회에서 아빠들이 아이들과 함께 장난감을 만들고 그걸 작품화하고 전시하고 공유하는 프로그램을 구상하고 있었습니다. 안양의 APAP와 함께 갈 수 있을 것 같았고요. 그런데 안양에 와보니 이미 '엄마들의 유쾌한 반란'이라는 프로젝트가 시작되어 있더군요. 그렇다면 전공분야인 연극과 무대에 대해 여기서 뭔가를 해볼수 있다고 확신했습니다. **(제작감독 심우인)**

관계자들과 당사자들 역시 엄마들이 뭔가를 해낼 수 있을 거라고 믿었지만, 한편으로는 대한민국 엄마들은 워낙 바빠서 협업작업인 연극을 만들어내는 게 어렵지 않을까 하는 우려를 떨칠 수 없었다. 엄마들도, 엄마들이 돌보는 자녀들의 연령대도 다양한 만큼, 엄마들이 공통의 시간을 만드는 일은 정말 쉽지 않았다. 연극은 한 사람의 뛰어난 재능으로 만들어내는 게 아니라, 끊임없이 기다리며 모든 사람이 함께 성장해야만 실현 가능한 예술이다. 총괄책임을 맡은 심우인 감독은 연극을 모르는 사람들에게 연극의 본질을 느끼게 해줄 최고의 강사진을 섭외하기 시작했다.

아주 어려운 일도 아니었습니다. 강사로 오신 분들은 대한민국 연극계에서 내로라하는 분들이지만, 엄마들이 모여 없는 시간 쪼개서 연극을 만들어본다는 데에 큰 관심을 보여주셨고요. 말도 안 되는 비용이지만, 그분들이 강사료 보고 강의 다니시는 분들도 아니고요.
최고의 강사진을 섭외한 데에는 두 가지 이유가 있었습니다. 배우, 무대미술, 의상, 조명, 연극개론, 연극사, 그리고 실제적으로 제작에 함께 하신 연출과 극작가까지, 연극에 관련된 각 분야의 전문가들을 모셨는데, 이렇게 전문가를 분야별로 모신 이유는 먼저 연극은 절대적으로 '협업'이라는 걸 강조하고 싶었기 때문입니다. 사실 이론 강의는 저 혼자 해도 돼요, 저도 어차피 학생들을 가르치고 있고. 그렇지만 제가 가르칠 수 있는 건 기술입니다. 이렇게 각 분야의 전문가들을 따로따로 모시면 아마추어들에게 연극이 가지고 있는, 함께 만들어가는 작업이라는 특성을 아주 쉽게 설명할 수 있죠. 각 분야 전문가의 강의를 통해 보고 듣고 몸으로 느끼는 겁니다. 그리고 실력도 실력이지만, 이분들은 각자의 '철학'을 가진 분들입니다. 저는 엄마들에게 이분들이 갖고 계신 연극에 대한 각자의 철학을 보여드리고 싶었어요. 그건 혼자서 아무리 설명해도 어려운 일이거든요. 또 한 가지 이유는, 각 분야의 권위자들에게 안양이라는 동네에서 이런 일이 벌어지고 있다는 걸 말씀드리고 싶었다는 겁니다. 무엇보다도 이분들은 연극을 사랑하는 분들이니까요. 이분들께 여기 연극을 하겠다고 모인 아줌마들이 있다는 걸 알려드리고 싶었던 거죠.

(제작감독 심우인)

엄마들의 자기소개와 표현 시간을 지나 7월 13일, 연극계의 대배우 박정자 씨의 특강이 있었다. 이 강의를 기점으로 본격적인 연극입문 수업을 진행한다는 게 기획팀 생각이었다.

박정자 씨의 강의는 뜨거웠다. 진솔한 자신의 삶의 이야기를 주로 한 박정자 씨 역시, 여자였기 때문이다. 엄마들은 TV에서 보던 박정자 씨의 이야기를 직접 듣게 된 것이 잘 믿어지지 않았다. 나와는 먼

나라 사람 같았던 이 대배우가 우리 앞에 서서 자신의 이야기를 들려주고 있는 것이다. 대배우의 카리스마 있는 목소리를 들으며, 배우란 과연 무엇일까 하는 의문을 더 구체화할 수 있었다. 저 사람은 왜 배우가 되었을까? 누구나 배우가 될 수 있다지만, 내가 정말 배우가 될 수 있을까? 내가 꿈꾸는 것이 진정 배우인가? 이 나이에? 아줌마가?

박정자 씨의 특강 이후로는 같이 만들어나가는 연극에 대한 준비 작업이 시작되었다. 함께 조를 짜서 이야기를 나누고, 그 이야기를 토대로 장면을 구성하거나 짧은 상황극을 만들어보기도 했다. 가방 안에서 연필과 종이를 꺼내어 강사의 말을 받아적고, 엄마들끼리 즐거운 이야기를 나누며 한참을 떠든다.

하지만 "여러분들의 이야기로 극을 만드는 겁니다"라는 제작진의 권유가 탐탁하지 않았다는 의견도 있었다.

왜 굳이 우리 이야기를 해야 하죠? 저는 더 멋진 얘기를 읽어보고 싶었어요. 셰익스피어나 그리스 희극 같은 거 있잖아요. 멋진 얘기요. 우리 얘기는 다 빤한 얘기잖아요. 다 비슷비슷하고. 그런 게 감동이 있을까요? 정극이라는 거, 웅장하게 말하고 연극 톤으로 말할 수 있는 '어쩌고저쩌고 하겠는가!!', 뭐 그런 대사 해보고 싶었는데.　**모자공주**

그게, 어려운 일이에요. 자기 상처를 드러내놓고 솔직하게 다 얘기하는 게 쉬워요? 아직 내놓을 수가 없을 만큼 아픈 사람도 있거든요. 이야기를 내놓고 나 자신을 내려놓는 게 치유가 된다고 하지만, 그건 이론이구요. 때가 있잖아요. 때가.　**꽃사슴**

연극의 내용이 무척 평범한 소재였는데, 참 별 거 없다고 생각하고 지나간 우리 일상이거든요. 그런 게 이야기의 소재가 된다니 신선했죠. 하지만 자기 이야기를 드러내야 하는 부분이 있었고, 그 이야기를 소재로 극을 만든다는 게 억지 아닌가 의아해하기도 했어요. 자기 상처를 다 드러낼 수는 없는 거잖아요. 그게 시간이 됐을 때 알아서 터져나오는 거죠.

사랑단지

연극을 만드는 과정과 동시에 발성연습도 시작했다. 대부분의 강의들은 일어나고 책상을 돌리고 마주보고 이야기를 하고 앉고 서고 끊임없이 몸을 움직이게 했다.

물론 그리스 희비극, 연극사, 무대의상, 무대조명, 무대미술 등, 슬라이드를 보며 강의를 듣는 과정은 얌전히 학생이 되어 자리에 앉아서 펜을 들고 종이를 채워나갔지만, 엄마들은 일어나서 웃고 떠들며 차차 연극을 몸으로 익히기 시작했다. 연극은 몸으로 보여주는 것이기에 내 손짓과 발모양과 걸음걸이 하나하나를 다시 점검하는 과정이었다. 내가 어떻게 걷는지, 내가 어떻게 말하는지, 사람들은 알지 못한다. 자기 자신의 이야기를 내놓고 그 이야기 속에서 움직이면서, 엄마들은 차차 자기 자신을 다시 더듬어가기 시작한 것이다. 내가 이런 사람이었구나.

무대가 만들어지는 과정은 생각보다 복잡했다. 나무를 잘라 집을 짓기도 하고, 천장과 바닥의 높이를 다르게 하거나 경사를 만들거나 주요 사건을 암시하는 장치를 설치하기도 한다. 국립극단에서 연출한 〈오이디푸스〉의 무대 설계를 보면서 무대는 사각형만이 아니라는 걸 알았다. 무대는 연극에 힘을 실어주는 장치다. 아니, 그저 장치라고 보기 어려울 만큼 연극 전체의 분위기를 이끌어준다. 무대 설계는 그 연극이 표현하고자 하는 바를 공감각을 동원해 관객에게 알려줄 수 있다.

조명은 배우의 감정을 빛으로 표현해줄 수 있다. 배우의 심리를 더욱 정확하게 표현하여 관객이 상황 속으로 몰입하도록 해준다. 의상 역시 무척 중요한 도구이다. 엄마들이 연극을 총체적으로 체험하도록 설계된 '엄마들의 유쾌한 반란' 프로젝트에서는 아마추어인 엄마들에게 연극의 모든 것을 알려주는 과정이 필수였다. 지원한 단원 가운데에는 아마추어 극단에서 활동을 했다는 과거 경력을 굳이 밝히지 않은 사람들도 있었다. 본인들이 아마추어와 다를 바 없다고 생각했기 때문이다.

예전에 제가 뭘 한 적이 있다고 해서, 제가 프로였다거나, 그래서 남들보다 조금 더 나을 거라는 생각은 추호도 없어요. 물론 어릴 때 상업 뮤지컬 공연에도 서봤지만, 그때는 너무 어린 나이에 잘 모르면서 전공도 아닌 것에 도전한 데에 불과하고, 이제 시간이 너무 많이 지나서, 내가 어쩌어찌 했다는 걸 내세우기도 부끄러운 입장이 되어버렸으니까.

'엄마들의 유쾌한 반란'에서 연극공부를 제대로 한 것이 내가 가려냈던 나 자신의 벽 일부를 무너뜨리는 계기가 되지 않았을까 싶어요. 지원했을 때는 목적의식이 있었죠. 쉽지 않은 기회인데 크게 배울 수 있겠다 하는 것도 있고, 자신감이 일단 떨어져 있으니 그걸 다시 주워올리고도 싶었고. 순수하게 엄마들이랑 같이 완전히 초보자가 돼서 다시 시작했기 때문에 사실 비교당하거나 경쟁할 일이 없다는 게 마음 편했구요.

아주 알찬 시간이었죠. 엄마로서 일상을 살다보니 어쩔 수 없이 빠지기도 했는데, 그 몇 번 빠진 것도 아쉬워요. 우리는 프로가 아니니까 하는 마음이 사실 위안이 됐어요. 우리한테 완벽한 걸 하라고 하진 않겠지. 그렇지만 남들에게 보여주는 공연이니까 주어진 자리에서 최선을 다하게 된 거죠.　　　　　　　　　　　　　　　　　　　　　　　　　　꽃순이

최고의 강사진과 함께한 무대와 연극 개론, 연극사에 대한 전반적인 이론학습이 끝날 때쯤, 여름의 더위도 수그러들었다. 그사이, 몇 사람이 빠져나갔다. 자세한 사정과 사연은 묻기 어려웠다. 좋은 일도, 나쁜 일도 있었으리라. 단원은 32명에서 25명쯤으로 줄어들었다.

2012년 8월 24일, 김종석 연출가와 김민정 희곡작가, 조연출을 맡은 배우 이기봉 씨가 등장했다. 12월 말에 여러분과 함께 연극을 만들어 무대에 올릴 거라는 이야기와 함께.

애초에 기획했던 간단한 실습과 자기 표현하기를 넘어서서 무대에 공연을 올려보는 것으로 기획의도가 수정되어, 커뮤니티 연극의 선두에 서 있는 김종석 연출가와 국립극단의 〈오이디푸스〉를 각색한 김민정 작가가 대본을 쓰기 위해 투입되었다. 안양문화예술재단의 심우인 제작감독이 심층적인 교육을 도왔고, 그 밖에 무대디자인 이유정, 이론수업에 최준호, 손상희, 무대조명 김창기, 무대미술 이태섭, 무대의상 조문수, 조연출과 연기지도에 연극배우 이기봉 씨가 투입되었다.

연출가 김종석 씨가 입을 열었다.

"그동안은 강의 위주의 교육이어서 그랬겠지만, 이 경직되고 가라앉은 분위기를 깨고, 적극적으로 솔직해지시기 바랍니다. 자기 이야기를 꺼내놓지 않고 연기를 하게 되면 TV와 영화에서 봤던 배우들을 따라하게 됩니다. 무장을 해제하고 가면을 벗고 진짜 나를 드러내시면 됩니다. 나를 드러내는 일은 어렵고 힘들지만, 그게 먼저 해야 할 숙제입니다. 마음을 열고, 나를 이야기하고, 여러분 자신을 쓰는 작업을 시작하시기 바랍니다.

연기란 무엇일까요?"

그는 여기서, 담배를 한 대 입에 물고 불을 붙여 연기를 내뿜었다.

"제가 보기엔, 이 담배연기가 연기입니다. 담배는 배우이고, 관객은 불입니다. 담배와 불이 만났을 때 남는 것은 연기입니다. 그러나 그 연기는 곧 사라지고 말죠.

우리는 12월 29일의 공연을 준비할 겁니다. 그날 사라지는 공연을 위해 달려가고 있는 거죠. 연기의 기본은, 내가 말하는 것이 아니라 상대방의 말을 듣는 것입니다. 그 말이 무슨 말인지 곧 경험하시게 될 겁니다.

다음주 과제를 드리겠습니다. 제목을 반드시 정해서, '나'에 대해 생각해오시기 바랍니다. 에피소드, 인물, 물체, 어떤 것이라도, 나를 설명할 수 있는 것이어야 합니다. 써오지 마세요. 입에서 나오는 대로 말하되, 3분 이내에 끝내야 합니다.

다음 시간에 뵙겠습니다."

수업 중에 담배를 빼어 문 연출가의 행동에 이미 놀란 엄마들은 뭔가 막강한 것이 왔다는 걸 직감했다.

연출 선생님이랑 다른 선생님들까지 세 분이 한꺼번에 딱 들어오시는데, 영화에서 슬로모션으로 세 주인공이 걸어 들어오는 것 같은 느낌이 들었어요. 아, 여기서부터 진짜 시작이구나! 그렇게 느꼈어요. 세 분의 등장은 그런 무게감이 있었거든요. 두려움의 실체가 무엇일까, 우리가 찾고 있는 반란이 드디어 여기서 시작되는 건가보다 싶었죠. 창피하고 부끄러워도 나를 드러내야 하는 시점이 왔다는 걸 알았어요. 꼭 자기 삶의 이야기를 말하는 게 아니라, 연극이라는 게 자기의 숨겨진 내면을 끌어내는 작업이잖아요. 그걸 불러일으켜 세워야 할 때가 왔다는 느낌이 온 거죠.   **햇살**

무대에 올리는 건 생각하고 있었죠. 그 무대가 어떤 무대인가는 사실 중요하지 않았어요. 연극이라는 건 무대에서 하는 거잖아요? 연극을 배웠으면 당연히 무대에 서야 되는 거 아니겠어요? 공연한다고 발표했을 때도 황당하진 않았구요, 전혀 불가능한 일이라고도 생각하지 않았어요. 연극을 배웠으니까 가능한 일이겠지. 언젠가는, 어디선가는 연극을 할 거라고 생각했거든요. 연극반이니까, 연극을 배웠으면 연극을 하는 게 기정사실이잖아요. 무식하면 용감하다고, 아는 게 없으니까 하라면 하는 거죠. 무대가 크거나 작거나 뭐가 문제야. 한 번 하는 거 다 똑같잖아요. 열심히 하면 되는 거죠.   **수나**

8월 31일, 공연이 이루어질 안양아트센터의 수리홀에서 각자가 '나는 누구인가'에 대한 발표를 하게 되었다. 관객석의 조명이 꺼지고, 무대 위로 스포트라이트가 떨어졌다. 단원들은 무대에 올라 3분간 이

야기를 하고 화이트보드에 제목을 적고 무대를 내려왔다. 엄마들의
발표는 2주에 걸쳐 이루어졌다.

연습 전에 무대 위에 혼자 서서 조명 받으면서 자기 얘기를 하는 시간
이 있었는데, 정말 갑자기 말 그대로 머릿속이 하얗게 되는 순간이 있었
어요. 저는 공연 때보다도 그때가 태어나서 가장 심장 떨리는 순간이었
어요.
햇살

한편에서는 8월 하순부터 연극의 이론과 실제에 대한 전문적이고
집중적인 강의가 이어졌다. 강의를 듣고 필기하며 학생들처럼 면학
분위기를 조성하다가, 조별로 그리스 희곡을 읽어보기도 했다. 소포
클레스의 〈오이디푸스〉, 에우리피데스의 〈메데이아〉, 아리스토파네
스의 〈개구리〉 등을 읽으며 엄마들은 고전극의 매력에 푹 빠졌다.

연극이라고 해서, 연기지도 받고, 우리끼리 발표회 하나보다, 그랬죠.
근데 이론수업을 하고 자꾸 책을 접하게 하더라구요. 어, 이건 또 뜻밖
이네, 뭔가 신선한 게 오네 하고, 어어, 이것 봐라 하는 마음? 햐, 신기하
다, 그렇게 생각했죠. 언제 그런 설명을 듣고, 언제 그런 걸 배우겠어요.
그리스 희곡 얘기도, 연극의 역사 같은 것도, 미술장치, 무대, 음향, 조
명도, 모두 참 재미있더라구요.
책 많이 안 읽는데, 그래도 여기 다니는 동안에는 찾아 읽어보려고 했
어요. 읽었다는 건 아니고. 그리스 희곡이 솔직히 다 아는 얘기긴 하잖
아요? 그렇지만 그걸 언제 그렇게 제대로 본 적이 있어요? 없지. 아마

읽어봤어도 한 20년 전, 30년 전이었을 거예요. 수박 겉핥기식으로 알던 거를 자세하게 설명해주시니까 좋았죠. 어휴, 저는 그때 제가 그리스 신전에 앉아 있는 거 같았어요, 깔깔깔. 그 대낮에 희랍 사람들이, 흰 옷을 입고 거대한 광장이니 신전에서 공연을 했다고 생각하니까, 마치 내가 거기 가 있는 거 같더라구요. 그리스 희곡이 또 그렇게 재미있는 줄 처음 알았네요.

근데 말야, 얘기가 다시 곱씹어보니까 좀 그렇더라구. 요즘 말하는 막장드라마가 거기 있는 거예요. 세상에 오이디푸스 같은 거 생각해봐. 어머, 망측한 얘기지. 수천 년 전 사람들이 그런 얘기를 하면서 벌건 대낮에 연극을 하고 그걸 구경하고 그랬다는 게 너무너무 신기하더라구요. 저는 인문학하고 아주 거리가 멀어요, 전공도 그쪽 아니구요. 그런 거 몰라요, 하하.

써니

그리스 비극 공부하고 연극의 역사 들어갈 때, 아, 조금 더 공부하고 싶은데 하는 충동이 일었어요. 이걸 사이버대학을 알아봐서 한 번 공부를 해볼까, 솔직히 그 생각 했어요. 근데 이제 공부를 더 하는 건 무리에요. 눈이, 이제 눈이 안 받쳐줘요. 노안이 온 지 오래된 데다가 뭘 오래 보면 눈이 정말 피곤해서 힘들어요. 조금 일찍 할 걸 하는 후회도 들죠. 이제 공부는 더 못하겠네. 그래도 여기서 이런 수업을 들으니 얼마나 좋나 하면서 다녔죠.

삼고다

메데이아. 그게 기억에 남아요. 그리스 희비극은 대학 때 살짝 듣고 그냥 별 관심 없었는데, 저는 다른 거보다도 그게 딱 기억에 남았어요.

운명을 개척하는 여자의 모습? 그런 거였죠, 메데이아가. 자식들에 대한 얘기도 나오고. 아주 인상이 강렬했어요. 나중에 기회를 만들어서 다시 한 번 읽어보고 싶은 얘기예요.
사랑단지

대본을 맡은 극작가 김민정 씨는 엄마들의 이야기를 듣고 풀어내기 위해 수업시간에 매번 참여해 끊임없이 메모를 했고, 르포작가 장은정 씨도 프로젝트가 끝났을 때 기록물을 남기기 위해 7월부터 빠짐없이 참여해서 모든 것을 기록하고 있었다. 그리고 수업이 진행되는 동안, 강의실 뒤쪽에서는 김종석 연출가와 심우인 제작감독이 앉아 엄마들의 모든 모습을 지켜보고 있었다.

종이를 가지고 소품을 만들어보고, 마치 어린아이들 미술놀이처럼 커다란 종이에 누워보고, 그림을 그려보고, 풀과 가위로 하트를 그려 붙이고, 모자도 만들어 쓴다. 누드비치를 표현하기 위해 누런 택배종이에 나체의 형상을 그리고, 그 종이를 입어본다. 커다란 천조각으로 바다를 표현하고, 종이배를 띄워 먼 바다를 만든다. 풍선을 불어 붉은 바다를 만들고는 상상의 나래를 펼치며 말도 안 된다고 웃어젖힌다. 깔깔깔깔 웃음소리가 떠나지 않는 연습실.

엄마들이 아내로서의 가면, 엄마로서의 가면을 벗어던지고, 내가 누구고 여기가 어디인지 개의치 않아도 되는 본연의 모습으로 돌아가 신나게 웃고 떠들며 감정을 끌어올린다. 전혀 힘들지 않아, 정말 재미있어. 엄마들은 말한다. 나는 몇 살이고, 누구의 집에 사는가에 대해, 아무도 묻지 않는다.

9월 21일.

날씨가 많이 서늘해졌다. 반팔을 입은 단원들과 긴팔을 입은 단원들이 또 연습실에 모인다. 날씨가 변하는 계절엔 각자의 개성이 더욱 도드라진다. 손상희 교수에게 셰익스피어를 배운다. 로맨스 하면 셰익스피어라며 엄마들이 웃는다.

조연출을 맡은 배우 이기봉 씨가 연극적 체험을 진행한다.

"어머니들, 밥 할 때 밥맛이 늘 같습니까? 네, 늘 다릅니다. 늘 밥을 짓지만, 쌀의 종류, 물의 양, 시간에 따라 밥맛이 다릅니다. 느낌은 누구나 다릅니다. 기쁨, 슬픔도, 연결된 상황에 따라 같은 기쁨이 아니고 같은 슬픔이 아닙니다. 느낌은 그 자체로 개성을 갖습니다. 그 느낌을 어떻게 표현하느냐가 문제인데, 표현에 앞서 '느낌'을 갖는 순간이 더 중요합니다. 표현보다 느낌이 중요한 겁니다."

이기봉 씨의 지도에 따라 몸을 움직인다. 이날은 몸을 풀고 걷기를 연습한다.

걷는다. 앞으로 걷고, 뒤로 걷고, 혼자 앉아 다른 이들의 걸음을 본다. 나란히 서보고, 옆 사람과 보조도 맞춰본다. 최대한 느리게 걸어보고, 정면을 향해 모델처럼도 걸어본다. 여럿이 함께 걷는 것도 어렵고, 혼자 걷는 것도 어렵다. 걷는다는 것을 인식하는 그 순간 걸음은 어려워진다. 걷는 것에 집중해본 적이 있는가. 걷는 이는 모른다. 보는 사람은 느낀다. 걸음으로 뭔가를 표현할 수 있을까. 이기봉 선생님은 표현할 수 있다고 한다. 과연 무엇을 표현할 수 있을까. 걸음에 과연 몰입할 수 있을까. 우리, 언제 그렇게 푹 빠져보았던가.

"걸음에 의식을 담으세요." 걸으면서 다른 생각을 한 적은 많지만,

'내.가.걷.고.있.다.'는 것을 생각한 적은 없다. 엄마들은 느낀다. 내 걸음을, 타인의 걸음을, 그리고 내가 움직이고 있다는 것과 내 몸이 움직인다는 것을, 가슴 깊은 곳에서 뭔가가 나를, 이 좁은 공간에서도 힘차게 걷게 한다는 것을.

걷는 것을 멈추고, 서너 명이 모여 몸으로만 장면을 만든다. 진심이 되어 해변과 가족, 인생과 공원을 만든다. 누구는 개가 되고, 누구는 나무가 된다. 바람이 되고, 바다가 된다. 내가, 내 몸이, 내 손과 내 발이 무엇이 된다. 나 아닌 다른 사람이 되는 것이다. 무아지경이다. 이기봉 선생의 목소리에, 정신이 돌아온다. 이런 게 몰입인가?

엄마들은 상기된 표정에 볼과 코가 빨갛다. 손을 들어 이마를 만지고, 손부채질을 한다. 뭔가, 이상한 느낌이 이곳을 감싸고 있다. 바닥에 눕고, 앉았다. 이제 무엇이 부끄러운지, 잘 모르겠다.

10월 5일, 집중 연습기간의 마지막 날이다.

그리스 희곡 공부를 더 하고, 두 사람씩 짝을 이뤄 몸풀기를 더 해본다. 뒤돌아 걷기, 천천히 걷기. 눈을 감고, 나와 함께 무대에 오를 이 낯선 사람을 느껴보기로 한다. 눈을 감는다고 암흑은 아니다. 소리는 더욱 잘 들리고, 냄새는 더욱 화려하다. 누구의 손은 촉촉하고, 누구의 손은 가냘프고, 누구의 손은 듬직하다. 그 움직임 속에 내가 서 있다는 것을 오롯이 느끼며 다 함께 똑바로 걸어보기도 한다.

그리고 이날, 마무리 특강으로 연극계의 거장 오태석 선생이 오셨다.

인상적이었던 건 오태석 선생님 강의였죠. 일단 제일 마지막이었기 때

문에 기억이 생생하고, 연세가 상당히 많으시더라구요. 그분이 옛날 분인 거는 알았는데, 세상에 그렇게 할아버지가 되신 줄은 상상도 못 했죠. 그 어르신이 그 연세에도 갖고 계신 연극에 대한 열정이 무척 가슴 깊이 와닿았어요. 상상할 수 없는 에너지랄까, 그런 게 있더라구요. **삼고다**

저, 그거요, 오태석 선생님이 한자 풀이해주신 거 생각나요. 한자 극(劇)은 호(虎)＋시(豕)＋검(劍). 호랑이, 돼지, 인간의 칼이 서로 물고 물리면서 간발의 차이로 생사가 엇갈리는 상황을 나타낸 글자가 극이라고 하신 거요.

그리고 연극무대 위에서 진짜 나를 발견한다는 말씀도 해주셨는데, 어쩌면 무대 아래, 무대가 아닌 내 일상생활에서 내가 살아가는 이 모습이 가면을 쓰고 다니는 거고, 무대 위에서는 내 안에 숨겨진 진짜 내가 일어나서 막 연기를 하는 거라는, 그 얘기를 해주신 거 같아요. 그거, 이제 알겠어요. **바다**

연극은 가면이다. 그 말씀이 정말 기억에 남았어요. 가면을 쓰고 무대에 나갈 수 있겠다, 그런 필요성을 느끼게 된 거죠. 자기 아닌 다른 사람으로 사는 것, 어쩌면 그게 다른 사람이 아니라 내 자신이라는 얘기일 수도 있어요. 확실히는 몰라도, 그런 느낌은 받았어요. 연극의 매력이 다른 인생을 살아보는 거잖아요. 나 아닌 다른 사람을 표출하는 거잖아요. 제가 표현을 잘 못 해서 그러는데, 남들이 '그건 남들의 삶이야'라고 말하는 게 사실은 제 삶일 수도 있다는 거죠. **한나**

오태석 선생님 오셨을 때, 막연했던 거를 명쾌히 정리해주신 부분이 좋았어요. 가면을 벗으라고 하신 부분요. 연극을 왜들 좋아하는지 알겠더라구요. 우리는 매일 가면을 쓰고 사는 거예요. 우리가 즐기려고 사는 건데. 매일 우리가 사는, 이게 내 모습이라고 생각하는 이 현실이 사실은 가면을 쓰고 사는 일상이라는 거죠. 그렇지만, 연극에서 진짜 나를 찾는 거예요. 이게 순리였을 수도 있겠구나. 연극이라는 건 우리가 허구라고 생각하지만 그 안에 진실이 있다는 게 그런 뜻이구나 하고요.

그날 강의 중에 그런 얘기를 하셨어요. 사람들은 모두 가면을 쓰고 사는데, 연극 보러 올 때는 가면을 벗는대요. 가면을 벗고 순수한 상태로 연극을 기다리는 관객을 연습을 부족하게 하고 대하면 그건 참 나쁜 거라고 하셨어요.

그런 사람 있잖아요. 진실하고 열정적이어서 언제나 멀리 있어도 생각나는 사람이요. 그 강의를 듣는데, 제가 좋아하는 딱 그런 언니가 생각났어요. 맞아, 그 사람을 만나면 내 가면을 벗고 진실한 모습이 되었거든요. 모든 걸 드러내도 괜찮은 사람이니까요. 연극이 바로 그런 거 같아요. 순간적으로 만나면서 그때만큼은 가면을 벗은 느낌, 오롯이 나 자신, 남들에게 평가받거나 얽혀 있지 않은, 그냥 순수한 내 자신을 만나는 시간이요.
늘푸소나

그렇게 연극 전반에 대한 강의가 막을 내렸다. 이제 대본이 나오고 12월 공연에 대한 본격적 준비가 시작될 터였다.

엄마들은 물론, 불안했다. 우리가 배운 건 아주 조금인데, 이걸로 무슨 연극을 하나. 우리는 배우가 아닌데, 처음 해보는 사람이 더 많은데 말이다.

심우인 감독은 말한다. 누구나 배우가 될 수 있다고. 연극이라는 것은 매우 오래된 박제화된 예술이고, 기원전 3000년부터 시작된 연극은 인간의 본성이 가장 집약된 분야다. 모든 인간은 놀이에 대한 욕구가 있고, 그 욕구는 몇천 년이 지나도 변함없이 지속되기 때문에, 모든 인간은 연기를 할 수 있고 모든 인간은 배우가 될 수 있다. 제작진은 연극에 대한 신념에 엄마들에 대한 신뢰를 더하고 보탰다. 그들은 엄마들의 가능성을 최대한 이끌어내는 데에 집중했다.

공주 대접 받은 거죠. 어디서 이런 쟁쟁한 강사들을 모셔다가 강의를 듣겠어요. 여왕 대접 받은 거예요. 아마추어 극단에서는 솔직히 에어컨도 맘대로 못 켜는데, 전기세 나가니까. 그 더운 여름에 시원하고 쾌적한 연습실에서 수업 듣고 대접받고, 또 저희에게 이것저것 챙겨주시고. 세상 어디서 그런 대접을 받아봤는지 기억도 아련해요. **하늘공주**

솔직히 말해서 좀 늘어진달까, 지루하다는 생각이 드는 강의도 있었어요. 물론, 채미있는 것도 있었지요. 그러니까 다 재밌고 흥미있진 않았다는 말인데요, 어디 생전 들어본 얘기였어야지. 아, 너무 수준 높게 잡으신 거 아닌가, 나는 이런 거 모르는데. 앉아서 수업 받으러 온 거 같진 않은데, 이렇게 수업만 하나 하고. **건달처녀**

우리가 연회비로 10만원을 냈는데, 아주 적은 돈은 아니지만 이런 강의 듣기엔 턱없이 모자라겠죠. 엄마들은 가계를 꾸리다보니까 습관적으로 계산을 하게 되거든요. 이거 너무 과한 대접을 받는 게 아닌가. 참 감사하다, 감사하다 하면서, 걱정도 되고. 아니, 내가 돈을 더 낼 것도 아니면서. 참 재단도 고맙고, 안양시도 고맙고. 아, 그럼 우리가 세금혜택을 좀 받은 거라고 생각해도 되는 건가? **수나**

저는 스태프를 하겠다고 지원했기 때문에, 무대에 대한 본격적 지도가 언제부터 있을까 기대를 했어요. 이번주는 다르겠지, 이번주는 다르겠지 했는데, 매주 비슷하더라구요. 무대장치나 스태프 지원하신 분이 저 외엔 없었어요. 저 말고 다른 분은 개인사정으로 그만두셨거든요. 저 혼자 남았으니까, 솔직히 저 하나만을 위해서 뭘 해달라고 하기도 곤란하죠. 그래도 내가 기대한 건 이게 아닌데 하는 실망감이 없진 않았어요. 그렇지만 지금 생각해보면 그게 모두 큰 도움이 되었다는 건 확실해요. **어린왕자**

발성연습이 기본인데, 그 부분이 부족했던 게 참 아쉬워요. 이번에 들은 강의는 주옥같은 강의였어요. 대학 전공강의에 버금가는, 우리 같은 아줌마들이 어디 가서 쉽게 들을 수 없는 것들이었거든요. 솔직히 재단에서 수업으로 밀어붙여주니까 들은 거지, 알아서 찾아가서 들을 강의는 아니에요. 어렵고 좀 지루한 면도 있었지만, 그 모든 게 다 어딘가에 녹아서 큰 도움이 되었다고 믿어요. 잘 기억은 나지 않더라도요. **꽃순이**

발성지도, 동선 잡는 거, 기본기, 기본실기 꼭 해주셨으면 해요. 이론수업도 좋은데, 이론과 실기의 균형을 꼭 잡아주셨으면 하구요. 다음번에 하신다면. 그게 정말 아쉬웠어요. 엄마들의 열정이 있을 때 실기지도를 병행해서 균일하게 했다면 더 좋은 결과가 나왔을 거라고 봐요.

미니정숙

기적을 믿었습니다. 모든 인간은 각자 믿는 것이 있죠. 신념이라든가 종교라든가, 대부분의 인간은 기적을 믿어요. 여기 모인 엄마들도 기적을 믿을 겁니다. 기적은 믿는 자에게 주어지거든요. 그게 종교적 신앙이거나 개인의 철학이거나, 저는 기적을 만들어낼 수 있는 게 인간의 특성이라고 생각합니다. 우리가 일상생활에서 매일 기적을 믿는 건 아닙니다. 매일 기적이 일어나길 기대하면서 살지는 않거든요. 그렇지만 만들어낼 수 있습니다. 아무리 어려운 일이라도, 해낼 수 있는 경우가 분명히 있다고 저는 믿어요.

(제작감독 심우인)

제3막

모전여전

"세상 모든 여자들의 옷장엔 입을 옷이 없어."

"미안해, 그리고 고맙다. 고마워.
말 안 들어도 고마워!
취직 못 해도 고마워!"

3막 1장

그럼, 딸년이 에미 닮지, 어디 가?

삶의 정점을 이루는 중년. 모든 것이 너그러워지는 것 같다가 그렇지 않은 순간들이 문득문득 어깨를 툭 치고 지나간다. 그 바람에 넘어지기도 하고 다시 주저앉기도 하지만, 주변을 돌아보면 누군가가 나를 기다리고 있다. 엄마의 중년은 그렇게 온다. 걸레질을 하다가 문득 창밖을 바라봤을 때, 그 풍경이 내 품에 가득 차는 하루가 있다. 모두들 갈 길은 바쁘고, 나만 혼자 동떨어져 있는 것 같다가도, 해가 지면 모두 내 안으로 들어오는 가족들, 내 품으로 들어오는 사람들. 그 사람들을 이제는 조금 더 넓은 마음으로 사랑할 수 있을 것 같은, 그런 날이 오는 중이다. 그렇다고 아직 모든 것이 이해되는 건 아니다. 때로는 불덩이처럼 화가 쏟아져 주체할 수 없는 때도 온다. 아직 다 자라지 않은 아이들이 속을 긁을 때도 있다. 걸레를 확 집어던지고 어디론가 떠나고 싶지만, 막상 갈 데가 없다. 거울을 보면 한숨이 나오고, 누군가는 화장으로도 방법이 없어 주렁주렁 장식을 건다고 했다.

　남들에겐 쉽게 말한다. 다 과정이야, 지나가는 거야. 그러나 그게 내 일이 되면 왜 빨리 지나가지 않나 화가 난다. 누군가는 내 얼굴을 보고 저물어간다고 표현해도, 아직 스스로 그렇게 말하고 싶지는 않다. 지금 이대로가 좋은 순간, 이만하면 되었다고 말하는 그런 날이 올 것을 안다.

　이 엄마들이 조금 더 앞으로 나아가기로 한다. 엄마들이 드디어 연극을 시작했다.

〈모전여전〉 시놉시스

친정엄마와 딸이 모여 한가로운 한때.

김정숙 여사는 외출준비를 하지만 변변한 옷이 없다. 풍만한 체격 때문. 서른이 되어서도 취업을 못하고 백수인 딸 윤하는 뚱뚱하다며 엄마를 핀잔주고, 그 꼴이 보기 싫은 김 여사는 딸과 늘 그렇듯 옥신각신한다.

마침 남편의 심부름을 하게 된 딸이 심부름마저 자신에게 미루자 김 여사는 폭발하고, 두 사람은 크게 싸운다. 홧김에 윤하는 집 밖으로 나가고, 얼마 후 윤하가 납치되었다는 전화를 받고 김 여사는 친정엄마와 함께 오열하는데…

그러나 그것은 헛소동으로 드러나고, 김 여사는 그제야 있는 그대로의 딸, 가족의 소중함에 대해 새삼 깨닫게 된다. 아무리 속 썩이는 딸이라도, 딸의 부재는 생각할 수도 없지 않은가?

매일 다투는 웬수 같은 가족이라도, 그들이 있어 삶은 아름답고 소중하다.

때 현대
곳 김정숙 여사의 집

등장인물

김정숙 여사
50대 주부.
뚱뚱한 몸과 백수인 딸 때문에 고민이 많다

윤하
김정숙 여사의 딸.
대학을 졸업했지만 취업을 못 한 백수

권 여사
김정숙 여사의 친정엄마

밝아지면 거실, 전신거울 앞에 체격이 좀 있으신 김정숙 여사가 산더미 같
이 쌓인 옷들 중 입을 것을 고르느라 열중하고 있다. 그 옆에서 마늘 까기
에 여념이 없는 친정엄마 권 여사, 그리고 무대 앞 한편으로 김정숙 여사의
딸 윤하가 배를 깔고 누워 과자를 먹고 있다.

정숙　(옷을 꺼내 거울에 비춰보며) 이것도 아니고, 이것도 마땅치 않고.
　　　이건 너무 더워 뵈고. 아휴, 입을 옷이 하나 없네.

권 여사　옷이 산더미구만 입을 옷이 없어?

윤하　세상 모든 여자들의 옷장엔 입을 옷이 없어. 할머니!

권 여사　참, 별일도 다 있지.

윤하　그니까 엄마, 살을 빼라니까!

정숙　너나 좀 빼라 살! 그저 눈만 뜨면 입에 뭘 달고 살면서. … 에이그
　　　뭘 입나 그래?

윤하　어디 가는데?

정숙　좋은 데 간다!

윤하　좋은 데 어디? 아빠 몰래 카바레라도 가?

권 여사　그 몸을 혀서 카바레는 무슨 카바레?

정숙　… 남이사 카바레를 가든 무도장을 가든. … 너 설거지 좀 하랬드
　　　니 여태 담가두고 있냐?

윤하　알았어. 할게. 할머니, 엄마 절대 하지 마. 내가 한다니까.

정숙　그니까 언제 하냐구?

윤하　아, 글쎄 한다고. 지금 불리는 중이잖아.

정숙　아이고, 누구 닮아 저리 게을러 터져가지고. 아휴.

권 여사　윤하 얘 외탁했다! 에미 처녀 적이랑 꼭 닮았구만!

윤하	할머닌, 그럼 나두 엄마처럼 뚱뚱해진다는 거야?
권 여사	그럼, 딸년이 에미 닮지 뭐 어디 가?
윤하	싫어!
정숙	망할 년! 누군 뭐 처음부터 이렇게 찐 줄 알어? 엄마도 처녀 적엔 44사이즈였어. 왜 이래?
윤하	헐! 거짓말두! 할머니 진짜야?
권 여사	(정숙을 힐끗 훑고) 뭐 지금보다야 날씬했지.
정숙	엄마! … 내가 뚱뚱한 게 누구 때문인데? 다 너 임신해서 임신중독으로 이렇게 된 거잖아.
윤하	또 그 소리. 그게 언제 적 일인데? 내 나이가 이제 서른인데 30년 동안 그 후유증이란 말이야? 말도 안 돼!
정숙	으이구 말을 해도 하여튼 네가지 없게 해. 그 고생을 해서 죽을똥 살똥 낳았더니만…. 딸년 있어봐야 아무 소용없다니까. 다른 딸처럼 취직해서 엄마 백이라도 하나 사주길 하나? 주구장창 방바닥에 뱃가죽 엑스레이나 찍고 있으면서….
권 여사	어째 어디서 많이 들어본 가락이다!
윤하	틈만 나면 그 소리! 요즘 뭐 청년실업이 우리 집 일이기만 한 줄 알아? 누군 놀고 싶어 노냐고?
정숙	노는 게 자랑이다. 자랑이야! … 그나저나 뭘 입나? 이것도 작고, 이것도. (그 중 하나를 골라) 그 중 만만한 게 이 고무줄치마뿐이네.
윤하	좋은 데 간다면서 웬 고무줄치마? 엄마, 그렇게 헐렁한 거 입으면 더 뚱뚱해 보여!
정숙	흥, 걱정을 말어. 요렇게 반짝반짝하는 비즈 총총히 박힌 왕핀 꽂고, 반짝반짝하는 비즈 가방 요런 거 딱 들면, 봐라이, 시선이 다 여기로 집중되니까. 내가 뚱뚱한지 뭐한지 보이지가 않어. 이게

바로 삶의 지혜라는 거지. 지혜.

윤하   (깔깔대며 웃음) 그게 뭐야? 엄마가 무슨 피에로야? 선물상자야? 유치하게. 당장 벗어!

정숙   못 벗어!

윤하   더 뚱뚱해 보인다.

정숙   지도 뚱뚱한 게 지랄이네. 너도 65킬로잖아!

윤하   엄마!

권 여사   아이고, 쌀 한 가마구만.

윤하   엄마, 정말? …

정숙   왜? 그새 더 늘었냐?

윤하   어떻게 처녀 몸무게를 막 대놓고 말해? 시크릿인데 시크릿!

정숙   하이구, 시크릿 좋아하네. 살 뺀다 어쩐다 니가 헬스장에 갖다바친 돈이 얼만데, 그거 다 모았으면 차를 한 대 샀겠다.

윤하   그러는 엄마는 75, 아니 80 킬로 아니야?

권 여사   아이고야, 에미야. 안 돼! 어여 살 빼야겠다. 그러다 당뇨 와! 에이고 망할 영감, 그 뚱뚱한 체격 딸내미에 손녀까지 물려줘서 이 사단이네. 아이고.

정숙   엄마!

윤하   할머니!

권 여사, 난처한 듯 마늘 까던 그릇을 가지고 방문 안쪽으로 들어간다.

권 여사   (들어가며) 도토리 키재기지. 뚱뚱한 것들 둘이 서로 뚱보라고 싸워 쌌네. … 아이고 마늘이 실하다 실해.

띵똥 문자와 전화벨이 동시에 울린다. 문자를 확인하는 정숙, 전화를 받는 윤하.

윤하	응, 아빠. 응? 서류봉투! 아이, 그걸 내가 왜? … 엄마 나갈 일 있 댔는데 참, 엄마가 갖다주면 되겠네. 오케이. 끊어요. … 엄마, 아 빠가 안방 침대에 서류봉투 가게로 갖다달래! 엄마, 나가는 길에 갖다줘!
정숙	니가 갖다줘! 너 시킨 일을 왜 나한테 시켜?
윤하	엄마, 나가는 길이라며?
정숙	방금 전 취소 됐거든. 문자 왔다. 나오지 마세요~.
윤하	뭐야? 그런 게 어딨어?
정숙	얼른 갔다와!
윤하	싫어! 안 가!
정숙	밥값도 못하는 백수 주제에 심부름도 하나 못해! 당장 갔다와! 안 갈 생각이면 아예 집구석에 발도 들이지 말고!
윤하	말끝마다 백수! 백수! 누군 하고 싶어서 백수야! 어떻게 엄마란 사람이 말을 그렇게 해?
정숙	어디서 눈을 동그랗게 뜨고 바락바락 대들어? 니가 뭘 잘했다 고? 여태 너한테 들어간 돈이 얼만지나 알아? 남들 척척 들어가 는 대학 재수에 삼수에, 그래놓고 그 잘난 대학 졸업하고서도 여 태 부모한테 용돈 달라고 손 벌리면서!
윤하	으휴! 그 얘기 왜 안 나오나 했다!
정숙	뭐야?
윤하	자식을 뭐 덕 보려고 낳았어?
정숙	그래 덕 보려고 낳았다! 남들은 다 딸이 좋다고 딸이 효도하고 엄마 생각해준다고 하는데, 넌 어디 말이라도,
윤하	그런 엄마는? 내 친구 엄마들은 딸 상처받을까봐 취직 못해도 백 수의 백 자도 입에 안 올린다는데, 정말 엄만 저질이야!

윤하, 문을 쾅 닫고 나가버린다.

정숙　망할 년! 저걸 낳고 내가 미역국을 받아먹었으니…, 저 낳느라고
임신중독으로 죽다 살아난 거 모르고. 나쁜 년!

씩씩대며 쌓아놓은 옷더미를 개킨다. 개키고 개키다 화가 나서 집어 던
진다.

정숙　누군 이러고 싶어 이러냐고? 평생을 저 하나 잘되기 바라고 희생
하며 살아왔는데 뭐? 어쩌고 어째?

다시 옷가지를 개키려다 힘이 쫙 풀려 주저앉는다.

정숙　나쁜 년, 나쁜 년! 내가 너를 낳고도 미역국을…,

조명 어두워지며 스르르 앉은 채로 잠이 드는 정숙.
음악, 아니면 효과음.
전화벨 소리와 함께 무대 밝아진다. 화들짝 놀라 일어난 정숙.

정숙　(전화를 받으며) 여보세요? 어디요? 누구요? … 뭐라고요? 아, 예.
여기 윤하네 집인데요. 신윤하 집 맞아요. 윤하가 무슨 사고라도
쳤나요? … 예? … 아니… 아니. 납치요? … 아니, 좀 전에도 집
에 있었는데, 나간 지 얼마 안 됐다고요. (말문을 잇기 어렵다.) 윤
하, 우리 윤하 좀 바꿔주세요. … 윤하니? 너 윤하야? 너 괜찮은
거야? 너 살아있는 거야? 정말 너 윤하니? (울음을 터트린다.) …
예? 그럼 어떡하면 돼요? 어떡해야 우리 윤하 풀어줄 건데요? …
2000만 원이요? 은행으로요? … 입금하면 바로 풀어줄 거죠? 바
로… 예, 그럼요. 전화 안 끊어요. 신고 안 해요.

권 여사　(방에서 나오며) 아니 무슨 전화길래 울고 불고 그래쌌니?

정숙　엄마! 엄마! 어떡해, 우리 윤하가!

권 여사	엄마는 왜 찾고 난리여? 니 나이가 지금 몇인디? 낼모레면 환갑이고만!
정숙	엄마! … 엄마! 어떡해, 우리 윤하가… 윤하가!
권 여사	윤하가 왜?
정숙	(무심결에 전화를 끊고) 윤하가 납치됐대.
권 여사	아니, 그럼 지금 니가 납치범하고 통화를 한 거여?
정숙	응. 그렇다니까. (깜짝 놀라) 어머나! 어머! 나 어떻게 해? 전화 끊지 말랬는데….
권 여사	끊으면 왜?
정숙	그 놈들이 전화 끊으면 윤하 바로… 어떡해 엄마!
권 여사	뭐여?
정숙	아이고! 윤하야! 윤하야!
권 여사	아이고 윤하야! 어쩌면 좋을까? 그 나쁜 놈들을! 얘, 경찰에 신고해야하는 거 아니냐? 윤하애비한테도 전화하고.

전화기가 울린다.

정숙	엄마, 그 전화! 전화 받아야 돼! … 여보세요? … 아, 예, 윤하 엄마에요. 제가 깜빡하고 수화기를 내려놔서…. 죄송합니다. 죄송합니다. … 우리 윤하 어떻게 안 하셨죠? … 예? 당장 은행으로요. 예, 알았어요.
정숙	엄마! … 빨리 옷 좀 줘! … 그러다 진짜면 우리 윤하 죽게 만들 순 없잖어. 하나뿐인 딸년 보내고 내가 어떻게 살아!
권 여사	아이고, 아이고, 알았다. 옷 가져오마.
정숙	알아요. 이번엔 절대 전화 안 끊는다니까요. 절대, 네버! (또 무심결에 전화를 끊는다. 동시에 놀라) 엄마야! 또 끊었어. 엄마!

권 여사	아이고, 간다. 가! 여기 옷!
정숙	엄마, 어떡해? 나 또 전화 끊었어!
권 여사	뭐여?
정숙	아이고, 나 어떡해!
권 여사	아이고, 칠칠치 못하게….

전화벨 또 울린다.

정숙	여보세요? 예, 죄송합니다. 죄송합니다. 바로 달려갈게요. 은행으로. 옷 좀 입고요.

수화기를 든 채 정숙이 허둥지둥 옷을 입고 있는 사이, 문을 열고 윤하가 들어온다.
깜짝 놀라는 권 여사.

권 여사	애, 애! 에미야! … 이거 봐라! 이거!
정숙	내가 그거 볼 정신이 어디 있어? 엄만!
권 여사	윤하다! 납치범이 그새 풀어준 거여?
정숙	예?
권 여사	여기, 여기 이거 윤하 아니냐?

뜨악한 윤하, 홱 돌아보는 정숙.

정숙	어머나! 윤하야! 너 윤하지?
윤하	왜들 이러실까?

권 여사, 윤하를 꼬집어본다.

윤하	아야!

권 여사	아이고, 애! 진짜다! 우리 윤하 맞다!
정숙	(윤하를 와락 껴안으며) 맞구나! 우리 윤하! 살았구나!
윤하	그럼 내가 살았지. 죽었을까봐.
정숙	내, 이놈들을! (전화 수화기를 들고) 야, 느그들 오늘 딱 걸렸어! 이것이 보이스피싱이라는 것이구나! 야, 이 잡것들아! 할 짓이 없어 이렇게 사기를 쳐? 내 당장 신고해버릴 테니까! 너 딱 거기 있어!

전화가 끊긴다.

정숙	야! 야 이것들아! … 하이고 이것들이 끊었네.
윤하	뭐야? 엄마, 누구한테 그래?
권 여사	아이고, 말 말어! 누가 널 납치했다고 돈 2000만 원을 부쳐야 풀어준대서, 지금 막 은행 가려던 참에 니가 들어왔잖냐. 우린 니가 납치된 줄 알고…. 아이고.
윤하	에엥? … 참나 멀쩡한 사람을 납치했다고? … 보이스피싱이구나. 아이고 울 엄마 완전히 당할 뻔하셨네. 내가 안 들어왔으면 어쩔 뻔했어?
권 여사	그러게. 우리 윤하가 효녀다. 효녀! 느그 엄마 너 납치됐다고 해서 얼마나 놀라고 울고불고 그랬는지 아냐?
윤하	그랬어?
정숙	그랬지 그럼. 하나뿐인 딸년 납치됐다는데 가슴이 벌렁벌렁하지 안 해? … 그런데 어디 갔다가 오는 거야?
윤하	밥값도 못하는 딸년, 심부름이라도 해야지. (안방으로 들어가 서류 봉투를 가지고 나온다.) 갔다올게!
정숙	같이 가자!
윤하	어?

정숙	아빠한테 같이 가자고. 누가 너 또 납치해가면 어쩌냐? (다정하게) 같이 가자, 윤하야!
윤하	웬일? 그렇게 다정하게 다 부르시고?
정숙	(와서 딸을 와락 안으며) 미안해. 그리고 고맙다. 고마워! 말 안 들어도 고마워! 취직 못해도 고마워! 백수라도 고마워! 엄마 딸이라 고마워! 여기 이렇게 무사히 살아있어 줘서 고마워!
윤하	고마워요?
정숙	그럼.
윤하	정말 고마워?
정숙	그렇다니까.
윤하	그럼, 오만 원만!
정숙	뭐?

어둠.

3막 2장
어느 날 갑자기 뭐가 확 올라와

밖에 나오면 집안일을 더 열심히 하게 되는 거야. 집에 있으면, 뭘 안 하면 뒤집고 있는 거죠, 살림을. 놀아가면서 해야 되고 팽개치기도 하고 그래야 되는데, 그게 안 되는 거야, 어느 순간부터. 언제부턴가 내가 놀지를 않고 항상 뭘 하고 있어. 괜히 뭘 꺼내서 뒤집고 찬장 뒤집고 옷장 뒤집고, 시간이 나면 그런 짓거리를 하고 있는 거야. 티도 안 나는 걸, 조금 있으면 다 똑같아지는데, 하루 종일 그러고 있는 거야. 그런 내 모습을 갑자기 딱 유체이탈을 해서 바라봤을 때, 환장하는 거지.

집이 안 편해요 이제. 집은 내 근무지야. 현관문을 보는 순간 가슴이 답답해지는 거야. 집이 행복한 둥지가 아니고, 으아, 싫다! 화가 올라오고. 내가 괜히 나갔다 왔지, 집안 꼴이 또 얼마나 개판일까. 근데 내가 집에 있다고 집안 꼴이 멀쩡한가? 그것도 아니잖아. 끝이 없어, 끝이.

늘푸소나

어쩌다보니까, 애를 넷을 낳았어요. 애 낳는 건 큰 문제가 안 돼요. 아시죠? 낳는 건 괜찮아요. 키우는 게 문제지. 아들 셋, 막내는 딸. 사실 지금 제가 좀 힘든 상황이에요. 아이들이 터울이 좀 져요. 잊을 만하면 하나 낳고 잊을 만하면 하나 낳고 해서, 큰애가 대학교 2학년, 막내가 여섯 살이에요.

아들 셋을 키우다보니까 그냥 평범한 주부를 넘어섰어요. 자신감은 상실하고, 내 자신은 없어지고, 세 아이의 엄마, 맨날 밥걱정 하고, 이놈아 저놈아, 완전히 상상도 못 했던 말을 내뱉으면서 깡패 아닌 깡패가 돼서, 그리고 지내고 있는 거예요, 제가.

하루하루가 너무 고되다, 이런 생각을 하던 중에 몸이 안 좋아졌어요. 갑상선저하증이 왔죠. 2년 정도 약 먹고 치료받는데, 정말 힘들었어요. 그때 우울증도 같이 왔던 거 같아요. 그게 갑상선 문제가 호르몬이랑도 연관이 있어서, 감정도 힘들어질 수 있다더라구요. 매일 우울하고, 아무 낙이 없고, 다음날 눈 뜨는 게 무섭고, 애들하고 씨름하는 게 너무너무 힘들고, 탈출구도 없고, 내가 이 애들을 돌봐주지 않는 이상, 애들을 봐주는 사람도 없고. 어머, 나 이러다가 죽는 거 아니야? 그런 섬뜩한 생각이 들었어요. 처녀 때는 어떤 일이 있어도 안 쓰러질 거라는 소리를 들었던 내가. 나에 대한 실망감, 회의감, 자괴감에 푹 빠져서 참 많이 허우적거렸어요.

어느 날은 우리 애가, 나 일하러 다니는 게 섭섭했는지, 사춘기라 배배 꼬여서 그랬는지, '엄마가 나한테 밥 한 번 제대로 차려준 적 있어?' 하고 버럭 소리를 지르는 거야. 너무 기가 막혀서 그냥 주저앉았어. 그리고 얼마나 울었는지 몰라. 내가 밥시간을 못 맞출 거 같으면, 먹을 거 다 싸놓고, 먹기 편하게 잘라서 냉장고에 넣어두고, 쪽지도 붙여놓고, 어디어디에 뭐 있다고 전화해주고 그랬는데, 세상에 어쩜 나한테 이럴 수가 있나.

큰애는 큰애대로 짜증부리고 작은애는 작은애대로 짜증부리고, 내가 동네북인가. 내가 이러려고 얘들을 업고 안고 키웠나 싶고, 인생이 무너지는 거예요. 이게 아닌 거 같다 싶은 거죠. 자식만 바라보고 산다고 생각했는데, 내가 잘못 살았구나. 이런 절망적인 생각에 머릿속이 하얘지는데, 정말 힘들었어요.

꽃순이

사람이, 엄마라는 사람이 대가를 바라고 뭘 하는 건 아니잖아요. 그렇지만, 보상을 해달라는 게 아니라 최소한의 인정은 좀 받고 싶단 말이에요. 누구는 공부 안 했나, 누구는 사람 아닌가. 살림이라는 게 하루이틀만 건너뛰면 티가 확 나는데, 그걸 그렇게 꾸준히 해왔는데, 왜 내 성과는 보이지가 않나. 아이들은 무럭무럭 커가는데, 나는 여기 그대로 있고. 사람도 못 만나고 공허한데, 아무도 그걸 몰라. 이젠 사람 만나는 것도 싫고 그렇더라구요.

산들바람

옛날 얘기인데, 임신을 해서 남산만 한 배로 남편이랑 어딜 갔다가 돌아오는 중이었어요. 어기적거리고 걸어가는데, 남편이 걸음도 빠르고 사람을 살갑게 배려해주는 사람이 아니에요. 같이 가는데, 내 걸음이 느리니까 거리가 벌어졌죠. 남편은 저쪽에 가 있고 나는 천천히 걷고 있는데, 갑자기 내 앞에 자전거가 휙 나타나서는 내 가방을 확 뺏어간 거야. 너무 놀라서 털썩 주저앉았죠. 임신을 했잖아. 뱃속에 애기가 있잖아. 남편은 어디로 갔는지 보이지도 않아. 주변에 슈퍼가 눈에 띄어서 거기로 막 뛰어 들어갔어요. 놀래가지고 거기 전화를 빌려서 집으로 전화를 했어. 이만저만한 일이 있어서 내가 지금 여기 슈퍼에 있다, 그랬더니 남편이 뛰어왔더라고. 왔으면 나 괜찮냐고부터 물어봐야 되잖아. 근데 자기도 성질이 났는지 길길이 날뛰면서, 도대체 걸음을 얼마나 허술하게 걸었기에 그런 새끼들의 표적이 되느냐고 나를 막 나무라는 거야. 그 슈퍼 앞에서 어떤 새끼들이냐고 막 욕을 하고 난리를 치니까, 슈퍼 아줌마한테 인사하고 나오는데 아줌마가 이렇게 물어.

"새댁, 저 사람이 새댁 신랑 맞아?"

근데, 웃기는 게 뭔지 알아요? 그걸 잊고 몇십 년을 살다가 몇 년 전에 갑자기 그게 확 생각난 거야. 그래서 빨래도 해주기 싫은 거야. 쳐다도 보기 싫어. 갑자기 화가 확 치밀어서. 그거 하나뿐이 아니지, 사실. 생각하기 싫은 일들이 많았는데, 갑자기 그 자전거 사건이 확 튀어 올라온 거야. 참 사람 안 변해요. 변하기 힘들어.　　　삼고다

우리 남편은, 도움이 안 돼요. 물론 일이 바쁜 건 이해를 하는데, 이해 못 하면 못 살죠. 일이 워낙에 바쁜 직업이다보니까 내가 뭘 하는지, 집구석이 어떻게 돌아가는지, 애들이 뭘 먹는지, 키가 컸는지, 뭘

하고 지내는지도 몰라요. 친정도 시댁도 멀고 그러니까, 다 나 혼자 해야 되는 거지. 이젠 뭐, 기대도 없어. 남자들이 50대 되기 전까지는 다 그런 거니까. 그렇다고 봐야죠. **왕벌진희**

제일 후회되는 거는 준비 없이 결혼하고 준비 없이 애 낳았다는 거. 왜 그때 아무도 그런 준비가 필요하다고 말해주지 않았을까. 아, 누가 얘기해주었어도 아마 안 들었겠죠? 남들 하니까 결혼하고 남들 하니까 애 낳고 그랬던 게 너무 멍청한 짓 아니었나, 많이 후회가 돼요. 조금 더 준비하고, 우리가 어떻게 살 것인지 서로 의논하고 고민하고, 그래서 어떤 규칙을 정하고, 두 사람이 만나서 같이 사는데 가치관을 좀 정하고 그랬어야 하지 않나. 너무 급하게 막 왔던 거. 그래서 엉망진창이 되어버린 거 같아요. 이게 아닌데. 후회되죠. 그런데 어쩌겠어요. 이미 일은 다 벌어졌고, 애들이 벌써 저만큼 컸는데. **모자공주**

설거지하고 깔끔하게 하고 맨날 쓸고 닦고 그래. 내공이 점점 늘어. 와이셔츠를 점점 잘 다려. 옷도 점점 잘 개. 가사를 점점 더 잘해. 빨라지고 깔끔해지고.

근데 이건 아니야. 나, 이거 못 하고 싶어. 하기 싫은 거야. 기본 욕구가 충족이 안 되고 가사노동만 가해지니까. 어렸을 때야 애들한테 들어갈 자리가 있잖아. 근데 애들이 커서 뚝뚝 떨어져나가니까, 내가 설 곳도 없고 갈 데도 없는데, 계속 다람쥐 쳇바퀴를 돌아야 돼. 하루만 안 하면 난리밥통이 뒤집어져.

어느 날 갑자기 뭐가 확 올라와. 나는 뭐지, 내 인생은 뭐지? 내가 지금 뭐하고 있지? 그래서 확 성질을 내면, 저게 미쳤나, 이런 분위기야. 미리 얘기를 하지, 이래. 그게 돼? 미리 무슨 얘기를 해? 걸레질하다 걸레 확 집어던지게 되는 그런 기분 있잖아. 함께 해야 되는데, 애들도 같이 키우고 그러면 좋은데 보면 애들을 혼자 다 키우고 있고, 주변에 사람이 있었는데 어느 날 보니까 없고.

또 그런 게 있어. 바른생활 엄마로 지냈으니까, 나를 이 정도는 생각해주겠지, 보상심리 같은 게 조금은 있잖아. 근데 아무것도 없어. 정말 없어. 와, 이게 뭐야. 해도 그만 안 해도 그만이네. 내가 이 집 파출부도 아니고. 그래, 썩어 없어질 몸인데 뭐 어때, 했는데. 내가 건강하면 괜찮아. 근데 아프고 나서 그런 거야. 억울한 거야. 내가 이렇게 이렇게 잘해서 이만큼 꾸려졌는데, 가족들한테는 그게 당연한 거야.

우리 애요? 우리 애는 내 십자가예요. 에휴, 어떻게 그걸 말로 다해. 애들만 돌보고 나를 안 돌봐서 건강이 나빠지기 시작했는데, 애들은 자아가 막 커져서 바락바락 대들거나 하고. 요즘은 싫어, 그냥. 말하기도 귀찮고, 얘기하기도 싫어졌어요. 내가 잘못 키웠나보다. 내가 원하지 않는 내 새끼의 모습이 자꾸 보여서, 저게 아닌데, 저렇게 키우지 않았는데, 그런 좌절감이 자꾸 와요. 내가 뭔가 잘못했을 거야, 그런데 뭘 잘못했을까? 어디서부터 잘못한 걸까? 아니, 뭐 꼭 사고를 치고 그런 건 아닌데, 아무튼 당혹스러운 면이 많아요.　　　　한걸음 힘들 때가 있었는데요. 사람들이 저한테 자꾸 힘내라, 힘내요, 힘내세요, 그러는 거예요. 근데 그 말이 참 듣기 싫더라구요. 너무 쉽게 그냥, 막 던지는 거 같애. 그래, 말하는 사람이야 한 번 쯤 얘기하면 되니까, '누구야, 힘내!', 쉽죠. 그렇지만 그게 꼭 강요하는 거 같아서 듣기가 싫더라구요. 제가 못된 거 같아요. 못돼먹어서 남들이 그렇게 격려해주는 말도 곧이곧대로 안 듣고 배배 꼬아서 듣는 거죠. 그거보다는 그래, 열심히 하고 있구나, 뭐 그런 말이 더 듣기 좋았어요. 그래서 저도 남들한테 '힘내!' 이런 말 잘 안 해요, 쉽게 말하는 거 같아서.

우주토끼

저는, 맡은 일은 아주 잘해야 된다는 생각이 있어요. 좋은 거는 열심히 해야 된다는 주의예요. 자식들 바르게 잘 키워야 되고, 돈을 벌어서 누군가에게 베풀 수 있으면 최대한 베풀어야 되는 거죠. 그 완벽주의 때문에 고통스러웠던 거예요. 40대까지 가슴속에 미치도록 울분이 끓어올랐는데, 분출을 못 하니까, 쇼핑을 그렇게 해댔어. 그런데 돈이라는 건 한계가 있잖아요. 그러니까 그건 중단이 되는데, 내 마음이 감당이 안 되는 거야. 안정이 안 되고 계속 흔들리니까 정말 힘들더라구요. 신앙생활을 열심히 하면서 안정을 되찾긴 했는데, 그때도 나는 성공해야 되는데, 그 세상의 기준에서 성공해야 되는데 하는 마음이 계속 끓더라구요.

인생을 사는 의미가 없었던 거야. 주부 입장에서 내가 뭘 성공할 수

가 있어? 근데 하고 싶은 거야, 미치도록. 할 게 없잖아. 할 수 있는
게 없어. 이미 다 지나가버렸는데 회사를 다닐 것도 아니고, 무슨 평
가를 받을 것도 아니고. 속이 부글부글 끓어. 성취감을 느낄 수 있는
그 뭔가를 해야 되는데, 할 게 없어. 할 수 있는 것도 없어. 미치겠더
라고.

남편이 나 때문에 힘들었죠. 그렇지만 내가 아무리 힘들다고 해도
우리 아이들은 절대 잘못 키울 수가 없는 거야. 엄마가 마음속에서 없
어지거나 실제로 없어지는 일은 또 용납이 안 되는 거죠. 애들 살펴야
되고 관리를 해야 되니까 가정의 울타리에서 벗어날 수는 없는데, 그
안에 갇혀버렸어. 날아가야 되는데, 새장 안의 새가 된 거야.　　　　한나

이 나라 여자들이 힘든 거는 딱 하나 남편이에요. 벽 보고 얘기하는
거 같으니까. 소통이 안 되잖아요. 서로 살아온 문화가 너무 달라서
그렇겠죠. 그러니까 서로 노력해야죠. 우리는 노력해요. 그리고 더 노
력하려고 노력해요. 그게 안 되면 답답할 수밖에 없죠. 사랑하는 마음
으로 만났고 당연히 사랑하니까 같이 살고 있는 건데, 노력하지 않으
면 그것도 다 사라지거든요.

부글부글 끓는 게 있어야 돼요. 그래야 밖으로 나와요, 엄마들이. 덜
끓으면, 아무리 불평을 해도 밖으로 못 나와요. 아직 때가 안 된 거죠.
어떤 사람은 말로 막 하소연을 안 하고 혼자 묵묵히 지내는데, 잘 지내
는 거 같았는데 어딘가에 가서 뭘 하고 있어. 그 사람은 속에 끓던 게
이제 정점을 지나서 터진 거예요. 그때가 와야 돼요. 자기가 견딜 만

하면 잘 지내더라구요. 저요? 저는 끓는 거 좋아해요. 늘 끓었으면 좋겠어. 놀면서 지내면 좋잖아요? 인생이 딱히 그렇게 심각할 거 있을까요? 놀면서 재미있게 부글부글 끓으면 끓는 대로 끓는 것도 지켜보고 식는 것도 지켜보고, 즐기면서 지내는 거죠. 전 그런 게 좋아요.

하늘공주

3막 3장
엄마, 연극을 만들다

2012년 10월 12일, 〈고무줄치마와 구름 그리고 로드무비〉(가제)의 1차 대본이 완성되었다. 김민정 작가와 김종석 연출, 이기봉 조연출의 지휘하에 대본 리딩이 시작되었다.

　김민정 작가는 엄마들의 이야기를 기본으로 해서 이야기를 구성했고, 내 얘기 같지만 완전히 내 얘기는 아닌 극의 대본을 내놓았다. 에피소드는 재미있어야 했고, 또 한편 엄마들이 대본의 내용을 편안하게 내용을 받아들일 수 있어야 했다. 엄마들의 이야기를 소재로 한 것이라서, 마치 내 얘기를 남들에게 고스란히 내보이는 것처럼 느껴질 수도 있기 때문이다.

　엄마들이 자기 이야기를 꺼내놓을 때 가장 두려워하는 것은 동의를 구하지 않은 우리 가족이 노출되는 것, 행여라도 남들에게 우리 가족의 흠이 드러날까 하는 것이다. 끊임없이 타인을 돌보고 보살피는 역할을 하는 엄마들은 가족과 밀접하게 이어져 있어서, 엄마들의

〈엄마들의 유쾌한 반란 일정표(10/12~12/29)〉

구분			내 용
월	일	회차	14:00~16:00(120분)
10월	12일	17회	〈고무줄치마와 구름 그리고 로드무비〉(가제) 1차 대본 완성 및 대본 리딩
10월	19일	18회	역할에 따른 대본 리딩
10월	26일	19회	오디션-심사위원: 김종석(연출), 이기봉(조연출), 김민정(작가)
11월	2일	20회	캐스팅 확정 발표 및 리딩 지도-공연A팀, 공연B팀
11월	9일	21회	연습 및 연기지도
11월	16일	22회	연습 및 연기지도
11월	23일	23회	연습 및 연기지도
11월	30일	24회	연습/ 의상 · 소품 1차 점검
12월	5일	25회	각 파트(무대 · 영상 · 조명 · 음향) 1차 디자인/ 출연진 수리홀 답사
12월	7일	26회	연습/ 의상 · 소품 · 오브제 2차 점검
12월	12일	27회	연습/ 무대디자인 완료/ 음악 · 음향 · 영상 2차 디자인
12월	14일	28회	무대 · 소품 발주/ 음악 · 음향디자인 완료/ 의상 · 소품 반입
12월	17일	29회	연습 및 연기지도
12월	19일	30회	연습 및 연기지도
12월	20일	31회	영상제작 완료/ 조명디자인 완료
12월	23일	32회	셋업 및 테크니컬 리허설
12월	24일	33회	셋업 및 테크니컬 리허설
12월	25일	34회	드레스 리허설
12월	28일	35회	드레스 리허설
12월	29일	36회	'엄마들의 유쾌한 반란' 제1회 정기공연 〈집에는 좋은 일 있을 겁니다〉 3시, 7시 공연(안양아트센터 수리홀)

이야기는 한 여자 개인의 이야기가 아니라 가족의 이야기이기 때문이다. 그 이면엔 '여자가 잘해야 집안이 잘 된다'는 케케묵은 고정관념도 깔려 있다. 가족의 일대기에서 생로병사와 희노애락은 필수불가결하게 따라붙는 것이지만, 엄마들은 모든 사건사고에 무한정 책임감을 느낀다. 내가 조금만 더 잘 했더라면 어떤 불행이나 사건이 조금은 더 늦게 오지 않았을까. 그래서 엄마들의 이야기를 꺼내놓는 것은 더욱 쉽지 않은 일이었다. 엄마들이 엄마가 아닌 개인으로 서는 일, 그리고 그 개인의 일을 보편적인 타인의 일로 전환하는 작업에는 큰 용기가 필요했다.

기존에 있는 극을 끌어오지 않고 창작극을 만든 것은 문화예술을 통해 엄마들이 한 개인으로 오롯이 서기를 바랐기 때문이다. 가족에게 둘러싸인 가면을 벗고 엄마나 며느리가 아닌 한 개인으로 세상을 향해 한 발짝 나아가야만, 공동체를 이루는 주체로 서서 지역 공동체 문화를 주도할 수 있는 역량이 생긴다. 그리고 '공공문화예술의 주도적 시민'이 되는 데에는 스스로의 즐거움을 찾아낼 줄 아는 자기발견이 필수이기 때문이다.

엄마들의 발표와 이야기를 수집해 김민정 작가가 만들어낸 창작극은 엄마들이 더욱 공감할 수 있기에 연기력과 표현력을 배로 높여준다는 장점이 있다. 이미 발표된 몇 가지 에피소드를 기반으로 했기 때문에, 대본을 받아든 엄마들도 이건 누구 이야기라는 걸 금세 알아차렸다. 소재를 제공한 사람이 상처받지 않을까 염려하기도 했다. 그런 엄마들의 심정을 헤아린 제작진은 이 이야기를 보편적인 남의 이야기로 받아들여달라고 부탁했다. 대본이 발표된 날 자원을 받아 대본 리딩을 하고 난 뒤, 제작진과 엄마들이 의견을 교환했다.

연출   너무 잘들 읽으시네. 재미있죠? 읽다보면 배역들의 성격이
보이죠? 자, 이렇게 첫 리딩을 했습니다. 느낌, 생각 등을
자유롭게 말씀해주십시오.

지영이   제 이야기가 소재로 쓰였는데요. 저에게는 트라우마가 될
만큼 어릴 적에 큰 상처를 받은 사건이었는데, 대본에서는
있을 수도 있는 일이라는 느낌이 들었습니다. 상황을 좀 더
황당하게 표현해주셨으면 하는 생각이 들었습니다.

연출   잠깐, 먼저, 작가 선생님이 여러분 이야기를 소재로 쓴 건
어떤가요? 불쾌하거나 하진 않으십니까?

지영이   네. 전혀 기분 나쁘거나 하진 않아요. 그때 제 이야기를 했
을 때 굉장히 창피했고, 집에 가서는 눈물까지 보인 걸 후
회했는데요. 이야기를 하면서, 그리고 대본을 보고 그 기억
으로부터 편안해졌어요. 치유되는 느낌이 들었습니다.

연출   우리는 모두 이 이야기를 알고 있지만, 관객은 전혀 모른다
는 걸 염두에 두십시오. 이 이야기가 관객에게 어떻게 비칠
까를 생각해봐야 합니다.

삼고다   리딩을 하면서 울컥한 건, 제 친구가 떠올라서였어요. 장애
아를 키우고 있거든요. 제가 연극을 할 거라고 얘기했고 그
친구에게도 보러 오라고 했는데, 장애아 이야기가 나오니
그 친구 맘이 어떨까 걱정되기도 합니다.

사랑단지   요즘 우리 시대에 겪는 여러 가지 문제를 고루 이야기하고
있네요. 불임이라든지 치매라든지, 주변에서 쉽게 공감할
수 있는 문제들이라고 생각해요.

무대연희 장애아(자폐아)가 나오는데, 장애 문제를 너무 쉽게 얘기한 건 아닌가 하는 생각이 들기도 합니다. 장애아 부모가 연극을 본다면 아플 거 같거든요. 내가 과거에 뭔가를 잘못해서 우리 아이가 장애를 겪고 있나? 어떤 죄갚음인가? 이런 생각을 할 수도 있을 거 같아요. 조심스럽게 다뤄야 하지 않을까요?

작가 '어렸을 때 나쁜 일을 했기에 장애아를 두었다'라는 걸 인물에 투사하려는 의도는 전혀 없었습니다.

연출 이 부분은 인물을 어떻게 표현할 것이냐가 중요합니다. 장애가가 나오는 이야기의 주제는 '화해'였습니다. 장애 문제가 아니었습니다. 작가의 의도는 그랬다고 봅니다. 남에게 상처 주는 나쁜 일을 하고서 또 다른 불행을 겪으며 뉘우치는 개과천선이 아닙니다.

써니 그렇다고 하더라도 장애는 예민한 부분이거든요. 그런 경우에 처해 있는 사람들을 배려해야 한다고 생각해요.

연출 이건 배우와 연출자의 몫이기도 합니다. 장애 문제가 아니라 화해를 얼마나 잘 살리느냐, 이거거든요.

한나 대본 18페이지를 보면 화해 부분의 대사가 분명히 나오기는 합니다.

조선언니 이러는 건 어떨까요? 상처가 있는데, 상처를 치유하는 방법에서 장애 문제가 걸리지 않도록.

연출 여러분들이 주의하고 조심해야 할 게 있습니다. 지금 여러분은 연기가 아닌 메시지에 관심을 두고 있다는 겁니다. 메시지가 무엇이냐에 집중하기보다 연극의 메시지를 내가 배우로서 어떻게 표현하느냐를 고민하셔야 합니다.

작가   연극의 출발은 여기 계신 어머니들의 이야기이지만, 이 등
      장인물들은 새로운 인물입니다. 현실과 연극에 출연한 배우
      를 혼동하시면 안 됩니다.

무대연희 대본의 일부는 우리 생활에서 일어나는 이야기를 리얼하게
      표현하신 거 같습니다.

한나   그런데, 그 '화해' 부분이 좀 차갑지 않나요?

작가   그렇습니다. 그건 의도한 바이기도 합니다. 한 사람은 기억
      조차 못 한 과거인데 다른 한 사람에게는 오랫동안의 상처
      였으니, 한 번의 사과로 화해가 될까 하는 생각이 들었습니
      다. 그래서 화해는 화해이지만 그 느낌을 좀 열어두어야 하
      지 않을까 싶어서 비중을 크게 두지 않았어요.

하늘공주 네 번째 에피소드에서 작가는 시어머니 양 여사를 어떤 캐
      릭터로 표현하길 바라시나요?

작가   여러분이 발표하신 것 가운데 인상적인 대사들이 있었습니
      다. '집에는 좋은 일이 있을 거야'라든가 '임신이 안 되는 사
      람은 너하고 안젤리나 졸리 둘뿐이야'라든가. 시어머니 양
      여사는 '집에는 좋은 일이 있을 거야'라는 대사를 살려줄 캐
      릭터입니다.

연출   막간극에 그 대사를 타이틀로 넣어도 좋을 거 같은데요?

한나   치매 이야기는 제가 겪은 것이기도 하지만, 정말 리얼하고
      재미있었어요.

삼고다 더욱 디테일한 치매 표현이 있어야 하지 않을까요?

연출   그건 대사만이 아니라 행동이나 무대로도 표현될 수 있습
      니다.

모자공주 세 번째 에피소드에서 보이스피싱은 앞뒤 연결이 좀 부자연

스러운 거 같아요. 제가 잘 몰라서 그런가 싶지만, 어딘가 억지스럽다는 느낌이 들었습니다.

작가 사실 이것은 고민했어요. 보이스피싱으로 할까, 꿈으로 할까? 그러다 보이스피싱이 사회 문제이기도 하고 재미있는 소재도 될 거 같아 그렇게 하긴 했는데, 좀 더 보강을 해야겠습니다.

써니 사실, 이런 경우의 보이스피싱이 있어요. 저는 그런 경험이 있거든요. 아이가 잡혀 있다면서 돈을 요구하더라구요.

연출 얘기 잘 들었습니다. 리딩 단계에서는 인물 분석이나 수정에 대한 의견을 받아들이겠지만, 캐스팅 완료 단계에서는 배우로서 그 부분을 완벽히 소화해내는 데에 집중하셔야 합니다.

조연출 대본을 예리하게 보신 거 같습니다. 역시 어머니들이시군요. 그런데 연극은 사실 그대로를 옮겨놓는 게 아니라 어떤 문제가 있으면 그것을 열어주는 역할을 해야 한다는 걸 유의해주세요. 배우에게는 '하고 싶은 연기'보다 '해야 되는 연기'가 있습니다. 공연에서는 내가 '무엇을 표현하는가'가 중요합니다. 그것을 배우가 되어 찾아야 합니다. 또 한 가지, 배우로서 경계해야 할 것은, 감정을 잡는 건 좋지만 그 감정에 자신이 빠지면 안 된다는 것입니다. 감정을 충분히 살리되, 컨트롤하기도 해야 합니다.

연출 자, 그럼 인물 캐릭터를 좀 볼까요?
'에피소드 1'에 나오는 명숙과 진희. 둘 다 불임 여성인데, 성격이 다른 만큼 반응도 다릅니다. 진희와 명숙, 두 사람의 캐릭터가 명확히 살아야 합니다. 이수라는 젊은 여성은 살짝 더 거칠어도 좋을 거 같습니다. 발랑 까진 젊은 여자처럼 보이지만, 완전히 내면까지 거칠지는 않겠죠?

'에피소드 2'의 지영은 조금은 소심한 면이 있고, 경은은 외향은 밝고 경쾌하지만 아픔도 있는 사람이죠? 유치원 선생이니 특유의 말과 행동이 보여야 할 거 같습니다. 연기력이 많이 필요하겠는데요.

'에피소드 3'에서 세 모녀가 나오는 장면은 이 연극에서 가장 경쾌한 장면이 될 거 같습니다. 인물이 다들 좀 더 강해도 될 듯싶습니다.

'에피소드 4'에서 치매 연기는 여러 가지로 표현될 수 있다는 걸 생각해두시고요. 며느리는 희생과 보살핌의 이미지로, 딸은 얄밉고 이기적으로, 그래서 연극을 본 관객들이 꼬집고 싶은 마음이 들도록 표현하셔야 합니다.

다음주에는 자신이 선택한 배우를 연기해보겠습니다. 등장인물 중 세 사람을 선택해서 연기를 하셔야 합니다. 네, 수고하셨습니다.

(녹취, 정리: 장은정)

10월 19일.

역할에 따른 대본 리딩을 통해 배역을 정할 준비를 시작했다. 단원들은 각자 마음에 품은 역할을 골라 오디션에 임했다. 오디션의 원칙은 모든 단원에게 역할이 돌아가는 것이었다. 제작진은 연기력의 우열을 가리지 않고, 모든 단원이 동등한 능력을 가졌다는 전제 아래 배역을 정하기로 했다. 이 프로그램의 목적이 바로 그것이었기 때문

이다. 배우를 발굴하거나 능력 있는 사람을 키워주는 게 아니라, 모두가 함께 치유받고 자아를 찾는 과정, 그것이 가장 중요했다.

그러나 제작진은 그런 의도를 드러내지 않았다. 엄마들은 최선을 다해 자신이 하고 싶은 역할에 욕심을 내고, 편안한 분위기에서 오디션을 치를 수 있도록, 그러나 방심하지 않도록 조정할 필요도 있었다.

2막 〈내 아이의 선생님〉의 지영이 역에 지원자가 가장 많이 몰렸다. "독백도 있고 방백도 있고, 대사도 제일 많잖아요. 이 역할이 제일 배우 같아서요." 가장 주목받는, 탐나는 역할이었던 것이다.

오디션은 대본이 나온 지 3주 만인 10월 26일이었다. 대본이 나온 뒤, 오디션 날짜는 확정되고 캐스팅은 아직 확정되기 전에 몇 명의 단원이 그만두게 되었다. 개인사정이었고, 명확한 이유는 알 수 없었다. 개인들의 이야기를 꺼내어 극을 쓴다는 건 쉽지 않은 일이었다. 제작진은 누누이 이것은 여러분의 이야기에서 끌어내어 새롭게 만든 이야기라고 강조했지만, 그것은 감정의 문제였다. 남은 단원들은 캐스팅을 앞두고 자리를 비운 단원들이 못내 마음에 걸렸다. 그저 단순한 개인사정의 문제였다 할지라도, 말없이 떠난 사람들의 빈자리는 늘 어딘가 모르게 쓸쓸하다.

11월 2일, 캐스팅이 확정되었다. 자기가 원하던 역할을 하게 된 사람은 한 사람도 없었다. 아마추어 극단의 특성상, 전문가인 연출진이 각각의 단원이 가장 잘 해낼 수 있는 역할이 무엇인가에 중점을 두어 캐스팅을 확정했다. 초반엔 어렵거나 부담스럽다는 이유로 불만도 있었지만, 큰 소란은 없었다. 단원들은 기본적으로 연출진을 믿었다.

개, 유미, 그 모습에 제가 분명히 있어요. 어떤 특정한 부분이 아니고 그 마음이. 그 마음을 알아요. 사실 저도 애 가지기 전까지 고생을 많이 했고, 애아빠랑 병원도 다니고 배란일도 뽑아주고 그랬죠. 그런다고 덜컥 성공을 하나, 그것도 아니죠. 마음을 비워야 되는데, 그게 잘 안 되죠. 집안에선 난리가 났죠. 애아빠가 장남이니까. 얼마 전에도 무슨 아들 타령을 농담처럼 했는데, 제가 좀 심하게 버럭 화를 냈어요. 농담이라도 다시는 그런 소리 하지 말라고. 능력 되면 차라리 밖에서 낳아오라고, 나는 다시는 그런 고생 하고 싶지 않고 생각만 해도 너무 싫다고 했어요. 저한테는 그게 내재된 스트레스예요. 집안에서 암암리에 압력을 주고 있는데, 그걸 저만 느끼거든요. 그랬더니 애아빠가 놀라더라구요. 누가 너 힘들게 하느냐고. 그러니까 아무튼 그 얘기 하지 말라고, 나한테 말하지 말라고….

늘푸소나

정숙 여사 역할을 하고 싶었어요. 유쾌하고 웃기는 역할이니까. 제가 그렇지 못하니까 그런 걸 한 번 해보고 싶었죠. 정숙 여사 연습을 해서 오디션 보면서, 연출 선생님한테 제가 안 뚱뚱한데 옷을 몇 개 껴입고 해도 되냐고 여쭈었는데, 체격은 상관없다고 하시더라구요. 근데 막상 해보니까, 아무래도 무리예요. 그래서 2막의 경은이 역할하고 4막의 시누이 역할도 해봤는데, 선생님이 '꼭 그거 하셔야 돼요?'하고 물으시더라구요. 아니에요, 저는 아무거나 해도 돼요, 했죠.

그랬더니 진희 역을 주신 거예요. 처음엔 캐릭터 파악이 안 돼서, 계속 짜증내고 화내고 그런 거라서, 애 성격 왜 이래, 친구한테 왜 이렇게 못되게 굴어, 그랬죠. 선생님이 하루는, 그래도 걔가 남편한테나 시댁에서 '애도 못 낳는 게…'라는 소리를 듣는 형편이다, 그런 스트레스를 받고 병원에 왔다고 생각해봐라, 그럼 연결이 되지 않겠느냐, 그러시더라구요.

저도 아이를 갖는 과정에서 잃기도 하고 기다리기도 했던 과정이 있었죠. 사실은 두 번이나 자연유산하고 삼 년 만에 애를 가졌거든요. 진희 대사 "내 자궁을 도려내고 싶은 심정을 니가 알아?", 그 마음은 알아요. 그 대사를 하려니까, 그때 생각이 나더라구요. 아이 기다릴 때 생리가 다시 나오면, 정말 화장실에 혼자 앉아서 울어요. 그건 감정이입이 되더라구요.

마음이 아프고 그런 거는, 연습할 때는 안 울었는데, 공연할 때는 왈칵 눈물이 나와가지고. 친구가 독백하는 대사에서 눈물이 나서는 손수건이나 휴지 가지고 눈물 닦느라고, 잘못하면 공연 망칠 뻔했죠. 20년 전 일이지만, 그때 감정이 되살아나더라구요. 여태 그 감정을 눌러왔던 건지, 아니면 그렇게 눌린 과정에서도 천천히 풀어져서 괜찮아졌던 건지.

건달처녀

중간에 그만두고 싶었던 부분도 그런 거였어요. 환상적인 연극이 아니라는 거요. 구질구질한 우리 얘기로 극을 만든다는 거요. 별로 하고 싶지 않았어요. 그래서 리딩도 끝까지 안 하고. 삐친 티를 냈어요. 시켜도 안 하려고 그랬는데, 감독님이 찾으셨다는 거예요. 저 시키려고. 일부러 그러신 거 같아요. 선생님들이 우리 마음을 다 읽으시는 거 같을 때가 있었다니까요. 리딩할 때, 정숙 여사를 시키시더라고요. 저는 안 그래도 삐쳐 있는데 또 화가 나는 거예요. 왜 하필 뚱땡이를 시켜. 짜증

나. 그래서 너무 거칠게 막 욕까지 섞어가면서 읽었죠. 근데 하고 나서 생각해보니까, 제가 대본이 맘에 안 든다고 그만둘 수는 없더라구요. 이런 것 때문에 관둘 수는 없잖아요. 유치하잖아요. 제가 전체를 다 볼 수 있는 능력이 있는 게 아니잖아요.

그래서 오디션 볼 때는 마음을 고쳐먹었죠. 2막의 경은이 역할이 역할을 하고 싶었는데, 지금 생각해보면 벅찬 역이었구요. 결국 맡게 된 명숙이 역할은 원래 제 성격이랑 비슷하다고들 하시겠지만, 저는 나름대로 많이 연구했어요. 똑같은 명숙이라 하더라도, 느낌은 완전히 다르니까. 명숙이는 어떤 마음이었을까, 어떤 마음으로 병원에 갔을까, 그런 고민을 하고, 매일매일 연습을 했어요. **모자공주**

제가 맡은 건 발랄한 역할인데, 저하고 안 맞는 거 같았거든요. 저는 그 역할이 소화가 안 돼서 스트레스 받는데 언니들은 그냥 이건 딱 네 모습 그대로라고 하니까, 계속 정말 그런가 의심하면서 했어요. 사실 캐스팅 발표하는데 저보고 명숙이 역을 하라고 해서, "제가요?" 하고 반문을 했는데, 원래 그러면 안 되는 거라면서요. 제가 뭘 알아야죠. 연극판에서는 배우가 캐스팅에 대해 따지는 거 아니라는 것도 나중에 다른 사람들이 얘기해줘서 알았어요.

명숙이가 되면서, 성격이 좀 밝아진 걸 느꼈어요. 처음엔 입을 떼기도 힘들었는데, 한 번 하고 나니까 둑이 터지듯이, 내가 이런 걸 할 수 있구나 싶더라구요. 결혼해서 아줌마로 산 지 10년이 넘었는데, 그사이에 명숙이가 스멀스멀 올라오고 있었나봐요. 어쩜 그렇게 명숙이 역할에 맞게 천연덕스럽게 웃냐고, 그런 말까지 들었죠. **꽃사슴**

제가 지영이가 되었잖아요. 왕따까지는 아닌데, 전학 간 지 얼마 안 돼서 선배 언니들한테 산에 끌려가 맞은 적이 있거든요. 제가 지금 그때 키하고 별 차이가 없어요. 어릴 때 일찍 커서 6학년 때 160센티미터였거든요. 눈에 띈다고, 눈 똥그랗게 뜨고 다닌다고 좀 맞으라는 거예요. 지금 그게 엄청나게 슬프거나 하진 않아요. 그때는 뭔가 친구들을 잘 사귀어야겠다고 생각하게 된 계기가 됐고, 그때 이후로는 별 일 없었거든요.

그때는 참 무서웠는데, 나중에 보니까 저를 때리거나 괴롭혔던 그 선배들, 친구들이 참 불쌍한 아이들이더라구요. 가족이 없는 친구들. 우리 집은 부자는 아니지만, 가족 중의 누구 생일이면 작은 케이크 사다가 노래 부르고 촛불 켜고 그런 게 있었는데, 그런 화목한 가족이 없는 친구들이 외로움에 못 이겨서 그렇게 자기를 알리고 다닌다는 게 보였어요. 폭력적으로, 남들에게 센 척한다는 게. 지영이 역을 하면서 그때의 상처가 떠올라서 힘들고 그럴 정도로 곪아 있진 않아요. 근데 대부분이 비슷한 경험이 있는 거 같더라구요. 정말 끔찍한 사람은 다시 말하기도 힘들죠. 남들이 얼마나 큰 상처를 받았는지 잘 알기 때문에 그때 내가 친구들 때문에 힘들었다고 얘기하기 어렵달까요. **우람쥐**

캐스팅이 발표되고 시범 리딩을 해보았다. 한 번씩의 대본 읽기가 끝난 뒤, 연출진의 부탁이 있었다.

"처음 리딩할 때보다 나아진 게 느껴지시지요? 다른 사람이 하는 모습을 보고 조용히 연습하신 거 같아요. '나는 이렇게 해야겠다', '저렇게 해야겠다' 하는 생각이 절로 들죠? 그러니 보면서도 연습이 되는 겁니다. 남들이 하는 걸 보며 자기도 이렇게 저렇게 시도하면서 찾는 겁니다.

기본적으로 짜증, 분노, 폭발 연기는 다들 잘합니다. 그런데 친절, 사랑 표현, 마음으로 하는 얘기는 잘 못 해요. 평상시에 잘 하지 않는 표현이기 때문에 연기도 나오지 못하는 겁니다. 아주 친절하고 상냥한 말투를 평상시에도 연습하세요. 평상시 언어습관도 연기와 관련이 있습니다.

내가 살아온 그대로의 이야기는 아니지만, 다행스럽게도 공감하고 이해하기 어려운 내용은 아닙니다. 자기 역할이다 생각하고 리딩을 하니 상황이 더욱 와닿죠? 연습은 집에서 하시고, 여기 모여서는 자기 역할을 구체화해서 제시해주셔야 합니다.

연기에는 호흡이 매우 중요합니다. 숨을 쉬고 나서 말해야 합니다. 그래야 감정이 대사에 담깁니다. 그리고 끊어읽기를 잘하셔야 합니다. 긴 호흡, 짧은 호흡이 있고, 그에 따라서 감정과 내용 전달이 달라집니다. 대본을 보시면서 어디서 어떻게 끊어읽어야 할지를 고민하고, 이렇게 저렇게 달리 해보면서 연습하셔야 합니다. 대본을 보며 디테일하게 길고 짧은 호흡을 표시하고 연습하십시오.

대사에는 분명히 핵심 키워드가 있습니다. 그것이 바로 배우가 강조해야 할 부분입니다. 강조하는 단어에 따라 호흡도 달라지고, 억양도 달라지고, 어미 처리도 달라집니다. 대본을 보면서 무엇이 키워드인지 체크하십시오.

자기 배역에 대한 충분한 고민과 상황에 대한 철저한 분석과 적응 없이 대본을 외우는 것은 바람직하지 않습니다. 달달달 텍스트만 외우면 당황하거나 돌발상황에서 대사를 잊어버릴 수도 있습니다. 돌발상황에 처하면 눈앞이 캄캄해지면서 대사가 하나도 생각나지 않게 됩니다. 그러니까 대사뿐 아니라 상황 자체를 입력해야 합니다. '상황'이란 대사와 분위기와 감정과 사건의 흐름 등이 어우러진 것을 말합니다. 상황에 충분히 몰입하고 이를 이해하면, 대사는 자동으로 외워지고 돌발상황에도 연극을 이끌어갈 수 있는 힘이 생깁니다. 그러니 먼저 상황을 충분히 이해하고 그 감정을 가슴에 담으십시오. 감정이 담긴 대사가 나와야 합니다. 대사는 그냥 대사가 아니라 감정의 전달이고, 상황의 설명입니다. 내가 하고 나면 그만인 것이 아니라 상대방이 이해해야 하는 겁니다. 상대방의 대사도 귀가 아니라 가슴으로 들어야 합니다.

대사에 내 감정이 실려 있는가도 꼭 점검해야 합니다. 그것이 배역과 연기에 대한 몰입 정도를 보여줍니다. 대사를 말하는 내 감정이 진정 내 슬픔, 내 바람, 내 절실함인가를 짚어보십시오. 대사로 감정을 막연히 상상하지 말고, 자기 자신에게 진정으로 물어보세요. 그러면 화를 내는 대사라고 해서 마냥 큰소리를 친다거나 하는 상투적인 표현이 나오지 않습니다. 낮은 목소리로 화를 내면서도 소리 지르는 것 이상의 효과를 낼 수 있습니다. 그것은 진정한 자기 감정의 표현이기 때문입니다. 그러니 대사로 뭔가를 어설피 표현하기보다 내 감정을 대사에 충분히 실으십시오. **(연출자 김종석)**

초기에 대본 리딩을 중심으로 한 낭독공연이나 발표회 수준의 소규모 공연을 생각해보지 않은 것은 아니었다. 그러나 좁은 곳에서 펼치는 작은 발표회는 연극을 배우고 공연하는 의미가 없다는 결론이 내려졌다. 연극공연의 마지막 주체는 관객이기 때문이다. 무대와 배우, 그리고 관객이 함께하는 것이 연극일진대, 가족과 지인들만 모아 조촐하게 발표하는 것은 연극의 완성까지를 보여주려 했던 당초의 의도와는 어긋나는 것이었다. 제작진은 완성된 작품을 직접 실행하는 과정을 엄마들과 함께 나누고 싶었다. 애초 기획보다 확대된 '엄마들의 유쾌한 반란'은 본격적으로 '연극의 완성'을 위해 달려가기 시작했다.

11월 9일부터 본격적인 연습과 연기지도가 이루어졌다. 4막의 단막극으로 이어진 옴니버스 형태의 연극이었으므로, 조를 나누어 연습을 했다. 캐스팅이 이루어진 후, 단원들은 이 역할이 과연 나에게 어울리는지, 자신이 해낼 수 있는 역할인지 의구심에 휩싸였다. 그러나 대본이 주어지고, 한두 차례 대본수정이 이루어지면서 엄마들은 왜 내가 이 역할을 맡았는가에 대한 답을 스스로 찾아갔다.

연기는 극중 인물을 저 멀리에 두고 내가 그에게 다가가 그를 흉내 내는 것이 아니라, 내가 여기에 있으면서 극중 인물을 내 쪽으로 가져와야 하는 작업이다. 역할의 인물이 살아 있다고 생각하되, 내 안에서 녹여 재탄생시키는 작업. 매우 어렵게 들리지만, 한편으로는 '각자의 스타일을 살리라'는 말이기도 했다. 아마추어들이 몸에 익히기는 쉽지 않았지만, 기본은 하나였다. '억지 부리지 말라!'

어느 누구도 내가 연극 한다는 생각을 못 해요. 있는 듯 없는 듯한 범생이였는데, 연극을 통해서 내 안에 내재되어 있는, 내가 알기도 하고 모르기도 하는 현실과 내면을 만나게 되죠. 연극이 주는 자아발견, 내 안에 있는 또 다른 나를 발견하는 재미랄까. 연극은 인생이라고 말할 수 있는 게, 하다보면 연극과 나와의 거리를 알게 되거든요. 멀리서 바라만 보고, 하고 싶다는 선망의 대상이었는데, 지금은 그냥 동반자예요. 물론 이런 건 대학 동아리활동 거쳐서 아마추어 극단을 하고 여기까지 와서 느끼는 거죠. 연극에 몸을 담그게 되면 시간도 많이 걸리고 고민도 갈등도 있지만, 끈을 놓을 순 없어요.

무대에 올라가지 않더라도, 살면서 느끼는 것을 고스란히 가져간다면, 연기를 하고 안 하고를 떠나서 연극이 제 삶과 같이 간다는 걸 느껴요. 연극과 나의 거리가 점점 좁아지는 거죠. 연극은 나고, 나는 연극이고. 대본에 투영된 현실에서 나를 다시 보면, 내 이면에 있는 모습이 분명히 있어요. 역할에 씌워서 숨겨진 내면이 드러나 같이 갈 수도 있고. 같은 역할이더라도 사람마다 다르게 표현되잖아요. 당연히 배우가 다르면 사람이 다르고 음색이 다르니까. 그래서 연극은 내 인생이구나, 생각해요. 저한테는 여러 가지 면이 있고 여러 가지 역할이 있잖아요. 그러니까 여러 가지 가면도 같이 가지고 있다는 얘기거든요. **늘푸소나**

11월 30일.

무대에 오를 의상을 체크하고 본격적인 무대 만들기에 들어갔다. 22명의 단원 중에 소품 담당은 1명이라, 심우인 제작감독을 비롯한 스태프진이 무대연출을 지원한 어린왕자를 도왔다. 연출자와 조연출이 의상 준비의 주의사항을 설명했다. 의상은 각 캐릭터의 성격을 잘 드러내야 하고, 무대에서 검은 빛깔은 쉽지 않으니 피하고, 같은 막에 등장하는 배우들의 의상 색상은 확연히 구분되어야 한다. 과거와 현재를 오가는 역할에서는 겉옷을 하나 걸치고 벗어서 오늘과 어제를 표현할 수 있고, 겉옷은 안에 입은 옷과 비슷한 색보다 구분되는 색깔을 골라야 한다. 무대 위의 모든 소품과 의상은 하나하나 살아 있는 배우들과 같다.

무대스태프를 맡았기 때문에 많이 움직여야 하죠. 배우들보다 스태프들이 움직이는 게 더 많으니까요. 연극공연 날에는 제 에너지를 다 소진하는 거 같았어요. 다음엔 뭐하지, 다음엔 뭐하지 하면서 순서대로 잘 배치하고 소품 들여놓고 하는 걸 긴장하면서 진행해야 하니까, 속이 아주 바짝바짝 타들어가더라구요. 이 나이 되도록, 그렇게까지 긴장한 순간은 처음인 거 같았어요. 머리랑 몸을 같이 쓰는 거죠. 사실 대학 때 학보사에서 사진을 찍을 때는 생존의 위협이 있고, 끌려갈 수도 있는 공포의 상황이었어요. 지금은 그런 건 아니지만, 내가 실수하면 무대를 망친다는 책임감, 사명감이 있었어요. 세트와 소품은 내가 아니면 안 된다는 책임감이 막중했어요.

무대 바닥에 테이핑 하고 소품 사러 다니고 소품 테이블 만들고 위치 정하고 동선 정하고, 이런 일을 했어요. 물론 제작감독님과 스태프들이 많이 도와주고 가르쳐주셨는데, 다 젊은 남자들이라 그것도 무척 낯설었어요. 아줌마가 어디 그렇게 젊은 남자들과 어울려서 함께 일을 해봤겠어요. 서먹서먹하더라구요. 구석에서 혼자 뭔가를 하고 있으면 와서

불 비춰주고 그러는 게, 배려받는 느낌이었어요. 누군가 나를 도와준다는 게 큰 힘이 됐어요. 배우들이 요청하면 의견을 나누고, 위치를 바꾸고 협의하고 같이 돕고 하는 일들이 정말 재밌었어요. 제작감독님한테 하나를 배우면 거기 매달리게 되고 그런 맛이 있었어요. 새로운 재미죠. 뭔가 막 움직이는 거에 매력을 느끼는지도 모르겠어요.

이번에 조명에도 큰 매력을 느꼈어요. 제가 하기엔 더 배울 게 많고 어려운 거 같아서 도전하지 못했지만, 음향은 정말 치밀해야 해서 스트레스가 너무 많을 거 같고, 사진을 했기 때문에 빛에 관심이 많죠. 조금 더 공부해보고 싶다고 생각하면서 일을 했어요. 그 빛이 무대에 떨어지는 순간이나, 조명만으로도 여러 가지 연출이 충분히 가능하다는 게 있잖아요. 조명으로 배우의 감정을 북돋아주고 표현해주고, 내가 남들 앞에 나서지 않더라도 분명히 무대를 살려줄 수 있다는 게 정말 매력적이에요.

어린왕자

엄마들의 공연은 영상연출과 무대디자인, 소품과 조명, 마이크까지 동원된 그야말로 완벽한 지원이 이루어진 공연으로 기획되었다. 일반적인 대학로 연극무대에서도 쉽게 구현할 수 없는 시스템이라, 아마추어 극단에서 활동해봤거나 연극이 어떻게 만들어지는지를 아는 사람에게는 과도한 지원으로 비칠 수도 있었다. 그러나 제작진의 생각은 달랐다.

엄마들은 당연히 대접받으면서 공연해야 합니다. 엄마들에게 가장 좋은 환경, 가장 편안한 환경을 제공한 이유는, 숙련되고 수준 높은 공연이 어떻게 이루어지는가를 알려주고 싶었기 때문입니다. 이건 배우나 극단을 만드는 프로젝트가 아니에요. 그런 건 이미 프로들이, 자기 생업을 제치고 연극판에 뛰어든 사람들이 다 하고 있습니다. 청소년 대상 연극체험 프로그램은 이미 많이 있어요. 하지만 엄마들을 대상으로 하는 프로젝트는 그리 많지 않습니다. 시간 맞추기 어렵고 자기 생활을 놓아서는 안 되는 엄마들의 환경과 여건 때문이죠. 엄마들은 이 사회를 지키는 돌봄의 시스템을 유지하는 사람들이거든요.

이 프로젝트는 안양문화예술재단이라는 공적 기관의 사회환원이 되어야 합니다. 시민들에게 돌려주어야 하는 거죠. 공공예술 프로젝트의 목적 중의 하나는 훌륭한 관객을 만들어내는 겁니다. 이분들께 생업을 때려치우고 인생의 진로를 바꿔서 문화생산자가 되라고 하는 게 아니라, 좀 더 적극적으로 연극과 무대를 사랑하는 훌륭한 관객, 문화의 소비자이자 주체가 되도록 이끌어나가는 과정이라고 봐요. 이런 공공예술 참여 프로젝트를 통해서 개인은 자아를 발견하고 예술을 발견하게 됩니다. 그리고 공적 기관은 그동안 아낌없이 사랑해주고 기대해주고 기다려준 시민들에게 사회적 환원을 실천할 수 있는 겁니다. **(제작감독 심우인)**

12월 5일.

많은 눈이 내린 이날부터 연출자와 조연출의 연기지도를 받으며 본격적인 팀별 연습이 시작되었다. 어찌 보면 막무가내, 기본기도 제대로 갖추지 못했는데 이래도 되나 싶었다. 그렇지만 우리가 꼭 배우가 되기 위해 모였던가. '엄마들의 유쾌한 반란'이라는 말을 듣고 귀신에 홀린 듯이 모여든 까닭은 무엇이었던가. 일주일에 세 번씩 시간을 정해 연습을 시작했지만, 아무래도 29일까지는 날짜가 너무 촉박하다. 단원들은 누가 등 떠밀지 않아도 알아서 시간을 맞춰 연습을 하기 시작했다.

"남들에게 피해주면 안 되잖아요."

엄마들은 연극이 뭔지 조금씩 알아나갔다. 단 한 달의 연습기간, 단 한 번의 연극 공연. 멋진 피날레를 위해 부지런히 걷고 뛰는 것, 그 순간을 위해, 연기같이 사라질 무대를 위해 엄마들이 내달렸다.

다시 한 번, 연극은 함께 만들어나가는 과정이다. 한 편의 극은 배우들과 스태프들이 함께 기다리고 지켜봐야 한다. 제작진이 가장 우려한 바가, 엄마들이 '연극은 협동작업'이라는 걸 체득할 수 있을까 하는 점이었다. 최대한의 집중력을 이끌어내기 위해, 제작감독은 늦지 말라고, 내 개인사로 다른 사람에게 폐를 끼치지 말아야 한다고 누차 강조했다.

"사회에서 아줌마라고 무시당하는 게 있잖아요. 그러니까 그런 부분을 지켜줘야 하는 거죠. 프로들이 무대에 설 때와는 다른 대우가 필요해요. 엄마들이 존중받으면서 자기 역량을 끌어낼 수 있는 부분을 연출진이 맡았다면, 저는 나태하지 않게 분위기를 잡는 악역을 맡았죠. 저는 불가능한 걸 가능하게 해내야 하는 책임이 있었거든요. 전면에 나서지 않으면서 늘 관찰하는 입장으로 있었습니다. 이런 얘기, 지금 하기도 쑥스럽습니다만." **(제작감독 심우인)**

12월 12일, 홍보용 리플릿이 나왔다. 〈집에는 좋은 일 있을 겁니다〉.

각자 받아든 리플릿으로 대학로의 진짜 배우들처럼 각자 홍보하기로 했다. 모든 것이 새롭고 흥분된다. 간간이 지역방송과 신문에서 취재를 오기도 했다. 엄마들은 쑥스러운 마음을 접고, 배우가 되어 인터뷰에 응했다. "가족들에게 고맙다는 말씀 한마디 해주시죠!"라는 기자의 말에, 천연덕스럽게 "여보, 사랑해!"라고 말하고 뒤돌아서 "별로 해준 것도 없지만, 내가 고맙다고 해줘야지 뭐!"라며 웃었다.

12월 14일. 출연팀과 출연시간이 확정되었다. 두 개의 공연팀으로 이루어질 것이라는 대강의 계획이 확정된 것이다. 이제 보름밖에 남지 않았다.

12월 16일. 연습할 때마다 들고 와 의논하고 심사했던 의상이 결정되었다. 무대담당과 제작감독이 배우들의 의상 사진을 찍어 정리하고, 최종적으로 승인했다. 자기 일에만 주력해서는 아무것도 이루어지지 않는 작업. 연극은 관계와 관계의 연속이다.

12월 17일. 티켓 발매를 시작했다. 저렴한 가격에 티켓을 판매하고 배우들과 인연이 없는 사람들도 올 수 있도록 대중홍보를 시작했다. 문화예술재단 측에서는 일반 관람객을 모으는 홍보 아이디어를 짜냈고, 여러 단체와 조직에 홍보를 하는 한편 관객을 모을 수 있는 장소에 포스터와 현수막을 내걸었다.
객석은 350석이었다. 자리를 다 채울 수 있도록 각자 알아서 노력하라는 제작감독의 압박이 있었다. 공연은 누군가에게 보여주기 위한 것이라는 점을 강조했다. 우리끼리 잔치하는 거라면 굳이 350석 되는 관람석이 있는 공연장을 이용할 이유가 있겠느냐는 말이었다. 적극적 관객이 되라는 이야기는 단순히 홍보에 열을 올리는 이야기가 아니다. 엄마들이 티켓을 가지고 지인과 이웃들에게 공연을 보러 오라고 초대하는 것은 남들에게 보여줄 수 있는 자신감, 자신을 드러내는 과정의 결과물이다.

오태석 선생 말씀처럼, 사람들은 모두 가면을 쓰고 산다. 자기만의 페르소나, 역할에 맞추어 사회적인 인간이 되는 것이다. 엄마들은 엄마라는 가면과 아줌마라는 가면과 아내라는 가면, 딸이라는 가면, 며느리라는 가면을 쓰고 그때그때 상황과 역할에 맞게 가면을 바꿔쓴다. 매일매일의 역할에 충실하기 위해 가면을 썼다 바꿨다 하는 것이다. 여러 겹의 가면을 쓰고 살다보면 한 인간의 전일적 통일성이 무너진다. 자신이 가진 내면의 소리를 듣지 못할 만큼 가면이 두터워져 벗겨지지도 않는 것이다. 무대를 책임진 제작진이 단원들보다 성숙한 내면을 가져서 엄마들에게 자기를 드러내라고 권유한 게 아니다. 그들은 이미 연극이라는 무대를 통해, 가면을 잘 벗고 잘 쓰는 자유로움이 조금 더 편안한 마음을 가져다준다는 것을 먼저 깨달았을 뿐이다. 그리고 그 과정을 엄마들이 조금이라도 함께 느끼기를 바란 것이다.

12월 23일. 겨우 엿새 남았다.

무대설치가 시작되었다. 애초에 기획되었던 막간극은 영상으로 대치되고, 4편의 짧은 단막극이, 봄여름가을겨울, 인생의 생로병사, 탄생과 치유, 나눔과 이별이 연상되는 생애주기별로 이어졌다. 영상은 봄여름가을겨울 아름답고 유유히 변하는 꽃과 나무로 채워졌다. 무대의 테마는 꽃. 꽃이 무대를 가득 채워 멀리 여행을 떠나고, 꽃잎은 끊임없이 바람에 날리며, 구름은 세월처럼 천천히 흘러갔다.

이제 본격적으로 엄마들이 뛰어놀 무대가 만들어진 것이다.

'이미지로 이야기 만들기' 강의 때 단원들을 처음 뵈었습니다. 제 또래, 혹은 동생 같고 언니 같은 분들과 수업을 하면서, 이분들이 가지고 있는 머뭇거림, 숨어 있음, 불안함과 밝음, 유쾌함, 따뜻함도 함께 느꼈습니다. 마음속 가득한 열정들을 거침없이 여러 활동들로 표현해내는 시간을 함께하며 참 아름다운 사람들이구나 하고 느꼈습니다. 키득거리며 남편 험담을 하고 사랑이 가득 피어나는 얼굴로 아이들 얘기를 하고 일상의 따뜻함이 가득한 그녀들의 공간 '집'에 대해 이야기를 하며 정말 아름다운 향기를 느꼈습니다.

이분들에게 그들을 닮은 꽃을 드리고 싶었습니다. 이분들에게 스스로가 얼마나 아름다운 꽃으로 피어 있는지를 말씀드리고 싶었습니다. 그래서 그 향기가, 그 모습이 그들의 반쪽에게 또 그들에게 전부인 가족에게 얼마나 행복함을 주는지 다시 돌아볼 수 있었으면 좋겠습니다.

아름다운 꽃들과 함께한 시간에 감사드립니다.

(무대/오브제 디자이너 이유정)

선거일도 없고 크리스마스도 없다. 오로지 연습, 연습.

급한 나머지, 연습장소가 없으면 누군가의 집에서라도 연습은 이어졌다. 감정이 복받쳐 울기도 하고 누군가는 서운한 소리도 하지만, 이내 돌아서서 미안하다 사과하고, 힘들어하는 단원들의 두 손을 꼭 잡아준다. 개인사도 순조롭지 않다. 세상엔 수도 없이 많은 일이 벌어지고, 그 속의 고통과 아픔이 내 인생만 피해가라는 법도 없다. 그러나 엄마들은 그 자리에 함께 있었다.

모두가 반짝이는 행복한 연기 연습

10월까지는 사실 큰 재미를 못 느꼈어요. 사람들하고도 계속 서먹서먹하고. 그냥 수업만 들으러 다니는 것 같았어요. 다른 데 가면 엄마들은 금방 친해지는데, 여기는 분위기가 달랐죠. 제가 원래 누가 등떠밀면 시작은 잘하는데, 마무리가 잘 안 되거든요. 이번에 마무리가 잘 됐던 건 주변 사람들 덕분이에요. 다들 너무너무 지나칠 정도로 열심히 하는 거예요. 여기서 게으름 피우면 큰일 나겠더라구요. 미안할 정도였죠. 그래서 열심히 했어요. 저는 다른 분들처럼 뜨거운 열정을 가지고 온 건 아닌데, 여기 뜨거운 사람들이 있으니까 피해는 주지 말자. 참 힘들고, 연기도 안 되고, 해본 적도 없고, 너무 낯설고 힘든데, 그래도 피해 주지 말자.

제가 자존감이 별로 없다고 생각했거든요. 연극하면서 자존감을 키우는 방법을 많이 배운 거 같아요. 언니들이 많이 격려해주시고 해서.

자존감이 평생 가는 게 아니더라구요. 업데이트를 해줘야 되잖아요. 그냥 놔두면 자꾸 소진되고 사라지니까, 계속 새로운 자존감을 리필해야 되는 거야. 그래야 새로운 걸 자꾸 할 수 있는 거더라구요. 자존감이라는 건 그냥 있는 것도 그냥 생기는 것도 아니고, 생겼다고 영원히 있는 것도 아니다, 그렇게 말로만 했던 거를 몸으로 느낀 거예요. 딱 한 사람만 저한테 칭찬을 해주면, 그걸로 되더라구요. 억지로 끌어낼 필요가 없이, 자연스럽게 자존감이 쑥 올라갔죠. **모자공주**

처음엔 잘한다는 소리를 들었어요. 물 흐르듯이 자연스럽다나. 문제는 제 생활이었어요. 본격적으로 무대에 올리겠다고 오디션 보고 캐스팅 발표하고 연습에 들어가니까, 애들을 어떻게 할 수가 있어야죠. 하나는 어린이집, 하나는 유치원이거든요. 신랑은 퇴근이 늦고. 누구한테도 불만을 가질 수는 없잖아요. 나 좋자고 취미활동 하는 거에. 동네 엄마들이 돌아가면서 애들을 봐줬어요. 이미 몇 년 동안 애들을 거의 같이 키우다시피 했는데, 어휴, 저는 그 엄마들 없었으면 정말 못 했어요. 캐스팅돼도 중간에 그만두었어야 하는 상황인 거죠. 동네 엄마들이 누가 문화센터 갈 때면 저희 애 데리고 가고, 몇 시간 더 봐주고, 저는 큰애 받아서 작은애 찾으러 가고. 이게 뭐 하는 짓인가 싶었어요. 언니들이 끝나고 차 한잔 한다고 하면 저도 가고 싶은데, 언니들이랑 얘기도 하고 친해지고 싶은데, 애들 때문에 가야 되잖아요. 시간이 너무 부족했죠. 그래도 동네 엄마들한테 참 고맙고, 연극할 수 있었던 건 다 그 엄마들 덕분이에요. **비단낭자**

배우를 해보겠다는 큰 욕심은 없었고, 그냥 재미있겠다, 연극 대본이 교과서에 꼭 나오니까 아이들 가르치는 데에 도움이 되겠다 정도로 생각했죠. 저는 외향적이라 겁이 별로 없고, 기회가 있으면 거의 다 하는 스타일이에요. 배우를 하는 것도 어렵지 않았어요. 하니까 되더라구요.

연극이라는 걸 하게 된다는 데에 감사했죠. 제가 교직에 있으니까 연구년이 아니었으면 절대 할 수 없는 일이거든요. 딱 1년 동안 내 인생에서 아주 특별한 경험을 하고 있다고 늘 생각했어요. 마음의 준비도 딱 1년만 했구요.

그러다 연극 대본을 받은 거예요. 나는 앉아서 듣는 것만으로도 좋은데, 작은 역할이나 하나 주시길 기대했는데, 역할을 두 개나 주신 거예요. 아, 참 큰일 난 거죠. 내 분량만 외운다고 되는 게 아니고, 연극이라는 게 남의 것도 다 같이 외워야 되고 연습시간도 같이 지켜야 되더라구요. 저 때문에 망치면 안 되는 거잖아요. 다른 공부 준비하는 게 있었는데, 그걸 놨어요.

실수 없이 하긴 했어요. 두렵진 않았지만, 대본 외울 때는 좀 어렵더라고요. 대사를 주고받고 해야 되니까. 놓치면 안 되잖아요. 정신 똑바로 차려야 되니까. 역할을 하나만 하면 좀 낫겠는데, 두 개를 하려니까 대사가 짧더라도 엉키더라구요. 젊은 사람도 아니고, 무리가 될 거 같아서 제작감독님한테 부탁을 몇 번 했는데, 안 받아주시더라고요.

수나

대본 나오고 공연 준비 들어가는데, 시간이 너무 촉박했어요. 상세한 설명이나 지도 없이 일단 부딪쳐보라고 하시는 게 처음엔 당황스러웠죠. 연극의 특성상 옆에서 아무리 이론을 듣고 말을 하더라도 몸을 움직이면서 느끼는 것과는 많은 차이가 있다는 걸 나중에야 알았어요. 오늘은 세트를 이렇게 잡아서 했는데 내일은 그 부분이 또 조금 다르고, 연극이 변화무쌍하다는 걸 알았고요. 경험이 없으니까 연극이 뭔지 모르고, 많이 보러 다닐 형편도 아니었는데, 여기 오신 분들은 저와는 다른 거 같더라고요.

　수업 듣는 건 문제가 없었는데, 역할을 맡게 되니까 벅찬 거예요. 내 분량이 없어도 하루 종일 같이 시간을 보내면서 기다리고 상대방의 연습도 같이 봐야 되는 거더라고요. 제 생활도 있는데, 무리가 돼요. 중간에 그만둘까 생각도 해봤지만, 마음을 고쳐먹었지요. 이건 주부들이 쉽게 경험할 수 없는 프로그램이고, 더 배우고 싶은 욕심도 있고, 놓기도 어렵고, 극단 사람들과 쌓은 정을 가져가고 싶었어요.

　함께하는 게 정말 중요하다는 걸 새삼 느꼈어요. 일찍 오고 늦게 오고 시간이 서로 잘 안 맞으면 일단 일찍 온 사람들은 그 사람들끼리 형성된 공감대라는 게 분명히 있는데, 제가 늦게 끼어드는 느낌이 있죠. 그렇지만 제 사정상 시간을 조절해야 되니까, 그 시간을 다 지키긴 어려웠고요. 그래서 준비기간이 너무 짧았던 건 아닐까 싶지만, 한편으로는 너무 길었으면 지루했을 수도 있겠죠.

　캐스팅도 저는 실력대로 가야 된다고 생각했는데, 연출팀은 그렇게 생각 안 하시더라고요. 골고루 분배하는 데에 신경을 쓰셨다는 걸 나중에 알았어요. 저는 아마추어는 자기가 소화할 수 있는 걸 해야 된다고 생각했거든요. 그런데 그 이미지에 맞게 내면에 숨어 있는 다른 기질을 끌어올릴 수 있는 사람에게 배역이 가더라구요. 공연할 때쯤 돼서야 알았어요. 연출진이 프로라는 증거죠. **사랑단지**

연습할 때는 마냥 재미있고 즐거웠어요. 물론 제 역할을 다하지 못할 때는 어렵고 속상하고, 왜 이래, 왜 이래 하면서 자신을 책망하기도 했지만, 그건 순간이었구요, 전체적으로 다 같이 뭔가를 이루어낸다는 게 정말 즐거웠어요. 처음엔 몰랐는데, 연습이 끝날 때쯤 되어가니까 사람들이 다 바뀌어 있는 거예요. 놀라웠죠. 이 사람이 어떤 배역을 맡으면 그 사람이 되는 것처럼. 마술 같았어요. 정말 놀라운 일이구나, 사람이 변하는구나, 배역에 맞춰서 그 내면이 끌어올려지는구나 하구요.

과연 저는 그만큼, 다른 사람들처럼 변했나 생각해보면 많이 미진했던 거 같지만, 다른 사람들보다 힘든 건 없었어요. 어쩌면 제가 무디거나, 스트레스를 안 받은 것도 있겠지만, 편하게 했어요. 연출 선생님도 긍정적이시고 늘 칭찬 많이 해주시고, 좋게좋게 얘기해주시니까 제가 정말 잘한 줄 알았어요. 나중에 "많이 늘었다"는 얘기를 듣고 그제서야 제가 얼마나 형편없었는지 알게 됐지만, 그래도 늘 즐거웠어요.

다들 반짝반짝거렸어요. 많이 배웠구요. 이 사람들, 참 아름답다고 생각했어요. 프로는 아니지만, 각자 자기 생활을 하면서 좀 무리는 있

었지만, 그래도 힘든 만큼 값어치가 있었던 건 확실해요.　　**산들바람**

　제 안에 무대에 대한 선망이 있으니까, 직접 한 번 뛰어보는 것이 인생에 큰 전환을 가져다줄 수도 있을 거라고 생각했어요. 성질이 급해서 그런지 도전을 쉽게 하는 편이고, 호기심도 많은 편이에요. 떨리는 거 생각 안 하고, 그냥 하면 된다 생각하고, 막 앞으로 가요. 편안하게 시작했는데 막바지에 작품이 완성되어갈 때쯤, 나만 즐기자고 해서 되는 일이 아니고 협업이라는 걸 깨달았어요. 나를 죽이는 것도 생각해야겠다. 연극을 하면서 좋았던 건 기다리는 걸 배운 거죠.

　남들을 기다리는 것, 내 의도와 맞아떨어지지 않더라도 기다려주는 것. 이게 가정생활에서도 굉장히 중요하거든요. 제 직업상 아이들을 휘젓는 게 익숙한데, 인생을 살면서는 그게 아니라는 걸 연극을 하면서 조금 더 체득했어요.

　가족들이 항상 관심을 가져주었어요. 무슨 말을 하면 '이거, 연극 대사 아닌가?' 이러더라구요. 우리 아들이 스물다섯 살인데, 내가 너한테 정말 해주고 싶었는데 못 해준 말이 진짜 많다고 그랬더니, 엄마는 끊임없이 이야기했대. 자기 귀에는 하나도 안 들어왔지만, 엄마가 끊임없이 이야기했대. 대화할 때 제일 중요한 건 들을 준비가 되어 있을 때 말하는 거라는데, 내가 내 아이보다 먼저 살았다는 이유로 아이에게 듣기를 강요했던 거죠.

　많이 고치려고 했죠. 기다려주는 훈련, 협업이라는 걸 반복하면서, 그걸 계기로 반성하고 돌아보게 되더라구요. 예전에 성격유형이나 상담심리도 공부를 했는데, 연극을 하면서 캐릭터의 성격유형을 파악하는 데에도 도움이 됐어요. 그러다보니까 서서히 가족 간의 이해도 높아지고, 서로 농담을 주고받으면서 자기한테 있었던 일, 밖에서 있었던 일, 사소한 일 늘 같이 얘기 나눌 수 있게 됐어요. 우리 아들이 자기가 수다쟁이가 됐다고, 여성호르몬이 나오는 거 같다고 할 정도로. **바다**

주부니까 살림도 더 잘해야 돼요. 애들은 팽개쳐놓고 하는 거 같지만, 사실 그렇지 않아요. 프로도 아닌데 연극하러 다닌다고 욕먹고 싶지 않거든요. 그렇게 되면 연극 자체를 욕 먹이는 게 될 수도 있으니까. 공연이 잡히면, 더 열심히 청소하고 집안일 하고 더 부지런하게 움직여요. 집에서는 제가 연극 그 자체이기 때문에 최선을 다할 수밖에 없어요.

무대 올라가고 안 올라가는 게 중요한 게 아니구요, 단원들과 그저 차 한잔 함께 마시는 거, 끈은 놓지 않고 있다는 거, 내 마음을 연극이라는 곳에 내려놓는 거죠. 옛날엔 욕심만 있었어요. 마음은 여는 거라고 생각했는데, 연다기보다는 내려놓는 게 맞는 거 같아요. 물론 깨닫는다고 다 실천이 되는 건 아니죠. 그렇지만 계속해서 노력하고 있어요.

첫 무대연습 들어갔을 때 울었어요. 저는 앞을 보고 연기를 하고 있으니까 모르잖아요. 유미가 자기가 이러저러해서 힘들게 아이를 가졌다 그 얘기를 하는데, 뒤가 너무 조용한 거예요. 나중에 보니까 다들 운 거예요. 누군가의 이야기가 극이 돼서 사람들 앞에서 크게 얘기해야 하는 건데, 그 얘기 해준 언니가, 자기도 치유가 된대요. 크게 얘기하기까지의 단계가 있잖아요. 어느 정도 회복이 되지 않으면 힘들잖아요. 우리가 발표하는 수업에 자기 이야기 하는 시간이 있었는데, 자기 아픈 얘기 하면서 다들 많이 울었어요. 당사자도 한 번의 고비를 넘은 거고, 무대 올리면서 또 한 번 힘들어하고 울었죠. 연출진께서 이걸 자기 이야기로 바라보면 안 된다, 누구에게나 있을 수 있는, 평범한 우리 시대의 이야기다, 다른 사람의 이야기라고 생각해라, 그러셨어요. 그래서 제3자 입장에서 바라보는 게 가능했던 거고, 그래서 치유가 됐다고 봐요.

공연날짜 잡아놓고, 남편이 아팠어요. 남들에게도 털어놓기 어려웠어요. 뭐, 아주 심각한 건 아니지만, 어쨌든 아팠어요. 가장이 몸이 안좋으니까 사실 경제적인 게 걱정이 되거든요. 그런데 제가 연극을 못놓고 있는 거예요. 미안했죠. 따지고 보면 제가 지금 연극을 하겠다고 돌아다닐 상황이 아니고, 뭔가 벌이를 해야 하거든요. 그렇지만 갑자기 모든 걸 놓고 생활전선에 뛰어들었다가는 더 많은 걸 잃게 될 거 같아서, 지금은 천천히 숨을 고르고 있어요. 막 다급한 건 아니고 조금 참으면 되니까, 제가 큰 욕심 안 부리면 되니까, 대신 나는 행복한 삶을 꼭 유지해야겠다는 다짐을 하죠. 늘푸소나

자기 이야기를 발표하는 시간부터 조금씩 친해졌죠. 사실 정말 공개하기 힘든 이야기들은 아니지만, 얘기를 듣다보니 참 우리 모두 다양하게 살았구나 하는 생각이 들면서 공감대도 쉽게 형성되더라구요.

연기의 매력은 나 아닌 다른 사람의 삶을 살아보는 건데, 어쩌면 그 모든 모습이 제 안에 있기 때문에 그런 쾌감을 느끼는 거죠. 나는 그런 역할은 못 하겠다 하는 선입견은 없어요. 아주 천박하거나 쌍스럽거나 거친 역할도 매력적이에요. 그러면서 풀어내지 못한 제 모습을 풀어낼 수 있을 거 같죠.

함께하는 사람들이 참 좋았어요. 엄마들은 먹을 거를 싸와서 같이 나눠먹는 특성이 있으니까, 누가 고구마 쪄오고, 귤 가져오고. '이리 와서 먹고 가' 하면서 얘기 나누고 그러는 과정들. 제가 여기서 나이가 많은 편인데, 젊은 엄마들이 튀지 않고 거만하지 않게 자기 할 일을 다 해가면서 열정적으로 뛰어드는 모습이 아름다웠어요. 정말 내가 가는 곳에 기쁨과 행복이 있구나 하는 희열까지 느꼈어요. 저는 교회랑 집만 왔다 갔다 하는 사람인데, 제 자신을 되찾는 모습, 회복하는 모습을 스스로 보면서 내 삶에 사람이 들어오는 걸 봤어요.

개성 있는 선생님들을 만난 것도 좋았구요. 연출 선생님이랑, 지도 맡으신 조연출 선생님 외에도, 전문 스태프들이 도와주신 거, 그게 정말 크다고 봐요. 우리 수준에서 관객을 가장 잘 흡수할 수 있는 게 뭔지, 정확하게 파악하신 거 같구요, 캐스팅도 그렇구요.

항상 친절하게 부드럽게 얘기하시더라구요. 빨리 움직이세요, 한번 더 해보세요, 이렇게요. 나중엔 제가 궁금해서 '선생님, 화는 안 나세요?' 하고 여쭤보니까 굳이 화낼 필요가 없다고 하시더라구요.

여러 가지 동작을 맞춰보고 미리 준비를 하는데, 오프닝에서 고무줄놀이 하는 걸 연습하는데, 제가 제 동작에 집중하고 있으면 뒤에서 막 열심히 뛰는 게 머리꼭지부터 발끝까지 쫙쫙 느껴져요. 다들 간단

한 고무줄놀이도 그렇게 열심히 하는 거예요. 그런데 저는 다리에 힘이 없어서 그렇게 예쁘게 못 뛰겠더라구요. 몇 번 해보다가 안 되겠다고 빠졌어요. 처녀 때 동작처럼 폴짝폴짝 뛰어야 하는데, 안 되더라구요. 스텝도 엉키고. 방해될까봐, 안 한다고 했죠.   한나

금요일 두 시간, 그 시간이 일주일을 버티게 하는 힘이 되었죠.

우리 딸이 지나가는 말로 그래요. 예전엔 학교 갔다 오면 엄마 눈치부터 살폈다고. 저는 몰랐는데, 마음에 맺힌 게 표정으로 나오니까요. 연극반 활동하기 전에 몇 가지 힘든 일이 있었어요. 직장생활하고 사회활동하는 게 좀 꼬여서 제가 다시 처음으로 돌아가야 하는 일이 있었거든요. 내가 여태 이 나이 먹도록 한 게 겨우 여기까지인가, 왜 다시 돌아가야 하나 그런 좌절감에 휩싸여 있었는데, 작년에 미술치료 교육하면서 같이 전시회 준비했던 것과 이번에 연극반 활동을 한 게 저를 다시 살린 거죠.

뭐든지 시작하면 끝까지는 하는 성격이거든요. 잘하지 못해도 끝은 보는 게 철칙이에요. 출석이라도 잘해야 된다, 다른 건 몰라도. 중간에 어떤 사건이 생기지 않을까, 그만둬야 하는 불가피한 상황이 생기지 않을까 마음을 졸이기도 했는데, 다행히 잘 넘어가서 끝까지 할 수 있었구요. 지금도 아쉬운 건 있어요. 조금 더 잘 할 수 있지 않았을까. 조금 더 적극적으로 내 목소리를 내서 임했으면 더 좋지 않았을까 하는 거.   삼고다

대사가 그렇게 안 외워지더라구요. 애들 낳고 살고, 한 번 아프기도 해서 그랬는지, 그냥 세월이 지나서 그러는지, 너무 한심한 거예요. 저랑 같이 하는 분이 무척 힘들었을 거예요. 상대방이 대사를 못 외워오니까.

일찍 일어나 새벽기도를 갔다가 목욕탕에 갔어요. 대사를 못 외우니까, 작은 종이에 대사를 적어서 그거 젖을까봐 수건으로 받치고 탕에 들어가서 혼자 중얼중얼 외우는 거예요. 처음엔 사람들 시선이 신경쓰였는데, 나중엔 뭐 아무렇지도 않더라구요. 매일 그렇게 했어요. 그런데 그 시간이 얼마나 행복했는지 몰라요.

애아빠는 제가 무대에 있었던 아주 옛날을 생각해서 제가 다시 일하겠다고 나설까봐 겁났대요. 내 여자가 다시 무대에 올라간다는 게 두려웠다더라구요. 그렇지만 최근에 제가 아이들 가르치고 이제 다시 사회활동을 서서히 시작하면서, 일하는 만큼 가정에도 오히려 더 최선을 다하는 모습을 자꾸 보니까, 이제 괜찮대요. 열심히 하는 게 더 낫겠다는 생각이 든다구요.

꽃순이

제가 욕심을 내서 하긴 했는데, 솔직히 많이 빠졌어요. 동화구연이나 어린이뮤지컬, 역할극도 하고 웃음치료로 하러 다니기 때문에, 정기적으로 나가야 되는 강의가 있거든요. 다른 단원들한테 정말 죄송하죠. 미안했어요, 늘. 연습 중에 눈이 많이 오는 날에, 교통사고 비슷한 게 났어요. 버스 기다리다가 하도 안 와서 다른 거를 타려고 하는데 승용차가 확 들어오는 걸 보고 놀라서 제 풀에 제가 넘어진 거예요. 골반에 실금이 갔다는데, 그러면 그냥 쉬어야 되잖아요. 그런데 어유, 어떻게 포기하고 중간에 그만두겠어요. 다른 단원들도 있는데, 제가 펑크 내면 누군가 채워야 되잖아요. 엄마들의 열정이 정말 값진 것이기 때문에, 누구한테도 피해를 주고 싶지 않았어요. 엄마들한테 매일매일 놀랐으니까요. 다들 하루가 다르게 변신하시더라구요. 정말 원더우먼들을 보는 거 같았어요.

미니정숙

자기소개나 발표를 반복해서 하니까 좀 지루한 면도 있었고, 저는 발표가 두려워서 심장병 걸리는 줄 알았어요. 맨날 콩닥콩닥하는 거죠, 나와서 발표하라고 하니까. 그런데 엄마들하고 좀 친해지면서 그게 사라졌어요. 모르는 사람 앞하고 아는 사람 앞이 많이 다른 거 같아요.

얌전해보인다는 얘기를 많이 듣긴 하죠. 처음 만난 사람하고는 말도 잘 못 해요. 말을 못 붙이고요. 친한 사람들은 저보고 푼수 같다고 하는데, 처음엔 그런 모습이 안 드러나니까요. 발표도 못 하는 사람이 무대에 오르다니, 말도 안 되는 일이에요. 게다가 제가 맡은 게 히스테릭하게 막 소리를 지르는 역할이었잖아요. 몸에 경련이 오더라구요. 언제 그렇게 소리를 질러봤던가 싶고, 집에 오면 녹초가 됐죠. 에너지를 끌어올려서 막 발산한다는 게 참 쉽지 않다는 걸 느꼈고, 진짜 프로 배우들이 역할에 따라서 변한다는 게 뭔지 조금, 아주 조금은 알겠더라구요.

그렇게 선망의 대상이었던 무대에 서보고 나니까, 한을 풀었다는 느낌이에요. 이걸로 계속 인생을 바꿔보겠다는 건 아니고, 정말 만족스럽다는 생각. 그렇지만 내가 계속하기는 좀 어렵겠다는 건데, 그것도 제 자신에 대한 발견이겠죠. 꿈을 꾸는 것도 중요하지만, 하나씩 접는 것도 중요하잖아요. 남편한테 연극반 하고 싶다고 얘기하면서, '나, 사실은 예전에 이런이런 꿈이 있었어'라고 했더니 남편이 '정말? 그랬어? 왜 얘기 안 했어?'라고 하더라구요.　　**건달처녀**

별로 떨리진 않았어요. 그냥 했어요. 별 생각이 없어서 그런가봐요. 나이 먹어서 이런 거 해보는 게 어딘가 싶어서, 누구한테 잘 보일 것도 아니고, 내가 프로만큼 할 것도 아니고, 아무 생각이 없어서 그랬나, 그냥 생각 없이 했고.

같이 하는 동생들 보면서, 다 참 열심히들 산다, 참 예쁘다, 나는 저 나이 때 뭐 했나, 애들 보고 살림하고 집에 있고, 가끔 봉사활동하면서 살았는데, 참 무기력하지 않았나 싶죠. 그런데 연극이 꿈인 사람도 있고, 애 낳고 살림하면서도 자기 꿈을 지키는 사람도 있고, 그 열정의 정도도 모두 나하고 다른 거 같고, 다들 참 기특하다, 나한테는 신세계다, 이런 사람도 있구나, 계속 그런 생각을 했죠.

연극은 그냥 배우만 나오는 게 아니라는 걸 배우고 느꼈구요. 사람들이 다 예뻐요. 기본적으로 품격이, 그렇네, 그때는 그 생각을 못 했는데, 격이 있더라구요. 서로 존경까지는 아니더라도, 존중하는 마음이 있었어요. 다들 각자 열심히 살면서, 또 나와서 합심해서 함께 연극을 만들어가는 과정을 보면 참 대단하죠. 저는 여태 못 했던 걸 이 사람들은 한다는 게 예쁘고 대단하다고 느꼈고.

　사실 제가 나이를 먹었다는 것도 이번에야 느꼈어요. 이해가 빨리 빨리 안 되고, 기억도 잘 안 나고 단어도 적당한 게 생각이 잘 안 나요. 그렇다고 슬프거나 우울했던 건 아니에요. 별 수 있어요, 나이 먹는 건 나이 먹는 거죠. 그걸 되돌릴 수 있는 것도 아니고, 받아들여야 사는 거잖아요. 그런 생각을 한 거죠. 내가 나이를 먹고 있구나, 그래 벌써 오십이 넘었구나.　　　　　　　　　　　　　　　　　　써니

　여기서 대단하게 큰 성과를 기대했던 건 아니구요, 나 자신을 위해서 일주일에 두 시간, 한 달에 세 번 정도는 나한테 써도 되겠다고 생각한 거예요. 아직 아이들이 모두 어린이집에 다니긴 하지만, 직장생활도 하고 있으니까 그 정도 시간은 뺄 수 있거든요. 그리고 안양에 산 지 7년이 넘어가는데, 먼저 말을 못 거는 성격이라 아는 사람이 없어요. 처음에 와서 보니까 다 언니들인 거예요. 제가 제일 막내더라구요. 하긴 다른 애기엄마들은 어린이집 안 보내면 여기 올 시간이 없을 거 아니에요.

　연기에 큰 관심이 없는 사람도 있을 수 있지만, 연극이란 무엇인가에 대해 제대로 배우고 싶었구요, 연기 외에 무대나 조명 같은 배우 외의 것들도 공부하고 싶었어요. 수업 들으면서는 내내 좋았죠. 아는 건 반가워서 좋고, 몰랐던 건 새로 알게 돼서 좋구요.

　원래 사람들 많은 데는 잘 걸어가지도 못하거든요. 무섭고 두려워요. 그렇지만 무대에 올라가면 안 떨려요. 관객도 다 잘 보여요. 제가

아닌 다른 애가 올라가는 거 같아요.

비중이 정말 큰 역할을 맡아서, 머리가 많이 아팠어요. 독백, 방백이 많아서 사이코드라마 같기도 하고 모노드라마 같기도 하고, 대사도 많고, 조명도 제일 많이 떨어지고.

일부러 그렇게 배려해주신 거 같아요. 역할을 많이 키워주셨다고 느껴요. 중심이 되는 느낌을 많이 받았거든요. 무대나 모든 환경을 제대로 훌륭하게 갖춰서 하는 무대에 선다는 게, 사실 좀 두려웠어요. 부담되는 역할이거든요. 그래서 어려웠지만, 도와주는 언니들이 있으니까 잘할 수 있었던 거 같아요. 칭찬도 많이 들었구요. 제가 예전에 극단 생활을 해봤고 연기도 해봤다고 해서 절대 자만하지 않았어요. 인생의 연륜이라는 게 있잖아요. 제가 제일 부족한 건 그거일 거잖아요. 아무리 겪은 게 많아도 언니들 따라가겠어요? 그래서 조심스러웠고, 열심히 하려고 했죠. 자만심 같은 건 애초에 없었어요. 제가 그렇게 잘한다고 생각한 적은 없거든요. 그저 발을 한 번 담가봤다고 조금 안다는 것하고 실력이 있는 건 완전히 다른 문제니까요. **우람쥐**

같이 여행을 가는 느낌이었어요. 처음엔 학생으로 돌아간 느낌이어서, 마치 전학생이 된 것처럼 어색하고 붕 뜨는 기분이었어요. 그래서 대본 나오기 전엔 별로 안 친해졌던 거 같구요.

어쩌면 다들 저와 비슷한 느낌이었을 거예요. 엄마들이 모였을 때의 두려움, 자기를 드러내지 않으려고 하는 게 있거든요. 남편의 사회적 지위에 따라서, 아이의 성적에 따라서, 자기 자신과 무관하게 자기 위치가 매겨지는 엄마들만의 규칙이 있잖아요. 수다 떨고 밥 먹고 돈 쓰다가 결국 사이 나빠지고 누가 말 많이 옮기고. 그런 경험들이 다 들 있었을 테니, 그래서 서로 더 조심하면서 천천히 다가선 거 같기도 해요.

지영이 상대역을 맡았는데, 보육교사 경력도 있어서 역할과 제가 겹친다고 생각했거든요. 근데 역할이 겹쳐서 오히려 큰 문제가 있었어요. 말투예요. 어린이집에서 아이들에게 쓰던 말투, 그 말투가 연극으로 들어와버린 거예요. 어린이집에서 아이들 앞에 서서 뭘 가르치고 율동하고 같이 놀던 제 모습이 연기가 아니었던가 싶더라구요. 그러니까 연극을 한다고 했더니 그 말투가 그대로 들어오죠.

뭔가 이상하다 싶어서 동생한테 전화를 했어요. 나 이런 거 맡았는데 한 번 읽어볼 테니까 들어보라고 하고 대사를 읽었더니, 동생이 언니 말투 진짜 이상하다는 거예요. 완전 유치원 선생님의 전형적인 말투라고, 누가 말을 그렇게 하냐고. 너무 충격을 받아서, 녹음해서 듣고 다시 하고 연습을 하는데, 대사를 너무 빨리 외워버린 게 또 치명적이더라구요. 말투랑 대사가 같이 섞여서 아예 박혀버린 거예요. 극복이 안 되더라구요. 녹음을 해서 다시 듣는데도 잘 모르겠고요. 제가 늘 쓰는 말투였던 거죠. 남들 앞에 서면 늘 그렇게 되나 싶고, 의심스럽고, 짜증나고, 스트레스 받고, 잘 안되고. 게다가 역할을 두 개 맡아서 뒤죽박죽 막 섞이고, 아, 정말 힘들었어요.

그런데, 그게 미안해하는 역할이거든요. "미안해, 미안해"라고 말하는 역할인데, 생각해보니 살면서 누구한테 먼저 사과해본 기억이 없는 거예요. 남편하고 나이차가 많이 나서 항상 남편이 저한테 먼저 사과를 해주었죠. 제가 먼저 "미안해, 미안해"라고 해본 적이 없더라구요. 이건 나에게 주어진 운명이라고 생각했어요. 이제 "미안해" 하고 사과를 먼저 해보라고 신이 나에게 주시는 기회라고.

열심히 한다고 했는데 잘 안 됐을 때, 그래서 부끄러울 때, 울기도 했죠. 그렇게 힘들었는데, 좋아요. 지금도 약간 흥분된 상태예요. 그냥 좋아요. 신나요. 연극 얘기만 하면 들뜨고. **햇살**

저 사람은 마음에 꿈단지가 있구나, 그런 선생님들을 만나게 된 게 좋았어요. 저는 사실 무대 위에서 초등학생 학예회처럼, 짜잔~ 하고 나타나서 예뻐보이고 싶고 칭찬받고 싶은 마음이 있었어요. 유치하죠. 그래서 무대에 올라가겠다고 연극을 한 건데, 하다보니까 이게 협업작업이라는 게 뭔지 몸으로 와닿더라구요.

아마추어 극단 할 때, 그런 일이 있었어요. 상대방이 연기가 엉켜버렸어요. 처음엔 그 사람이 망쳐버렸다고 생각했죠. 그런데 만약에 저하고 그 친구하고 친한 사이였으면, 제가 어떻게든 무대 위에서 수습하고 보호해주려고 했을 거예요. 쟤가 얼마나 당황할까, 그 생각을 먼저 했겠죠. 그런데 제가 그런 역할을 못 해주니까, 연극이 통째로 망가져버린 거죠. 그 친구가 아니라 제가 망쳐버렸던 거예요. 그렇게 깨닫는 재미가 있어요.

얘기를 다 안 했는데, 대본 나오고 연습 본격적으로 들어갈 때 남편이 입원을 했거든요. 지금도 병원에 있어요. 제가 간호해야 되는 처지죠. 그래서 그만두려고 했어요. 저 한 사람 빠지면 물론 연극에 공백은 생겨요. 다른 사람들이 힘들어지는 건 있지만, 상황이 너무 안 좋으니까.

그런데 사실은 제가 안 놓았어요. 너무 우울하고 힘든 거예요. 하루 종일 병실에 있어야 하고, 남편이 누워 있으니 양쪽 집안이 난리가 났는데, 그 무게, 그 슬픔의 무게를 짊어지고 내내 병실에 앉아서 나는 우울하고 힘들고 지치고 그런 찌든 모습으로 하루하루를 버텨야 하나. 내가 의사도 아니고 신도 아닌데. 물론 자리를 지켜주어야 하지만, 내가 그런 표정으로 그런 마음으로 하루 종일 시간만 때우는 게 정말 중요할까, 그런 생각을 많이 했어요. 포기하지 않기로 했죠.

대본 나오고 본격적으로 연습에 들어가는데, 물론 참여는 많이 못 했어요. 우리 팀한테는 얘기했어요. 남편이 병원에 있다. 지금 사실 그만둬야 할 상황인데, 못 그만두겠다. 참 못됐죠. 어떤 언니는 여기라도 나와야 된다고, 그렇게 하루 종일 병원에 있는 게 얼마나 힘든 일인데, 절대 그만두지 말라고 얘기해주셨어요. 길게 봐야 할 일은 길게 봐야 된다고요. 그게 참 힘이 되었고, 맞는 말 같아요.

병실에서 자리를 지키고 있는 나도 나고, 아이들 챙기는 엄마의 모습도 나고, 연극연습 가서 열심히 연습하고 다른 사람들과 이야기하고 웃고 떠들기도 하는 나도 나예요. 나의 여러 부분이 있는데, 한 부분 때문에 나머지 모두를 죽여버릴 필요는 없더라구요. 지금 남편이 아프니까 나도 같이 아프고 힘들어야 돼, 그게 오히려 욕심 같았어요. 남들이 뭐라고 할지라도, 나는 여기 나와서 연극연습을 하면서 에너지를 얻어가야겠다, 조금이라도 바람을 쐬고 분위기를 바꿔서 다시 병실에 가면 되고, 아이들도 돌보면 된다는 생각으로 움직였어요.

상황을 몇 명이 아니까, '어, 언니 바쁠 텐데, 왔어?' 하는 그 말, 그런 말이 힘이 되더라구요. 내 마음을 알아준달까. 힘내, 힘내요, 하는 말보다, 힘들 텐데 열심히 하는구나, 그래 하루 종일 의자에 지키고 앉아 있는 건 길게 봐서 더 좋지 않으니까, 이렇게 말해주는 거 같아서, '어, 언니 왔어?' 하는 그 말이 참 고마웠어요. **우주토끼**

이제는 내가 그닥 별볼일없는 사람일 수도 있고, 좋은 시간도 많이 지나갔고, 능력도 예전만 못하고, 나이도 먹었다는 걸 깨달았어요. 뭐든지 다 할 수 있고 자신감에 넘쳐서 약간 자만하기도 했던 예전 모습은 사라지고, 이제는 자신감이 떨어져요. 어떤 건 내가 하기에 좀 무리라는 걸 알게 돼요. 뭔가를 새롭게 시작한다는 것도 예전보다는 더 신중해야 한다는 것도 알겠구요.

대본 나오고 본격적으로 연습에 들어갔는데, 외국에서 오랜만에 친구가 왔어요. 그래서 그 친구 안내해준다고 연습을 이틀을 빠졌어요. 별로 심각하게 생각하지 않았죠. 왜냐하면 늘 자신감이 있고 매사 완벽하게 하는 걸 좋아하니까, 그렇게 하고 있다고 제 자신을 믿었던 거죠. 괜찮다고, 지금 여기에 잠깐 집중하고 다시 돌아갈 거니까, 이미 대사도 다 외웠고, 맡은 역할을 연기하는 데에 큰 불만은 없었거든요.

그랬는데 이틀 쉬고 나갔더니 대사가 다 꼬이고 난리가 난 거예요. 너무 놀라고 당황스러웠어요. 살면서 여태 제가 맡은 일을 그렇게 엉망진창으로 해본 적이 없었거든요. 그래서 되짚어보니까, 그 친구 와서 이틀 다니는 동안에 대본을 한 번이라도 봤어야 되는데 안 본 거예요. 그러니 되겠어요? 그런데도 자신을 믿고 될 거라고 생각한 것, 그게 오만이었죠. 하루하루가 쌓여서 역사가 되는 건데 너무 방심했다는 반성을 하고, 다시 집중해서 했어요.

연극을 만나서 인생이 뒤집어졌다고 말하기는 어렵지만, 일종의 터닝 포인트는 분명히 됐어요. 사이버대학에 등록해서 여태까지는 전혀 생각하지 않았던 쪽의 공부를 다시 시작하기로 했거든요. 이과를 졸업했고 늘 숫자만 붙들고 살았는데, 이제는 목표를 향해서, 정해진 단순한 결과만 도출하는 방식이 아니라, 조금 넓게 가는 방식에 눈이 열린 거예요. 다른 방법도 있다는 거요. 수학처럼 딱딱 떨어지는 게 아니라, 답이 여러 개일 수도 있다는 것과 그것이 결코 지루하거나 비논리적이지 않다는 걸 깨달은 거죠. **왕별진희**

우리 모두 다 아줌마들, 엄마들이잖아요. 우리 사회에서, 아니면 딸로 며느리로 엄마로 살면서, 언제 누가 이렇게 아줌마들을 대접해주나요? 배우도 마찬가지예요. 극단에 들어가면 자질구레한 소품부터 운반하고 운전하고 포스터 붙이는 것까지 다 배우들이 하는 거예요. 구분이 없거든요. 제가 연극패에서 10년 동안 뒷패놀이를 했는데, 일이라고 할 것도 없고, 그건 그냥 놀이거든요. 뭐든지 다 우리가 해야 되는 거라, 나중에 들어온 단원들은 '언니, 이런 것도 해야 돼요? 언니, 이런 것도 해야 돼요?' 그렇게 물어보죠.

모든 게 갖추어진 상태에서 하는 것과 아무것도 없는 상태에서 하는 건 차이가 있죠. 이번에는 여왕대접 받은 거예요. 두 번 다시 잡을 수 없는 파랑새를 잡은 거 같다고 했어요. 감사해요. 이런 기회는 쉽게 오지 않으니까요. 모든 설비가 갖춰져 있고, 예산을 우리가 신경쓰지 않아도 되는 경험은, 힘이 됐어요. 감사한 마음을 갖게 됐다는 거, 누군가 우리를 무시하거나 가볍게 대하지 않았다는 점, 그것만으로도 마음이 따뜻해지니까. **하늘공주**

사부인이 된 어머니

"그거 주세요 그거,
며느리 생각이 가끔 나서요. 그거 주세요… 그거!"

"좋겠어요? 내가 좋아서 이러고 있겠어요?"

"집에는 좋은 일 있을 겁니다!"

4막 1장

어떤 엄마의 엄마는

어느 순간 그렇게 됐어요.

엄마들이 그렇게 말했다. 갑자기, 딱히 무슨 일이 있었던 것도 아닌데, 넉넉해지는 순간이 왔다고.

폭풍 같은 아이들의 사춘기를 지나, 어느 날 내가 나이를 먹었구나 하고 느끼는 순간, 그 순간이 지나갈 때는 소리도 기척도 없다. 젊음과 꿈은 꽃 떨구고 사라지는 봄날의 빗줄기처럼 처량하고, 아쉬움도 그리움도 그저 손가락 사이로 스르르 빠져나가는 걸 가만히 바라보게 되는, 그 순간이 바로 더없는 평화로 느껴지는 그때가 온다고.

어린 아이들은 묻는다. 엄마, 엄마도 엄마가 있어? 엄마들은 그때 또 다시 엄마를 생각한다. 어떤 엄마의 엄마는 이미 이 세상에 없고, 어떤 엄마의 엄마는 늙어가는 중이다. 이제 또 다른 어린 아이들이 내 아이들에게 묻겠지. 엄마, 엄마도 엄마가 있어?

아이들은 태어나고, 자라고, 엄마가 된다.

엄마들의 엄마, 아이들의 아이, 엄마들이 태어나고 자라고 늙어가는 이야기.

엄마, 엄마? 엄마!

영란은 시어머니와 외출했다가 돌아온 길이다. 그런데 치매에 걸린 시어머니는 영란을 사부인이라 부르고, 늘 생활하던 자기 집을 사돈댁이라 하며 낯설어하고 어려워한다. 집과 가족도 몰라보는 것이다.

영란은 그런 시어머니가 안쓰럽기도 하고 원망스럽기도 하나, 시어머니의 세계를 받아들여주고 맞춰주려 한다. 놀라서 찾아온 시누이 지숙은 딸도 몰라보는 어머니의 상태에 영란에게 화를 낸다. 영란과 지숙의 다툼에 양 여사는 발작을 일으키는데, 그런 양 여사를 달랠 줄 아는 사람은 이제 영란뿐이다.

모질게 시집살이를 시키던 양 여사는 영란을 사부인으로 기억하지만 영란의 따뜻한 마음만은 느끼는지 "집에는 좋은 일 있을 겁니다"라는 말로 영란을 위로한다.

병을 넘어선 가족애는 아직 살아 있다.

때　현대
곳　영란의 집

등장인물

영란
50대의 주부로,
20년째 시어머니를 모시고 있는 며느리

양 여사
영란의 시어머니

지숙
영란의 시누이

밝아지면 텅 비어 있는 무대, 식탁 하나와 의자 두 개. 그리고 낮은 협탁이
보인다.
현관문 잠금쇠 푸는 소리 들리고 영란이 양 여사를 안내하며 들어온다.

영란 어서 들어오세요!

양 여사 아이고, 예. 예. 이거 황송해서… 실례인 줄 알면서 사돈댁을 다
와보네요.

영란 별 말씀을 다 하세요. 어서 들어오세요. 신발 벗으시고. 예.

양 여사 집이 참 아늑하네요.

영란 (의자로 안내하며) 어서 이리로 앉으세요.

양 여사 아이고, 아니에요. (협탁에 앉으며) 전 여기면 됐습니다.

영란 거긴 의자가 아니라 협탁인데….

양 여사 … (모른 척 대꾸 없이) 집이 참 아늑하네요.

영란 으흠. (물끄러미 양 여사를 쳐다본다.) 흠.

사이,

양 여사 집이 참 아늑하네요.

영란 … 그렇죠. 아늑하죠. … 외투 좀 벗으세요.

양 여사 괜찮아요. 곧 일어날 건데요 뭘. 번거롭게.

영란 곧 일어나시려구요?

양 여사 암요. 사돈댁에 오래 있을 수 있나요? 저는 그렇게 배웠어요. 우
리 친정아버지한테. 세상에서 가장 어려운 집이 사돈댁이라고.

영란 … 서운하네요. 그렇게 어렵다 하시니.

양 여사 아이고, 사부인이 어렵다는 말이 아니고.

영란	차 좀 드릴까요? 모과차, 유자차, 커피, 어떤 걸로 드릴까요?
양 여사	아이고, 황송하게. ⋯ 그거 주세요. ⋯ 그거!
영란	그거요?
양 여사	예. 그거!
영란	그게 뭐예요?
양 여사	(생각을 끌어내려 애쓰며) 그거⋯ 그거 있는데⋯. 그거, 그러니까⋯, (목소리 톤이 쌀쌀맞게 확 바뀌어) 그거 달라니까! 사람 귀찮게 왜 자꾸 물어! 내가 너한테 계피 태우면 쓴맛 난다고 몇 번을 더 말하니?
영란	(숨이 턱 막혀) 수, 수정과요?
양 여사	(영란을 낯설어하며 움츠러들어) 예. 그거요. 감기 오려고 으스스할 땐 그거 따뜻하게 먹는 게 최고죠. 우리 며느린 그걸 몇 번을 가르쳐줘도 제 맛을 못 내요. 툭하면 계피 태워먹고 쓰디쓰게. 영 손재주가 없다니까. 갑자기 왜 며느리 생각이 났누. 참 내.
영란	며느리 생각이 가끔 나세요?
양 여사	통 얼굴이 기억이 안 나요. ⋯ 이민을 갔는가? 통 와보지도 않고. 쌀쌀맞은 것들. ⋯ 하긴 나도 걔한테 잘한 거 하나 없어요. 늘 아들 빼앗긴 거 같아서 쌀쌀맞게 굴었나봐요. 사부인은 그러지 않으시죠?
영란	그럼요. 그렇죠.

영란, 물끄러미 양 여사를 바라보다 눈이 마주치자 주방으로 들어가 수정과를 내온다.

| 양 여사 | (가방에서 거울을 꺼내 보며 화들짝 놀란다.) 에그머니나! 이 여자가 누구여? |

영란	왜 그러세요?
양 여사	(거울을 던져놓듯 주며) 여기 좀 보세요, 사부인. 웬 흰머리가 성성한 늙은 부인네가 여기까지 쫓아왔네요, 글쎄.
영란	(낙담한 표정이 된다.) 그러게요. 왜 쫓아왔을까요?
양 여사	세상이 험해요. 사부인도 조심해야 돼요. 문단속 잘 허고.
영란	드세요. 따뜻한 수정과에요.
양 여사	(한 모금 성급히 들이켜다 뱉는다.) 아이고 뜨거워!
영란	괜찮으세요?
양 여사	(수정과를 뺏길까 뜨거운 걸 쥐고서 또 냉큼 삼키다 화들짝 놀란다.) 앗, 뜨거! … (눈치보며) 참 맛있네요. 맛있다.
영란	천천히 드세요. 누가 안 뺏어먹어요.
양 여사	(더 바짝 눈치를 보며) 아이고 맛나다. 사부인 솜씨가 보통이 아니네요.

영란, 흘린 곳을 닦는데 불현듯 서러움이 몰려온다.
초인종 벨소리.

양 여사	(벨소리에 불안해 숨으려 한다.) 그 여자가 여기까지 또 쫓아왔나 봐요.
영란	아니에요. (문을 연다.) 고모 왔어요?
지숙	예. 언니! 엄마는요?
영란	저기!
지숙	(양 여사에게) 엄마!

양 여사는 고개를 협탁에 묻고 돌아보지 않는다.

지숙	엄마! 나 왔어요. 지숙이 왔어.

양 여사   ··· 무서워!

지숙   (양 여사를 돌려세우며) 엄마! 나 좀 봐봐! 엄마!

양 여사   ··· 나, 안 가! 사부인, 이 여자 누구래요? (영란의 뒤로 숨는다.) 거 봐요, 내가 문단속 잘 하라고, 아무나 집으로 들이는 거 아니라니까.

지숙   엄마! 어떻게 나를 몰라봐! 엄마 뱃속으로 낳은 딸이잖아. 35년을 키운 딸이잖아. 엄마! 엄마!

영란   자꾸 다그치지 말아요. 고모! 병인 걸 어떻게 해요. 이러는 게 병인걸.

지숙   당장 병원 갑시다. 입원치료시켜요. 돈 아까워 그래요?

영란   고모! 말 함부로 하는 거 아니에요. 병원 안 다녀온 줄 알아요? 입원치료하면 뭐 달라지는 줄 알아요?

지숙   그럼 우리 엄마 어쩌자고요?

영란   받아들여야죠. 있는 그대로. 어머님이 보는 세상 그대로 되어드려야죠.

지숙   싫어요. 싫어! ··· 우리 엄만데, 내 엄만데··· 언닌 시어머니라고 말이 그리 쉽게 나오는지 몰라도··· 난 딸이야. (양 여사의 손을 잡아끌며) 엄마, 가자! 병원 아니면 우리 집으로라도 가자고!

양 여사   아이, 이거 왜 이래요? 안 가! 못 가! 난 우리 사부인이 좋아. 여기서 살 거야.

지숙   사부인은 무슨 사부인? 언니가 왜 사부인이야? 엄마 며느리지.

양 여사   아이고, 이게 다 무슨 억지여? 얼른 가요! 가! 경찰에 신고해야 쓰겠네.

지숙   (영란 가리키며) 이 사람은요. 사부인이 아니라 엄마 며느리에요. 엄마 큰아들 영철이 색시. 엄마 큰며느리라고!

양 여사   (충격) 아, 아니여!

영란	그만해요. 고모!
지숙	언닌, 왜 그만하래요? 엄마한테 사부인 대접 받는 게 좋아요? 사부인, 사부인 하며 꼬박꼬박 존대 받으니 좋냐구요?
영란	좋겠어요? 내가 좋아서 이러고 있겠어요? … 그래요. 말 나왔으니 고모가 어머니 모셔가세요. 치매 노인 봉양이 얼마나 어려운지 한번 느껴보세요.
지숙	이제 와 어머니 좀 모셨다고 유세하는 거예요? 언니나 오빠가 잘 모셨으면 우리 엄마가 왜 칠십도 안 되서 치매가 왔는데?
영란	고모!
지숙	언니, 우리 엄마한테 떳떳해요? 정말 그렇게 잘 모셨어요?
영란	고모! 그러는 고모는 얼마나 잘했다고요? 고모가 그렇게 잘했는데, 어머니가 다른 거 다 잊어도 딸인 고모를 왜 잊어요?

양 여사가 위축되어 비명을 지르며 발작한다.
놀라는 지숙과 영란.

양 여사	살려줘요! 살려줘! 사부인! 저 여자 나가게 좀 해줘요.
영란	(양 여사에게 물을 가져다주며) 물 좀 드세요. 괜찮아요. 나쁜 사람 아니에요. 어머니 딸이에요. 막내딸 지숙이.
양 여사	(물을 벌컥벌컥 마시며) 우리 지숙이 열두 살인데….

지숙이 바닥에 주저앉아 운다.

지숙	아이고, 엄마! 우리 엄마 불쌍해 어떡해! 엄마!
영란	나라고 어머니 모시는 게 쉬운 줄 알아요? 어머니가 나한테 어떻게 하셨는데…. 행주 하나 새로 사는 꼴 못 보고 10년, 20년 삶아 쓰게 만든 분이에요. 애들 셋 낳아 기르는 동안 하루 한나절도 애 맡아 봐주시지도 않은 분이에요. 음식이 짜고 시다며 밥상채

로 던지신 게 몇 번인 줄이나 아세요? 그리 모질게 하시던 분이 치매랍니다. 당신이 낳은 아들, 딸 까맣게 잊고 이젠 그 구박하던 며느리보고 사부인, 사부인 하며 졸졸 따라다녀요. 나라고 좋겠냐고요? 나라고 어머니 좋아서 침 흘린 거 닦아드리고 오줌 똥 받아드리겠냐고요? (자기 설움에 운다.)

양 여사 (영란의 어깨를 다독이며) 집에는 좋은 일 있을 겁니다. 집에는 복 많이 받을 겁니다.

영란 어머니, 여기가 어디에요?

양 여사 집이지.

영란 누구 집이요?

양 여사 몰라.

지숙 누구 집인 줄도 모른다며 여기 왜 있어? 이 낯선 집에서 엄마 혼자 외롭게 뭐하고 있는 거야? 딸도 아들도 며느리도 없는 이 낯선 집에서 왜? 그건 너무 외롭잖아…. 엄마!

양 여사 몰라! 몰라!

영란 어머니!

양 여사 (영란을 향해 활짝 웃으며) 집에는 좋은 일 있을 겁니다. 집에는 복 많이 받을 겁니다.

어둠.

소리 지금 이 순간에도 얼마나 많은 여자들이 엄마가 되어갈까요? 듣기만 해도 먹먹해지는 단어, 엄마! … 엄마! … 엄마! 이것은 엄마가 된 여자들의 이야기입니다.

경쾌한 음악.

– 막 –

우리 엄마, 우리 시어머니

우리 남편은 너무 빈틈이 없어서 답답해요. 너무 치밀해서 갑갑해요. 사람들은 정말 좋은 남편 만났다고 부러워하는데, 살아보면 그게 장점이기만 하진 않거든요. 내가 이렇게 운신할 공간이 없는 기분. 매사에 신중하고 치밀해서 어딜 뭘 할 게 없는. 패키지여행을 가도 가이드한테 조목조목 묻고 아주 꼼꼼해요. 저는 옆에서 지치죠. 아우, 그냥 대충 좀 하지, 그런 생각 많이 했죠.

그런데, 남편이 사업을 하는데, 일손이 부족해서 제가 따라다닐 때가 있어요. 그러면 그, 생계를 책임지는 가장의 무게? 그런 걸 같이 느끼고 돌아와요. 같이 일을 하는데 뭐가 잘 안 풀릴 때, 남자들이 이럴 때 담배를 피우는구나, 그런 생각을 하구요. 또 으음, 바가지 긁지 말아야지, 밥 벌어먹고 살기 참 힘들다, 그런 생각을 하죠. 저게 바로 가장의 무게라는 거, 같이 다니면서 느껴요. 같이 안 해봤다면, 아마

영원히 몰랐을 거예요.

산들바람

　4막의 그 엄마가, 치매에 걸린 거였잖아요. 나이가 들어가니까 우리 엄마가 그러지 말라는 법도 없고, 우리 시어머니가 안 그러리라는 법도 없고, 그보다도 제가 더 먼저 치매 걸릴 수도 있는 거거든요. 노후 대책 생각을 요즘은 예민하게 해요. 제가 이제 인생 반을 살았다고 치면, 이제부터 뭘 해야 되나 하구요. 끝까지 갈 수 있는 뭔가를 해야겠거든요. 아이들이 붙어 있는 것도 아니고, 이제 할 만큼 했고, 아이들에게 가장 큰 자산은 부모가 자기 노후대책 똑바로 세우는 거 같아요.

왕벌진희

　엄마 생각 많이 났어요. 그렇게 엄마가 치매에 걸렸더라도, 그런 엄마라도 있었으면 좋겠다. 그립고, 많이 생각나고 그렇죠. 왜 이렇게 일찍 갔나, 조금만 더 있다 가지.

산들바람

　우리 엄마가 얼마 전에 저한테 무슨 얘기를 해줬는데, 제가 좀 충격을 받았어요. 엄마가 아버지하고 헤어졌을 때, 너희들을 데리고 외국으로 나갈 걸 그랬다고. 왜 그런 생각을 했냐고 물었더니, 그랬으면 너희들한테 더 자유롭게 사는 방법을 알려주고, 더 넓은 세상을 보여줄 수 있었을 텐데 후회가 된다고 하더라구요.

뒤통수를 퍽 얻어맞는 거 같았어요. 나는 우리 애들한테 그렇게까지 해줄 생각 못 하는데, 엄마는 그런 생각을 했다는 게 참, 역시 대단한 사람이라고 생각했죠. 우리 엄마 꿈은 예쁜 할머니가 되는 거예요. 손주들에게도 우리 할머니 예쁘고 대단한 할머니라는 얘기 듣는 거래요.

시어머니가 암 12년차예요. 자궁경부, 난소, 임파선 양쪽 재발, 지금은 골반에도 종양이 있어요. 그런데도 잘 다니세요. 스스로 환자라고 생각 안 하시고, 산에도 다니시고 며느리 비비크림 뭐 쓰나 이렇게 보시고 그러세요. 좋아요, 저는. 우리 신랑도 예쁘고, 우리 시어머니도 예쁘고.

하늘공주

시어머님을 오래 모셨어요. 치매로 한 10년 고생하셨는데, 늘 제가 모신 건 아니고 형제들이 돌아가면서도 모시고, 요양병원에도 잠시 계셨는데, 환자가 생기고 그 병이 길어지니까, 형제들끼리 서로 바닥을 보게 되더라구요. 생각도 못 했던 일이죠. 그러다보니까 아주 미묘한 갈등이 자꾸 쌓이고 쌓여요. 결국은 사이가 나빠지죠. 참 싫더라구요. 왜 이렇게 돼야 하나. 아픈 사람은 아파서 괴로울 텐데, 형제들끼리 여러 가지 문제에서 서로 양보하고 똑같이 내놓고 하면 모르겠는데, 형제라 하더라도 서로 형편도 인격도, 배우자도 모두 다르니까요. 그 과정이 참 지리했어요. 시어머님은 인격적으로 참 훌륭한 분이셨는데, 그런 과정을 보는 것 자체가 참 힘들더라구요. 지금은 돌아가셨죠. 돌아가시고 나니, 또 그립고, 생각나고 그래요.

한나

연극 연습 도중에 친구가 자살을 했어요. 연락은 자주 못했지만 친했던 친구거든요. 12월, 겨울비 오는 날이었어요.

우리 나이가, 아직 그만 살기에는 아까운 나이잖아요. 그 친구는 항상 잘 꾸미고 다니고, 밝고, 화사하고 센스 있고 멋져보이는 친구였거든요. 학교 다닐 때보다도 밝아진 거 같았는데, 시댁하고 갈등이 있었나봐요. 그런데 그걸 아무한테도 말을 안 하고 혼자 끙끙 앓았을 거예요. 우리한테도 전혀 얘기 안 했으니까. 애들도 별로 속 썩이는 편이 아니고, 집에 별 일이 없다고 생각했는데, 그 친구도 나름대로 누구한테도 말하지 못한 슬픔이 있었을 테니까 그랬겠죠. 말하지, 왜 말안 했니, 그런 생각도 들고.

집에 가만히 있으면 그 친구 생각이 나요. 그 친구는 가족들이 상처받을까봐 자기 힘든 걸 얘기하지 않았는데 결국은 더 큰 상처를 준셈이 된 거 같아서, 안타깝고, 슬프고, 무섭기도 했어요. 조금만 더 있지, 조금만 더 있으면 더 괜찮아질 텐데. **햇살**

대본 나오기 전에 집에 일이 좀 있었어요. 분란이 생긴 건데, 누가다치거나 아픈 문제는 아니고 감정적으로 시댁 식구들 간에 갈등이생겼고, 제가 그 중간에 끼인 상황이 되었거든요.

해결이 잘 안 돼요. 그래도 저는 결혼 전부터 시댁 출입을 자주 하고, 어머님 간이식수술 하실 때도 결혼 전이었는데 제가 병원도 지키고 그랬거든요. 그래서 말을 가리긴 하지만 드릴 말씀은 드리려고 해요. 시이모님한테 말씀드린다거나, 직접적으로 따지거나 버르장머리 없게 하는 건 아니고 돌려서 얘기가 들어가도록, 제 진심이 전달되도록 하려고 하죠.

조금 나아진 거 같다가 다시 나빠지고 그래요. 지금은 모르겠어요. 신경 안 쓰려고요. 고민하고 막 매달린다고 해결될 문제는 아닌 거 같더라구요.

우람쥐

우리 어머님은 13년 전쯤에 돌아가셨어요.

아버님이 저 결혼 전에 돌아가셨다는데, 그러고 나니까 큰아들은 불편하고, 우리 애아빠가 둘째인데, 둘째아들이 편하다고 하시더라구요. 얘, 나는 큰애가 좀 어렵다, 그러셨거든요. 그게 큰아들이 가장 노릇을 하게 되니까, 어머님 입장에서도 남편이 하던 역할을 물려받은 큰아들 대하는 게 쉽지 않으셨나봐요. 큰집에도 계시고 저희 집에도 오시고 그랬는데, 어머님 땅 조금 남은 걸 나누는 일이 있었어요. 그런데 거기서 우리 집이 배제됐어요. 섭섭하죠. 섭섭한데, 욕심낼 필요는 없는 거 같아서 접고 있었거든요.

그날 어머님이 우리 집에 오셔서 주무시기로 했는데, 저녁 밥상 준비하는데 안 그러시던 양반이 부엌에 이렇게 오셔서는 제 옆에서 제가 준비하는 걸 보시면서 "올 때마다 이렇게 잘해주니 고맙구나!" 하셔서 "아휴, 어머니, 저는 그렇게 착한 며느리가 못 돼서요, 어머님이 어쩌다가 오시니까 이렇게나 하죠, 매일 계시면 저도 자신없어요" 이렇게 농담하고 웃었거든요. 어머님이 돌아서시면서 "나는 큰애가 그

럴 줄은 몰랐다. 그래도 동생들하고 좀 나눌 줄 알았는데" 하시더라
구요.

  그러고 그 다음날인가 큰집에 가셨는데 주무시다가 돌아가신 거야.
이게 남들이 봤을 때는 주무시다가 돌아가셨으니 얼마나 좋으냐고,
호상이라고 봐도 된다는데, 남은 사람들 입장에서는 너무 갑작스러
우니까 그게 아니더라고요. 갑자기, 어느 날 갑자기 가버리시니까, 그
것도 참 허망하데요.
써니

  잊을 만하면 애를 낳고 잊을 만하면 애를 낳았더니, 지금 막내가 여
섯 살이에요. 우리 집 첫 딸이구요. 산전 우울증을 앓았던 것도 애한
테 정말 미안한데, 다행히 애가 참 밝고 예뻐요. 늘 웃고. 아주 잘 웃
어요. 얘가 일부러 엄마를 기쁘게 해주려고 노력하는 건 아닐까 싶어
서 슬퍼질 때도 있어요. 제 스스로 상처를 찾아서 받는 게 아닌가 싶
기도 해서, 이제는 억지로 하지 말고, 자책하지 말고, 애들한테 집중
하되 거리를 좀 두고 멀리서 보면서 차분하게 돌아보려구요. 이제는
그러고 싶어졌어요. 초반에 애들한테 제대로 하지 못한 게 언젠가는
다시 후유증이 오는 거 같더라구요. 이제는 그런 부분을 놓치지 않는
힘을 기르려구요. 아이들한테 강요하지 말고. 이제는 뭘 중단하기는
어려운 나이거든요. 조금씩조금씩 여태 해온 걸 점검하고 그중에 버
릴 건 버리고 잘 해낼 수 있는 걸 정리하려구요.
꽃순이

행복해요, 매일. 저는 100퍼센트 행복해요. 얘기하다보면 알잖아요. 내가 하는 얘기에 슬픈 얘기 별로 없어요. 나보고 엄마들이 그래. 반란 일으킬 아무런 일도 없는데 왜 왔냐고. 꼭 반란을 일으켜야 하냐고 되물었지요. 배워서 남 줄 수 있겠구나, 저는 그 생각으로 왔거든요. 새롭게 도전하는 거에 대해 늘 긍정적이고, 호기심도 많고. 저는 가정이나 직장이나, 이 사회에 대해, 글쎄 물론 부조리한 부분이 없는 건 아니지만, 전체적으로 '아, 나는 행복하다' 하며 지내요.

이 행복은 만든 거죠. 쌓아온 거죠. 오늘의 결과는 과거의 생명이잖아요. 살다보면 행복한 날이 와요. 젊은 시절에는 우리나라 전체가 다 가난했어요. 그랬던 제가 여러 나라에 여행도 다니고, 직장생활도 하고 있고, 이렇게 좋은 기회를 만나서 연극도 했잖아요? 제가 부자라서 그런 건 아니구요, 제가 하고 싶은 건 하고 살려고 하고, 그러기 위해서 버려야 할 것들을 버리는 방법을 이제는 알게 된 거죠.

돈을 모으면 뭐 하겠어요. 내가 필요한 데에, 적재적소에 쓸 수 있는 사람이 되는 게 꿈이고, 내가 내일 죽더라도 후회하지 않는 삶을 사는 게 목표예요.

가족들이 다 각자의 역할을 사회적으로 잘해내니까, 나는 걱정근심이 없는 거지. 그 과정에서 힘든 일도 있었죠. 그럼요, 물론 있었죠. 그렇지만 그런 일들도 여러 차례 반복해서 겪으면 스트레스 적응력이 높아지죠. 그렇게 되더라구요.

수나

예전엔 제가 심판자였어요. 네가 잘못했구나, 네가 원인을 제공했구나, 그래 누구누구가 잘못했구나, 그렇게 따지고 단죄했죠. 그렇지만 잘못한 아이도 본인이 잘못한 걸 알고 있는데도 누가 옆에서 "네가 잘못했어!"라고 말해버리면 일단 슬프고 억울한 거예요. 누가 심판을 해버리면 그런 마음이 먼저 들게 되어 있어요. 아이들끼리 싸우더라도 자기들끼리 해결하게 하고, 큰 사건이 아닌 경우에는 둘이 한번 얘기를 해보라고 하면 아이들끼리 또 이러쿵저러쿵 얘기를 해요. 말을 하다보면 풀려요. 누가 그러던데요, 말하지 않으면 모른다고. 어른이나 아이나 마찬가지죠. 말하지 않는데, 어떻게 아나요? 그리고 서로 얘기해보면 대부분 풀려요. 아주 벽창호 같은 사람은, 글쎄, 저는 아직 못 본 거 같은데요? **바다**

4막 3장

엄마, 무대에 서다

12월 29일 오전 10시.

엄마들이 안양아트센터 수리홀에 모인다. 날씨가 심상찮다. 올 겨울은 눈 녹을 새도 없이 눈이 쌓인다. 오늘도 눈이 오려는 모양이다. 여름의 끝에서 가을까지는 한적한 평촌아트홀의 지하 연습실에서 시간을 보냈고, 겨울이 오면서 이곳 수리홀로 자리를 옮겼다. 여기에 엄마들의 무대가 있다.

분장을 하고, 그래도 어제보다는 덜 떨린다고 서로를 위로한다. 한 번 해봤다고 마이크 다는 과정도 의상을 갈아입는 과정도 어제보다 쉽다. 이제 심장이 지쳤나봐!

제작감독은 350석이 되는 관객석이 꽉 차길 기대했다. 공연예술이 자본주의 사회에서 어떤 대접을 받는지 엄마들이 알게 되길 기대했다. 적극적 관객을 만들어내는 일이 이 프로젝트의 종착역이라면, 엄마들이 자신의 일을 남들에게 알리고, 연극의 한 부분이 되고, 배우가 되었다는 것에 대해서 널리 알리고 분연히 떨쳐 일어나길 기대했다. 표에 1000원이라는 값을 매기자는 주장이 나온 이유였다. 1000원이라는 금액의 숫자보다 더 중요한 것은 엄마들의 공연이 실제로 관객에게 판매된다는 사실이다. 과연 엄마들이 극단으로, 배우로 무대에 섰을 때, 지인과 친구가 아닌 일반 관객들이 기꺼이 주머니를 열어 돈을 내고 공연을 보러 올 것인가.

엄마들의 수고와 땀에 누군가가 돈을 지불한다는 것은 그 수고와 땀의 가치를 인정받는다는 뜻이었다. 엄마들의 유쾌한 반란은 보통의 프로들에게도 가당치 않은 연습기간 동안에 만들어낸 작품이었다. 프로 배우들에게 기대하는 것은 관객의 만족도지만, 이 공연에서 중요한 것은 참여자의 만족도였다. 내가 뭔가를 이루어낸다는 만족, 자기 자신에 대한 신뢰, 타인에게 내보일 수 있는 용기. 그 모든 마음이 모여 자발적 관객뿐 아니라 배우들의 지인과 가족들이 꽉꽉 들어차길 바랐다. 또한 공짜와 재능기부에 길들여진 사회에서, 예술이 가진 노동의 정의를 실현하고 싶은 욕심도 있었다. 그리고 지역사회에서 받은 혜택을 지역사회에 환원하되, 그 누구도 억울하지 않도록, 그 누구도 무상으로 일하지 않도록 해야 한다. 1000원이라는 공연표의 값은 그런 여러 가지 이유에서 매겨졌다.

실험적인 시도는 예상외의 성과를 보였다. 배우들에게 주어진 각 20여 장의 입장권 외에 매표소에서 1000원을 내고 입장권을 사는 사람들이 있었다. 캠코더를 들고 기록을 남기던 영상 담당자는 이런 관객들을 놓치지 않고 찾아 인터뷰했다. 인터넷을 통해, 포스터를 보고,

현수막을 보고, 입장료도 저렴하고 안양의 엄마들이 엄마들의 이야기를 가지고 공연을 한다고 해서 왔다는 대답이 나온다.

점심시간이 지나면서 눈이 몰아친다. 3시가 다가오자 수리홀 로비에 사람들이 들어오기 시작한다. 어린아이의 목소리가 로비에 울려 퍼진다. 집.에.는.좋.은.일.있.을.겁.니.다? 집에는 좋은 일 있을 겁니다. 집에는 좋은 일 있을 겁니다? 엄마! 이게 무슨 뜻이야?

가족들도 속속 수리홀에 들어오는 모양이다. 공연 20분 전, 프로그램북을 든 관객들이 수리홀에 들어차기 시작한다.

공연 15분 전.

"관객 여러분께 알려드립니다. 먼저 식음료는 다 드신 뒤 입장해주시기 바랍니다. 공연 중 사진 촬영은 금지하고 있사오니 양해해주시기 바라며, 휴대하신 휴대폰에 전원이 꺼져 있는지 다시 한 번 확인해주시기 바랍니다. 감사합니다."

안내가 나오고, 관객들이 입장한다. 공연장의 문이 닫히고, 무대에 불이 꺼진다.

이제, 시작이다.

엄마들의 유쾌한 반란, 집에는 좋은 일 있을 겁니다.

> 눈이 온다. 남편은 출장을 갔는데, 왜 하필이면 날짜를 이따위로 잡은 걸까. 출장을 보내는 회사도 밉지만, 마누라 공연하는 날이라고 알려줬는데도 날짜를 변경 못 한 남편도 정말 바보 같다. 이렇게 눈이 오는데, 비행기가 제대로 도착한다고 해도, 여기까지 무슨 수로 오나. 나는 낮 공연인데, 초반 20분이 지나면 나는 없을 텐데. 다 틀렸나보다.

연극 하는 내내 도와준 것도 없으면서 끝까지 안 도와주네. 쳇.

아무도 올 사람이 없나보다. 날씨가 너무 안 좋다. 내 친구들은 다 서울 사는데, 거기서 여기
까지 애를 끌고 오는 것도 무리긴 하다. 그렇지만 섭섭하다. 몇 달 전에 집에 갈등이 생겨서
그것도 신경쓰이는데, 정말 기분이 별로다. 오늘은 대사도 잘 안 맞는다. 망칠 것만 같다.

관객석을 보면 안 된다고 한다. 관객과 눈이 마주치는 순간 모든 게 다 흐트러진단다. 하긴
내가 관객석을 볼 여유나 있을까, 대사나 안 까먹으면 천만다행이지. 심장이 떨려 미쳐버
릴 거 같다. 고동소리가 막 들린다. 리허설할 때는 안 떨렸는데, 역시 이런 건 하는 게 아니
었다. 미쳤지. 이 큰 무대에서 내가 뭐라고 이런 걸 한다고 했을까. 눈물이 잘 나야 되는데,
못 울면 어떡하지.

사고로 아이를 잃은 친구가 있다. 아무 생각 없이 그 친구를 초대했다. 나는 정말 바보인가
보다. 아이를 잃고, 아이를 기다리는 내용이 1막인데. 나는 멍청이야. 그 친구가 얼마나 가
슴이 아플지, 거기까지는 생각하지 못했다. 바보, 바보. 게다가 시누이랑 왔단다. 아, 머릿
속이 뒤죽박죽이야.

동생들이 분주하다. 많이들 떨리는 모양이다. 괜찮다. 내가 중심을 잡아줘야지. 단원들을
불러 다 같이 기도를 하자고 했다. 이런 순간에 종교는 초월성을 가진다. 우리에게 필요한
건 안정이지 신을 찾는 게 아니다. 첫 무대에 서는 사람은 당연히 떨릴 것이다. 어떻게 첫 숟
갈에 배가 부르겠나. 이건 내 인생의 특별하고도 아주 행복한 경험이다.

무대 올라가기 5초 전, 갑자기 힘이 실렸다. 하나도 떨리지 않았다. 벅찬 느낌. 가슴속이 꽉

차올랐다. 사람들이 나를 보고 있다. 내가 이런 사람이라는 걸 증명해줘야지. 대사 연습, 연기 연습 충분히 했다. 여태 한 것을 맘껏 펼쳐줄 테다! 오늘 단 한 번이다. 단 한 번이니까 틀리고 싶지도 않고 못하고 싶지도 않아!

가면을 벗는 날이다. 내 가면은 일곱 겹. 화내고 까탈 부리는 성격을 모두 감추고 그래서 가슴을 답답하게 하는 모든 것을 벗어버리고, 오늘은 내가 아닌, 배우로 선다.

오프닝으로 고무줄놀이를 하고 들어왔더니, 심장이 더 떨리기 시작한다. 미치겠다. 두근두근두근두근두근. 이제 우리 막이 시작된다. 아, 눈앞이 노랗다. 눈물이 날 거 같다. 후우, 후우. 저기 언니가 기도해준다고 한다. 종교가 무슨 상관인가, 지금은 뭐라도 해야 된다.

선생님들 앞에서만 할 때보다 의외로 덜 떨렸다. 무대가 편한 느낌도 있구나. 다른 사람들을 살려줄 수 있어서 다행이다. 내 역할을 잘해냈다는 뿌듯함.

관객석이 빈 무대에 올라갔을 때는 흥이 나지 않았다. 이제 저 꽉 찬 객석에서 흥이 느껴진다. 사람들로 꽉 차 있는 극장. 행복하다. 꽉 차 있구나, 나를 보러 왔구나. 나는 마치 인형놀이를 하는 것처럼, 사람들 앞에서 흥겹게 즐겁게 놀고 있구나. 어린 시절로 돌아간 것만 같아. 친구들과 함께 엄마 치마를 열고 인형놀이를 했던 때처럼. 가슴이 뜨겁다.

막이 끝날 때마다 눈물이 난다. 대본은 왜 이렇게 인생 같은가. 고무줄놀이 하던 시절이 엊그제 같은데, 이제는 흰머리가 성성하구나. 복받친다.

저 많은 사람들 앞에 내가 나설 수 있다는 것, 그것만으로도 충분하다. 나는 언제나 뒷자리에 있었다. 누군가의 뒤에서 그 사람을 보필하고 돌봐주는 자리에만 있었는데, 나도 몰랐던 내 욕망. 나도 한 번쯤 앞에 서보고 싶다. 혼자라면 불가능했던 것들인데, 여기 이렇게 사랑하는 동료들이 있어서 무대에 설 수 있게 되었구나. 같이 올라갔구나. 사람들이 나만 봐주는 게 아니더라도 충만하다. 드디어 나도, 남들 앞에, 가슴 벅차게 올라설 수 있구나.

아이가 급기야 운 모양이다. 무대에서 내려오자 남편이 아이를 안고 나갔다고 연락이 왔다. 이모들이 엄마 때리는 거 아니라고, 가짜로 때리는 거라고 말해줬는데, 작은아이는 리허설에 오지 않아서 미처 몰랐던 걸 깜빡했네. 엄마 진짜로 맞는 거 아니야, 이거 연극이야!

엔딩 영상을 보고 있는데, 복받쳐오른다. 화장 지워지면 안 되니까 너무 울면 안 돼. 만감이 교차한다. 1년도 안 되는 동안, 정말 많은 걸 배웠구나. 내 사생활, 내 연극반 생활, 딸내미하고 싸우고 온 날, 그런 시간이 모두 다 떠나가는구나. 그리고 나는 여기 앉아 있구나. 무대 위에. 가족들을 등지고 여기 앉아 있네.

마약중독자들이 느끼는 게 바로 이런 느낌일까? 아, 정신이 혼미해, 구름 위를 떠다니는 기분이야.

뜨거워. 나 다시 일어서고 있구나. 고맙습니다. 모두들 감사합니다. 고맙습니다.

돈까지 먼저 내주고 그렇게 등을 떠밀더니, 급기야 관객석에서 우렁차게 소리 지르는 저 남자. 브라보라니, 세상에 망신스러워라. 목소리도 크지. 주책도 저런 주책이 없어. 이봐요, 남들이 팔불출이라고 놀려! 세상에 저렇게 좋을 거였으면 본인이 하지. 참 착하고 예쁜 사람들과 언덕을 하나 넘었구나. 기쁘다. 참 좋다. 참 좋아.

눈물이 핑 돈다. 가슴이 뜨겁다. 태어나서 이런 감정은 처음이야. 세상을 다 얻은 것 같은 느낌. 나는 여기서 다시 얻지 못할 걸 얻었거든. 아, 뿌듯.해.

　무대 뒤에서는 배우들이 계속 눈물을 훔친다. 공연이 한 막 한 막 끝날 때마다 갑자기 감정이 복받쳐오르는지, 분장이 지워질 것을 염려하면서도 손부채질을 하며 계속 눈물을 닦아내는 단원들. 드디어 3시 공연, A팀의 첫 공연이 끝났다.

　암전 이후, 무대 위의 소품이 치워지고, 구름이 흘러가는 하늘을 배경으로 엄마들이 천천히 걸어나온다. 흰 티셔츠에 등엔 해바라기가 길게 그려져 있고 '엄마들의 유쾌한 반란'이라는 작은 글씨가 쓰여 있다. 각자의 스카프를 맨 엄마들은 색깔만큼이나 다채롭다. 관객석을 향해 천천히 걸어오는 엄마들, 지금 그들은 연습실에서 처음으로 자신의 걷는 모습으로 스스로를 느끼고 확인하던 순간을 떠올릴까.

　고요하게 흐르는 피아노 소리에 엄마들이 무대 위에서 등을 돌린다. 그리고 모두 그 자리에 앉는다. 하늘이 지워지는 무대 벽면에 '집에는 좋은 일이 있을 겁니다'라는 글자가 나타나고, 관객들의 박수가 터진다.

　그간의 일정이 사진으로 한 장씩, 주마등처럼 흘러간다. 엄마들은 관객들을 등지고 앉아 그 모습을 바라본다. 울컥거리는 마음이야 어떻게 달랠 수 있을까. 이것은 끝인가 아니면 시작인가.

　누군가의 맞잡은 두 손으로 영상이 끝난다.

이제 엄마들은 관객석을 바라보고 다시 선다. 함께 손을 잡고 인사한 후, 뒤로 두 걸음 물러서서 다시 한 번 손을 함께 높이 올리고 고개를 숙이며 깊은 인사로 감격을 전한다. 엄마들이 무대에서 함께 퇴장한다. 그리고 다시, 한 명씩 자신의 프로필 사진과 가족사진과 어린 시절의 사진이 흘러가는 배경 뒤에서 뛰어나와 개별인사를 한다.

인사가 끝나고 커튼이 내려진다. 배우들이 일사분란하게 다시 대기실로 돌아간다.

7시 공연이 아직 남았기 때문이다.

"아니, 왜 아무도 안 울어?"

스태프의 목소리다.

3시 공연을 마치고 무대 뒤를 돌아 대기실로 돌아온 단원들이 쑥스러운 듯, 막 울음을 그친 사람들처럼 붉은 얼굴을 하고 웃고 있다. 단원들이 대기실로 다 들어서자 갑자기 재단 측에서 누군가의 방문을 알렸다.

안경을 쓴, 단원들과 비슷한 한 여인이 들어선다.

"너무 잘 하셨어요, 너무 잘 하셨어요." 만면에 미소를 띤 사람은 최대호 안양시장의 부인 단옥희 여사. 소개를 받고 단원들 앞에 선 단 여사는 가슴에 손을 얹고 말한다.

"제가 기 좀 받고 가야겠어요. 제가 남들에게 추천하기가, 제 위치가 그래서, 많이 못 모시고 왔는데, 너무 후회되네요. 여러분, 정말 아마추어라고 하기 어렵게, 너무너무 잘하셨어요. 가슴이 뭉클뭉클했어요. 실은, 저희 집에도 치매를 앓는 시아버지가 계셔서, 마음이…."

단 여사는 말문을 잇지 못하고 가장 가까이 서 있는 단원을 와락 끌어안는다. 그저 인사치레로 들어온 게 아니라, 이 사람도 그저 한 사람의 엄마로, 한 사람의 며느리로 그 자리에 서 있다는 걸 느끼는 순간, 단원 모두가 단 여사와 깊은 포옹을 이어나갔다. 손을 놓고 눈물을 뚝뚝 떨어뜨리는 단원들은, 손수건으로 눈가를 닦아내고 하늘을 보고 코를 만지며 눈물을 애써 참는다. 스물두 명의 단원과 일일이 포옹을 나눈 단 여사는 허리를 깊이 숙여 인사를 나누고 더 말을 잇지 못한 채 자리를 빠져나갔다.

"A팀 파이팅!"이라는 바다 언니의 환호에 단원들 스스로를 격려하는 박수가 터질 때, "안 끝났어!"라는 심우인 제작감독의 말이 대기실을 가른다. 이제는 긴장하는 게 아니라 쿡쿡대고 웃는 엄마들 사이로 "자, 마이크 떼고, 마이크 떼고! 밖에 여러분 팬들이 와 있으니까, 무대 뒤로 해서 나가서 인사하세요. 딱 10분 드릴 거예요, 10분! 나가서 인사들 하고 들어오세요!" 끝까지 인상을 펴지 않고 분위기 관리하는 심 감독.

대기실 복도에서는 재단 측 영상기록자가 단원들의 소감을 한마디씩 담고 있다.

"아쉬움? 울컥! 찐한 감동! 감사해요, 수고해주신 분들 모두!" **하늘공주**

"정말, 뭐랄까, 애 낳았을 때처럼, 설레고 행복하고, 너무 즐겁습니다!"

미니정숙

대기실 저쪽에서는 늘푸소나가 눈물을 흘리는 우람쥐를 꼭 끌어안고 있다.

"아, 눈물 나! 미치겠네, 그냥 눈물 나!"

우람쥐

"아무 생각 안 나요. 하나 더 남았잖아요. 진정성이 서로 통했던 거 같아요. 관객의 호흡을 받고, 배우들도 그걸 다 느꼈기 때문에, 그래서 좋은 공연이 된 거 같아요. 너무 좋았어요. 무대 뒤에서, 옆에서, 막 다 울음바다였어요. 우리는 계속 보고 읽고 외우고 연습을 했는데도, 현장의 감동은 아무도 설명을 못 하는 거 같아요."

늘푸소나

오후 4시 42분. 로비에는 관객들과 배우들이 뒤엉켜 사진을 찍고 인사를 나누고 있다. 영상기록자가 카메라를 들고 부지런히 인터뷰를 한다.

"아주 재미있게 봤구요. 열심히, 노력 많이 했구나, 감동받았습니다. 내면연기까지 하던데요. 예전 우리 할머니 모습을 보는 것 같고, 옛날 생각이 났어요. 집에는 좋은 일이 있을 겁니다!"

"엄마 연기 어땠어요?"라는 질문에 "잘 봤어요. 울었어요"라는 꼬마. "엄마가 집에서는 이런 모습을 안 보이는데, 새로운 모습이라 좋았어요. 엄마가 이런 거 한다고 해서 황당했거든요. 근데 너무 자주 하진 않았으면 좋겠어요"라는 모자공주의 딸.

"아주 감동적이었어요. 공감이 갔구요. 엄마들 얘기니까, 엄마들이 아주 잘했어요. 앞으로 계속 했으면 좋겠어요, 집에만 있는 거보다는.

전문 연극인이 아니더라도, 엄마들이 이렇게 잘할 수 있다는 걸 보여
줘서 아주 좋았어요."

"7시 공연도 다시 보려구요. 아주 새롭구요. 저도 내년에 참여하고
싶네요."

"재미있었어요. 엄마가 매일 했으면 좋겠어요."

"우리 딸이 너무 자랑스러워요. 애기들도 있고 그래서 하기가 어려
웠을 텐데, 애들도 잘 놀고, 가족들이 도와주고, 형편이 어려운데도
아주 잘했네요. 감사하고, 기분이 참 좋습니다. 계속 했으면 좋겠어
요. 본인도 좋아하고, 저희도 아주 보기 좋아요. 예? 저는, 그, 나중에
임신했다는 친구, 그게 우리 딸이에요."

"엄마 공연 너무 재미있고 감동적이었어요. 너무 놀랍구요. 눈물
나고, 엄마를 다시 보게 됐어요. 연습할 시간도 별로 없었을 텐데. 엄
마가 공연 연습 다니는 거 때매 제가 좀 불편했거든요. 근데 공연 보
고 나니까 대단한 거 같구요. 엄마가 이런 거 한 게 너무 좋구요, 좋은
경험이 된 거 같아요. 엄마가 내년에도 하면요? 아, 그건… 이번 한
번만 했으면 좋겠어요."

"엄마들이 새로운 시도를 했다는 게 의미 있구요. 열정이 느껴졌
어요. 예, 제 친구 공연 보러 왔어요. 마지막 장면이 정말 인상적이네
요."

"엄마가 밤늦게까지 연습하고 애를 써서, 솔직히 무척 걱정했거든
요. 근데 너무 잘해줘서 뿌듯하구요, 너무 멋있어요."

"우리 엄마가 정숙 여사 했는데요, 집에 있을 때 엄마 모습하고 비
슷하기도 하구요. 아무튼 자랑스러워요. 친구들한테 막 자랑하고 싶

어요. 엄마한테 한마디요? 엄마, 공연 잘 봤어요. 다음에 꼭 한 번 더 해주세요!"

"엄마들이 나와서 하니까 색다르구요, 우리 엄마가 참 잘한 거 같아서 기분 좋아요."

"우리 딸, 엄마로만 살다가 자기를 찾은 거 같아서 아주 좋아요. 계속 한다고 그러면 아주 확실하게 밀어주고 싶네요, 하하. 가정생활에서 있을 수 있는 일들을 다뤄주셔서 감명 깊게 봤어요. 왕따당하는 아이 역할 한 사람, 키 큰 지영이가 우리 딸이에요."

지인들과 인사하는 배우들, 다시 연습을 하고 7시 공연에 임하기 위해 들어간다.

오후 4시 50분.

분장실에는 벌써 인사를 마치고 들어와서 분장을 다듬는 배우들이 있다.

제작팀은 긴장을 놓지 말라고 누누이 당부하고, 배우들도 마음을 추스르고 다시 공연에 임할 준비를 한다. 이제 여기는, 아줌마들의 연습실이 아닌 '엄마들의 유쾌한 반란' 단원들의 대기실이다.

7시 공연을 위해 다시 거울 앞에 앉은 사람들. 배우 강은진, 이연희, 추성화, 변윤미, 전명주, 최수진, 최애리, 박향임, 최소화, 신숙영, 양미정, 문순진, 김시형, 임계성, 김영미, 임정화, 박해숙, 이화순, 이영미, 정삼영, 권명순, 무대, 소품의 이수현.

엄마들의 유쾌한 반란, 뜨거운 박수와 함께, 이제 다시 시작이다.

막후

모든 인사가 끝나고

무용을 하느라 숱하게 공연을 한 딸아이가, 엄마 커튼콜이 정말 멋있었다고 말해준다. 이렇게 감동적이고, 눈물 나는 마지막은 처음이야. 엄마, 저쪽에서 어떤 사람이 뚱뚱한 아줌마가 제일 잘한다고 해서, 내가 우리 엄마라고 말하고 싶은 거 꾹 참느라고 혼났어! 목이 멘다. 고맙다, 이 녀석들!

애들 표정이 밝다. 집에서 성실하게 해왔는데, 엄마가 재미있어하는 모습이 느껴졌던 거겠지. 엄마가 잔소리를 덜 하니까 좋은 거겠지. 그래, 엄마가 그동안 행복했다. 앞으로도 행복할게.

신랑 눈시울이 붉다. 대본이 좋아서 울었댄다. 내 연기가 좋아서 울었던 건 아닐까. 막내가 감동을 받았다며 나를 힘껏 안아주었다. 엄마가 뭔가 열심히 한다는 느낌이 아이들에게도 소중한 자산이 되기를.

엄마, 멋있었어. 엄마, 정말 멋있었어. 그렇게 말했다. 우리 딸이. 엄마 멋있다고 얘기해주었다. 살면서 단 한 번도 멋진 엄마는 아니었던 거 같은데, 엄마 멋있었다고 말해주었다.

잘했어. 잘했어. 남편이 나를 툭툭 치며 환하게 웃는다. 큰애는 엄마가 대사를 틀릴까봐 노심초사했단다. 요년이 에미를 뭘로 보고. 작은애는 역시 엄마라며, 잘할 줄 알았다고 한다. 사람들은 안다. 내가 이렇게 누군가의 앞에 서면 더 자신만만해진다는 걸. 남편은 추호도 의심을 하지 않은 모양이다. 역시 당신은 이제 나를 잘 아는 모양이다.

어린 아이가 엄마가 계속 연극을 했으면 좋겠단다. 엄마가 너무 예쁘단다. 기특한 것. 그래, 엄마 화장 많이 하니까 예쁘지?

내일 다시 와야 하는 건 아닐까. 내일 다시 모여야 할 것 같고, 내일 다시 연습해야 할 것 같다. 이게 끝나는 건가. 시원섭섭할 줄 알았는데, 섭섭하기만 하네.

신랑이 깜짝 놀랐다고 한다. 학예회 수준일 거라고 생각했단다. 생각보다 너무 잘했다고, 정말 잘했다고 칭찬이 마르지 않는다. 엄마가 연극하러 다닌다고 흘겨보던 아들 녀석은 여전히 시큰둥하다. '엄마 또 할 거야?' 하고 묻는 투가, 연극보다 자기만 봐달라는 얘기 같다. 아직 어린 녀석인 게다. 오늘따라 유난히 귀엽네.

남편이 2막을 보고 울었단다. 내가 나와서 그랬구나? 아니란다. 내용이 좋았단다. 당신 언제 왕따당한 적 있어? 나는 놀라 묻는다. 아니란다. 잔잔한 감동이 있었단다. 감동이 그거였겠지, 내가 나온 거였겠지. 그렇지?

이 시간이 두려웠다. 다 끝나는 이 시간이 두려웠다. 이제 나는 어떡해.

우리 단원들, 단원이라고 하면 너무 거창하긴 해도, 오늘은 단원들이라고 부르고 싶다. 모두 다 정말 수고했고, 다 자랑스럽고, 나 자신도 자랑스럽고, 모두 다 기특하다. 그 시간 동안 정말정말 과하게 행복했다. 행복했다. 행복해라.

이 시간이 두려웠다. 다 끝나는 이 시간이 두려웠다. 이 순간이 제일 무서웠다. 이 순간이 오면 어떻게 하나 걱정했는데, 정말 오고 말았다. 너무 속상하다. 속상하다. 이제 나는 어떡해.

하루라도 안 보면, 섭섭해서 매일매일 보고 싶을 거 같아. 마음 통하고, 서로 아껴주고 챙겨주고 협력해서, 정말 행복했고, 나는 당신들을 믿어요. 엄마들의 유쾌한 반란, 파이팅!

아무도 오지 않았다. 아무도 부를 수 없었다. 남편에게 미안하다. 가슴 깊이 미안하다. 그렇지만, 날 미쳤다고 해도 좋아. 내가 어디로 가는 건 아니잖아. 이건 나 혼자 한 공연이 아니야. 우리 가족 모두 다, 우리 식구들이 모두 다 배우야. 나는 혼자가 아니야. 혼자 한 게 아니야. 나는 언제나 집에 있어. 우리 집에도 좋은 일이 있을 거야.

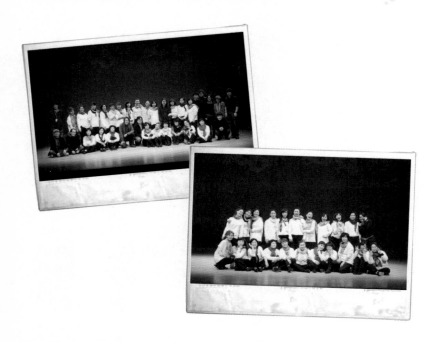

잊지 못할 감동, 그리고 새로운 반란의 출발

이 연극의 제목은 '집에는 좋은 일이 있을 겁니다'입니다. 엄마가 된 여자들의 이야기이구요. 교육과정을 통해서 어머니들이 가슴에 있는 이야기들을 꺼내놓았습니다. 그걸 토대로 해서, 어머니들이 직접 고백한 이야기를 가지고 구성을 했습니다.

연극은 크게 네 장면으로 나뉘는데, 첫 번째 장면은 아이의 탄생부터 시작해서 그 과정의 여러 가지 슬픔과 즐거움, 기대를 다루었습니다. 두 번째 장면에서는 그 아이가 자라서 유치원에 가게 되죠. 알고 보니, 유치원 선생님이 엄마에게 어릴 때 상처를 준 사람이었어요. 그 만남에서의 해프닝과 치유의 과정이 담겨 있구요. 세 번째 장면은 그 아이가 커서 대학을 졸업하고 실직자가 되었을 때의 어머니와의 갈등과 화해를 다룹니다. 그리고 마지막 장면에서는 그 어머니들이 나이가 들어, 치매 걸린 노인과 그 노인을 봉양하는 며느리의 관계를 따뜻하게 다룬 작품입니다. 봄, 여름, 가을, 겨울, 여자들이 태어나 인생의 마지막에 이르기까지의 과정을 담았습니다.

연극 연출을 해오는 동안, 엄마들만 있는 그룹은 이번이 처음입니다. 그래서 상당히 긴장했는데, 우리나라 엄마들 특유의 적극적인 자세로 임해주셨습니다. 교육과정에서, 초면인 사람들 앞에서 자기 이야기를, 자기의 아픔을 꺼내놓는 게 쉬운 일이 아닌데 아픈 이야기들을 끄집어내셨고, 그 얘기를 듣고 서로 공감하고 위로하고 눈물 흘리는 모습에서 감동을 받았습니다. 또 그 이야기를 토대로 작품을 만드는 것을 엄마들이 용기 있게 기꺼이 허락해주셨어요.

어머님들이 날마다 모여서 연습을 하셨는데, 연기를 처음 하시는 분도 상당히 많이 성장하셨어요. 가르치는 선생님들도 성장하는 엄마들의 모습을 보면서 감동을 많이 받고, 조연출은 연습시간이 아닌데도 따로 시간을 내서 지도를 할 만큼, 오히려 저희가 엄마들에게 에너지를 받았습니다.

모두가 협력해서 연극을 만들려고 하는 과정이 무척 감동적이었습니다. 잊지 못할 작품이 될 것 같습니다.

같이 연극을 만든다는 것은 마음을 만나고 새로운 인연을 만드는 작업입니다. 이 과정을 우리 엄마들이 잘 품으셔서, 잊지 말고 간직하시길 바랍니다. 지금 여기가 새로운 반란의 출발입니다. 끝났다고 생각하지 않으시길 바랍니다.

지금 연극을 하실 때처럼, 항상 즐겁게, 이 열정을 잃지 말고 매일매일 열심히 하시면, 집에는 분명히 꼭, 좋은 일이 있을 겁니다.

연출자 김종석

자기 인생의 무대에서 진짜 배우가 되세요!

엄마들은 소중한 존재죠. 여자는 약하지만, 엄마는 강하다고 하잖아요. 자식 키우고 남편 돌보는 존재가 아니라, 좀 더 자기 자신을 드러내는 삶을 살 때, 그 영향력이 결국 가족에게 돌아갑니다. 엄마들이 여태 살림만 하고 가족 뒷바라지만 하면서 살아왔지만, 자기의 정서적인 부분을 채워야 결국 엄마들이 행복해지고, 그 행복이 바로 가족에게 전달됩니다.

엄마들은 늘 아이들 돌보고 누구 뒷바라지하고 집안일 하느라 서로 시간을 맞추기가 힘들어서, 이런 기회를 만들기가 쉽지 않습니다. 사실 엄마들은 자기 자신으로 산 게 아니고, 누구의 엄마, 누구의 아내로만 살았던 건데, 이런 기회가 자기 이름을 걸고 살 수 있는 하나의 방법이 되겠죠. 지금의 이 열정이 금방 사그라들까봐 걱정이 되는데, 자기 자신을 위해야 남을 위할 수 있는 삶이 된다는 점을 잊지 않으셨으면 합니다.

만나서 이야기를 해보면 나보다 힘든 사람이 많거든요. 주변을 돌아보면, 사실 나를 힘들게 하는 사람보다 내가 고마워해야 할 사람이 많아요. 그래서 주변을 돌아볼 수 있는 기회가 꼭 필요합니다.

이 과정은 연기력을 가르쳐서 배우를 만드는 게 아닙니다. 엄마들의 이야기를 자신의 입을 통해 털어놓도록 하는 게 중요하거든요. 연기는 웬만한 아마추어보다 잘합니다. 어떤 분은 프로 배우 못지않아요. 이분들에게 꼭 무대에 서는 연극배우가 되라고 한 건 아닙니다. 자기들이 가지고 있는 만큼의 능력이 모두 발휘되었는데, 그 과정을 잊지 마시고 자신의 인생과 이름을 드러내서, 자기 인생의 무대에서 진짜 배우가 되시길 바랍니다.

조연출 이기봉(배우)

꿈, 기적을 만든 엄마들의 힘

이 공연이 성공적이었다고 생각하는 건 아닙니다. 공연이 마지막이었지만 과정도 중요하기 때문에 전반적 프로젝트에 대한 평가를 해야겠지만, 그렇더라도 성공했다고 보긴 어려워요. 먼저, 객석을 다 못 채운 게 성공했다고 평가하기 어려운 이유입니다. 22명의 엄마들이 350석을 채우지 못했다는 게 가장 아쉽죠.

대신, 가능성을 봤다고 표현하고 싶습니다. 할 수 있다는 거죠. 처음에 엄마들을 봤을 때, 솔직히 난감했습니다. 시간도 맞추기 어려운 저 다양한 연령대의 아마추어들과 주 1회 연습을 해서 뭘 할 수 있나. 보통 연극판 배우들은 주 6일 연습하고 1일 쉬죠. 여기는 거꾸로 됐거든요. 이건 사실 말이 안 되는 과정이지만, 해내야 했던 거죠. 여러 가지 강의, 연습을 거치면서, 연극에서 협업이 얼마나 중요한가를 누누이 강조했습니다. 정말 다행스러운 것은 엄마들이 아마추어임에도 불구하고 중요한 점을 다 이해했다는 겁니다. 연극은 협업이라는 것, 공동의 작업이라는 걸.

여기 엄마들이 적극적이시거든요. 지원서를 냈다는 것만으로 일단 다르게 봐야 된다, 그런 얘기는 아닙니다. 처음엔 소심하고 서로 눈치보고 시간 못 맞추고, 다 그런 거죠. 누구나 처음 접하는 문화는 그럴 수밖에 없습니다. 그렇지만 엄마들이 빠르게 변화했다는 걸 인정해야 됩니다. 그게 바로 적극적이라는 거죠. 나를 바꿔야겠다고 생각했을 때 바로 자기 자신을 바꿔준 거요. 저는 우리 엄마들이 천재라고 말해요. '엄마들의 유쾌한 반란'에 왔던 엄마들은 다 천재라고요.

대한민국 아줌마의 힘. 모든 아줌마는 배우가 될 수 있습니다. 배우가 아니라 예술인이 될 수 있는 가능성을 봤어요. 사실 프로들의 무대에서는 계약서 쓰고 돈이 오고가죠. 그런 데에서는 절대로 느낄 수 없는 성취감이 있어요. 저 스스로도 큰 감동을 받았습니다. 물론 중간에 제가 악역을 자청해서 엄마들에게 툭툭 던지면서 버릇없이 굴었습니다. 저 때문에 속상했던 분도 많으실 걸요? 그냥 다 동생, 누나, 친구라고 생각했어요. 연배도 그렇고요. 그러기 위해선 제가 악역을 해야 됐거든요. 그런 것들을 다 감수

하면서 빠르게 적극적으로 변화하는 모습이 정말 보람 있었습니다.

강조하지만, 이 엄마들은 기적을 만들어낸 거예요. 가장 중요한 건, 엄마들이 자기가 처녀 때 갖고 있던 꿈을 잃지 않고 버리지 않고 소중하게 갖고 있었다는 겁니다. 그게 이 엄마들의 저력입니다. 한 달 만에 공연을 만들어서 올린다? 이건 말도 안 되죠. 기적이 아니라면 설명이 안 되는 일이거든요. 그건 바로 마음속에 갖고 있던 꿈 때문이에요. 그 힘으로 밀어붙일 수 있었습니다.

엄마들한테 그동안 미안한 것도 있었는데 잘해줘서 참 고맙다고 전해주세요. 엄마들, 사실 많이 그리울까봐 일부러 연락 안 하고 있거든요. 그렇지만 엄마들 모두 다, 한 분 한 분 제 마음에 아주 깊이 살아 있다고, 꼭 전해주십시오.

제작감독 심우인

연극보다 더한 연극, 행복했습니다!

여름이었습니다. '엄반'의 희곡 창작을 제안받은 것은. 집에서 족히 2시간은 걸리는 안양문화예술재단으로 가면서, 두 아이를 키우는 엄마의 한 사람으로 이 시대의 엄마들이 들려줄 이야기가 무엇일지 궁금했습니다.

작은 교실에서 엄마들이 '나'에 대한 짤막한 발표를 하고 있었습니다. 엄마가 되면서 잃어버린 '나', 엄마가 되면서 새로이 찾게 된 '나'에 대한 이야기였지요. 이야기 하나하나를 들으며 자연스레 글 쓰는 '나'이면서 아침, 저녁으로 아이들과 전쟁을 치르고 있는 또 다른 '나' 자신의 모습이 스쳐

갔습니다.

한 번, 두 번, 세 번, 네 번까지 매주 금요일 '엄반' 엄마들의 발표는 이어졌고, 처음에는 부끄러움에 감춰두었던 마음의 빗장이 열리기 시작하면서, 드디어 진짜 이야기들이 나오기 시작했습니다. 처음엔 사실 이 이야기들은 너무 약한 것 아닌가, 더한 이야기가 있을 것 같은데 하면서 탐색과 걱정을 했더랬습니다. 장소가 옮겨지고 큰 강당에 모인 엄마들은 작은 조명과 마이크 하나를 앞에 두고 자신의 이야기를 풀어냈습니다. 그 이야기 속에서 이미 연극의 씨앗은 만들어지고 있었지요.

아무에게도 말 못 하고 혼자만의 아픔으로 간직했던 어린 시절의 왕따의 기억, 기억 속 자신의 뺨을 때린 그 아이에게 이제 더는 내 꿈속에도 나오지 말라고 안녕을 고하던 엄마의 사연이 가슴을 쳤습니다. 치매에 걸린 엄마를 보살피며 마음 아파하던 여고 시절, 너무도 힘든 상황에 차라리 엄마가 죽기를 바랐다고 고백한 소녀는 이제 쉰 고개를 넘으며 엄마가 너무 보고 싶고 미안하다고 눈물지었습니다. 뱃속 아이가 유전자 이상이라는 것을 알게 되어 하늘로 떠나보낸 엄마는 '엄마가 되어주지도 못한 뱃속 아기'에게 눈물로 미안하다 말하고 있었고요. 객석에서도 훌쩍훌쩍 눈물이 흘렀습니다. 저 또한 울지 않을 수 없었지요. 자신에게 모질었던 시어머니의 치매라는 병을 며느리로서 고스란히 견디며 돌보아야 했던 엄마의 사연은 모두를 숙연하게 했습니다. 오락가락하는 정신에서 치매에 걸린 시어머니가 던진 위로의 말 '집에는 좋은 일 있을 겁니다!'라는 말은 대사가 되고, 나중에는 이 연극의 제목이 되었습니다.

수많은 사연들에 울고 웃으며 연극보다 더한 연극이 만들어지던 시간이었습니다. 그 순간 자체로 이미 연극은 시작되었고, 연극에 참여하는 이들의 마음이 치유받고 또 성장하고 있음을 느낀 순간이기도 했지요. 엄마들의 발표가 끝나갈 때쯤, 저는 연출 선생님과 상의해서 에피소드 형식으로 희곡을 쓰기로 했습니다. 네 가지의 감동적인 엄마들의 사연을 토대로 약간의 드라마틱한 구성을 더해 희곡을 써내려갔습니다.

엄마가 되는 과정 자체가 아이의 임신과 출산의 과정에서 비롯되다보니 그 이야기들이 때로는 웃음으로 때로는 감동으로 다가왔습니다. 불임의 고통 속에서도 웃음이 번져났던 엄마의 발표에서 '이 세상에 임신 안 되는 건 안젤리나 졸리하고 너하고 나뿐이야!'라는 대사가 나왔고, 산부인과를 방문한 세 친구의 만남을 통해 불임의 아픔, 또 눈물로 뱃속 아이를 떠나보낸 엄마의 이야기를 구성했습니다.

왕따 엄마의 사연에는 자신을 왕따시킨 어린 시절 친구가 아이의 유치원 선생님이 되어 만난다는 설정을 해서 현실에서 이루지 못한 화해 혹은 이해가 될 수 있는 기회를 만들어보았고요. 백수 딸과 옥신각신하는 엄마 이야기는 요즘 많은 피해를 양산하는 보이스피싱 소재를 이용해서 엄마와 딸의 화해 장면을 구성하고, 치매 시어머니를 모시는 며느리의 아픔과 시어머니의 화해의 손길은 마지막 에피소드 '집에는 좋은 일 있을 겁니다'의 장면이 되었습니다.

일부러 의도하지 않았는데, 에피소드의 순서와 구성은 자연스레 엄마라는 삶을 살고 있는 여인의 생애주기 같은 흐름을 가지고 있었습니다. 막간극으로 구성되었던 짧은 장면들은 무대디자이너 이유정 선생님과 엄마들의 수업 장면, 김종석 연출 선생님 그리고 조연출 이기봉 선생님과 엄마들의 수업 장면을 보며 힌트가 생겨 구성을 했는데, 공연화되면서 연출 선생님과 엄마들의 노력으로 새롭게 태어났습니다. 장과 장 사이에는 영상과 대사들이 물 흐르듯 삽입되었고요.

희곡을 넘기고 몇 번 연습에 참여하고, 또 시간이 흘러 함박눈 펑펑 내리는 12월 끝자락에 공연장을 찾았습니다. 과연 가능할까? 어떻게 가능할까? 아이도 봐야 하고 일도 해야 하는 엄마들이 언제 연습을 해서 어떻게 무대에 설까? 수많은 기대 속에 찾은 극장에는 어느새 배우라는 새로운 '나'를 찾은 엄마들이 있었습니다. 수많은 연극무대를 보아왔지만, 설익은 듯한 엄마들의 연기에서 나오는 진정성은 한 번도 경험하지 못한 감동을 전하고 있었습니다. 함께 기뻐했고 함께 눈물을 흘릴 수 있어 가슴이 벅차올랐습니다. '힐링'이란 이런 순간에 꼭 맞는 단어라고 생각했지요.

이제 또 다른 시작을 향해 첫발을 내딛기 시작한 '엄반'의 앞날이 늘 빛날 수 있기를 바라고, 또 응원합니다. 함께할 수 있어서 정말 행복했습니다.

극작가 김민정

그만큼 더 유쾌해질 엄마들의 반란!

엄반의 주인 '엄마'들을 만난 건 지난해 이맘때다. 만남은 순전히 호기심에서 시작됐다. 엄마들이 반란을 도모한다는 발칙한 의도가 궁금했다. 반란을 유쾌하게 한다는 것도 의아했다. 엄마와 반란도 부적절한 조어이며, 유쾌와 반란 또한 조화롭지 않았다. 엉성하기 짝이 없는 틀도 그렇고, 그 안에 스며들어 뭔가 도모한다는 것 자체가 호기심을 자극했다.

안양문화예술재단의 당초 관심은 '엄마들의 반란'(엄반)이 아니었다. 재단은 2011년 봄 돛을 올려 그해 연말 무대를 눈물바다로 만든 가족합창단에 관심이 쏠려 있었다. 변성기를 한참 지난 성인 남녀들과 그렇지 않은 아이들이 한데 어울려 합창을 한다니! 명백히 합창의 기본을 거스르는 행위다. 그러니 여러 '가족'으로 이뤄진 '합창단' 역시 부적절한 조합이었다. 하지만 그들의 연말 무대는 찬란했고, 조화롭지 못한 요소들의 앙상블은 객석을 울렸다. 상식의 뒤집기라는 점에서 '원조 반란'이었다.

성공한 반란은 뒤늦게 후폭풍을 불러일으켰다. 부적절한 것의 조합이 이루는 그 무엇을 기록으로 남기자는 데에 의기투합했다. 첫 번째 대상은 당연히 가족합창단이었다. 합창단은 이미 검증된 프로그램이었다. 한 차례 경험했으니 리스크가 적다.

기록을 위한 채비를 갖춰가던 중 엄반이 떴다. 내친 김에 엄마들의 연극을 올려보자는 데에 그 누구도 토 달지 않았다. 고심 끝에 나온 프로젝트 명칭은 '엄마들의 유쾌한 반란'! 개별 낱말의 조합이야 어떻든 해보자는 데에야 말리는 이 아무도 없었다.

엄반이 돛을 올리면서 기록을 위한 앵글은 자연스레 엄마 쪽으로 쏠렸다. 엄반이 대놓고 내건 '반란'이란 문구에 흔들렸다. 검증된 '안전빵'보다 왠지 뭔가 있을 법했다. 하지만 기대만큼 우려도 컸다. '가족'의 '합창'보다 험난하겠다 싶었다. 살림하던 엄마들이 연극수업에 제대로 참여할 수 있겠나 걱정스러웠다. 연기를 몇 달 배운들 무대에 오를 수 있을지 우려스러웠다. 설사 무대에 오른들 덜덜 떨려 연기는커녕 대사가 입 밖으로 나올지도 의문이었다.

엄마들과의 첫 대면은 약간의 기대와 함께 이런 걱정, 저런 우려 속에 이루어졌다. 하지만 우려는 첫 만남에서 떨어져나갔다. 엄마들의 자기소개는 당차고, 심지어 결연했다. 엄마들은 진짜배기 반란과 전복을 꿈꾸었다. '반란'이라는 글자가 박힌 현수막을 보고 가슴이 뛰었다고 했다. 십년에서 몇십 년 동안 잠자고 있던 그 무엇이 솟구쳤다고 했다. 포스(?)도 장난 아니었다. 왕년에 대학로에서 좀 놀아봤다거나, 무대 위 주인공의 꿈을 몇십 년째 품고 있노라고 털어놓기도 했다. 되풀이되는 일상, 알지 못할 어딘가로 사라진 나 등 많이 들어본 이야기도 곳곳에서 터져나왔다. 그게 뭔지 알 수 없지만, 그렇다면 뭔가 될 것 같단 막연한 기대는 더욱 부풀어올랐다.

그렇게 시작된 반란의 열기는 날이 더워지면서 덩달아 뜨겁게 달아올랐다. 시작은 창대하나 나중은 미약했던 대부분 프로젝트와는 딴판이었다. 재단의 당초 계획도 뒤틀렸다. 프로젝트 지원도 크게 늘렸고, 국내 연극계의 최정상급 인사들을 잇달아 모셨다. 교육과 훈련 과정은 빠짐없이 글과 사진으로 담았다. 기록은 엄반과 함께하는 또 하나의 프로젝트였다. 반란을 도모하는 건 엄마들의 일이겠지만, 이를 글과 이미지로 담아내는 건 재단의 몫이었다.

굳이 재단이 기록에 나선 건 무대의 막이 내리면서 덩달아 끝나는 엄마들의 반란에 대한 생명연장책이 필요했기 때문이다. 반란의 명줄을 늘임으로써 세상의 더 많은 엄마들과 수다 떨고 싶었다. 엄반 무대 위에 함께할 순 없더라도 마음 한 쪽이나마 무대에 올리게 하고 싶었다. 물론 재단의 자랑질 본능도 발동했다. 고래도 춤추게 한다는 칭찬, 자청해 받아보자 작심한 것일 수도 있겠다. 게다가 수많은 사업을 하지만 이렇다 할 기록하나 제대로 남기지 못했다는 것도 안타까웠다. 잘하든 못 하든 객관적 기록은 누구든 어디서든 필요하고, 좋은 일이다. 그런 기록은 앞으로 나아가는 데에 꼭 필요한 일일 터, 자랑질까지 곁들일 수 있다면 이야말로 양수

겸장이라 봤다.

그렇다고 다 잘 된 일이고 순풍에 돛 단 듯 간 건 아니다. 고민도 갈등도 적지 않았다. 이른바 '혈세론'은 내내 마음의 짐이었다. 적잖은 '혈세'를 스무 명 남짓 엄마들의 프로젝트에 쓴다는 게 과연 옳은가 하는 자문에 자답할 수 없었다. 그럴 수도, 아닐 수도 있기 때문이다. 갈등은 컸지만, 관점에 따라 답이 다를 뿐 옳다 그르다 말할 일은 아니었다. 어려운 숙제는 결국 흔하디흔한 방식으로 풀었다. 현실과 이상의 적절한 타협이라는 범용성 좋은 카드다.

적절한 타협책은 2013년 올해에 시작한 두 번째 반란에 적용됐다. 올해 엄반에서는 지난해 참여한 엄마들 중 몇몇 분이 떨어져나갔고, 그 빈자리는 새로운 얼굴이 채웠다. 상황은 좀 달라졌으나, 열정은 여전하다. 먼저 가봤던 이들이 앞서가며 다시 길을 내고, 그 뒤를 새내기 엄마들이 부지런히 따르고 있다. 없던 길을 갔던 지난해와 달리 가봤던 길을 가니 좀 수월할지도 모른다.

이렇게 두 해째 맞는 엄반이 앞으로 몇 해나 더 갈지 아직은 아무도 모른다. 다만 해를 거듭할수록, 함께하는 엄마들이 많아질수록, 길은 넓어지고 단단해질 것이다. 반란은 강도가 더해지고, 그만큼 더 유쾌해질 것이다. 무대 위의 그녀들은 적어도 몇몇 생명 낳았거나 보듬어 지키는 엄마들이니까.

안양문화예술재단 홍보실장 송경호

앙코르

"작은 역할은 없습니다. 작은 배우가 있을 뿐입니다."   김종석

"연기의 기본은 내가 말하는 것이 아니라 상대방의 말을 듣는 것입니다."   김종석

"유쾌한 반란을 넘어서 삶의 절정을 사십시오!"   박정자

"무대디자인은 언어가 아닌 다른 것으로 이야기하는 이야기꾼입니다."   이유정

"여러분이 지금 그 상태 그대로 무대에 올라간다면,
여러분이 입은 그 옷이 무대의상입니다."   조문수

"무대의 중요한 역할은 배우를 돕는 것입니다."

이태섭

"조명이 하는 일이 뭐죠? 바로 배우를 보여주는 겁니다."

김창기

"자, 대사 틀릴 수 있습니다. 대사를 틀리면, 바로 버리셔야 돼요!"

이기봉

"살면서 마스크를 벗는 순간은 많지 않습니다. 나약한 인간이 상처를
덜 받으려고 가면을 씁니다. 마스크를 벗는다는 것은 가장 정직하고
순수한 순간으로 가는 것을 말합니다."

오태석

다시, 엄마의 시간

아침 6시 반, 쌀을 씻어 밥을 안치고 창문을 내다본다. 그나마 봄이 오고 있어 나무들이 싱그럽다. 모두들 자는 시간, 부지런히 밥을 안치고 국을 끓인다. 오늘은 생선도 굽는다.

7시, 큰애의 귓전에 노래를 부른다. 아이는 짜증을 내며 이불을 덮어쓴다. "아, 배우놀이 그만해!" 아이가 짜증을 내지만, 가소로울 뿐이다.

오늘도 남편의 숨결은 알코올이 가득하다. 안방은 공기가 통째로 술독이다. 창문을 열고 환기를 시키니 이불을 뒤집어쓰며 끄응 소리를 낸다. 아침시간 5분은 밤시간 1시간 같다더니, 5분이라도 편히 앉아 있으면 모든 게 어그러진다. 쉴 새 없이 차리고 치우고 챙기면, 꼭 누군가는 찾는 물건이 생긴다. 교복 윗도리, 스타킹, 다 제 방에 던져주었다. 차 키나 지갑은 현관 앞 지정된 자리에 올려져 있다. 지정석을 정해줘도 그게 지켜지는 법은 없다. 오늘은 내가 바쁘기 때문에,

모든 일을 집중해서 일사분란하게 처리해줘야 한다.

8시 반. 막내까지, 모두 나갔다.

부지런히 반찬그릇을 정리해 냉장고에 쑤셔넣고, 설거지를 시작한다.

오늘은 엄반 수업이 있는 날이다. 콧노래가 절로 나온다. 솔직히 일주일에 두 번은 좀 과하다. 내가 배우가 될 것도 아니고 연극인으로 살 것도 아닌데. 부담이 안 되는 건 아니지만, 뭐 일 있으면 하루 정도 건너뛰어도 될 것이고, 잘하는 사람들, 정말 소질 있는 사람들 옆에 서서 그 사람들을 빛내주는 게 내 역할일지도.

새로운 단원들이 들어왔고, 몇몇 사람들은 빠져나갔지만, 연락을 계속하고, 연극 단체관람도 다녀왔다. 단원들 중엔 정말 손색없는 배우들도 있다. 내가 바라는 건, 내가 배우가 되는 게 아니라 이 '엄반'이라는 극단에 소속되어 있는 것이다. 함께 차 한잔 마시고, 함께 연극을 보러 가고, 함께 이야기를 나누는 것, 그것으로 족하다. 나보다 열정이 넘치는 사람들을 위해 그 자리를 지켜주는 것, 그리고 하늘공주 말대로, 같이 즐겁게, 노는 것. 행복한 엄마로 살기 위해서, 인생에 작은 배역은 없으니까, 나는 더 이상 작은 배우가 아니니까.

지금 살림을 하고 부지런히 외출 준비를 하는 나도, 무대 아래의 나도, 무대 위의 나도, 모두 다 나의 자아다. 그 모든 삶이 전부 다 나의 것이다.

안양문화예술재단 '2012 엄마들의 유쾌한 반란' 프로젝트에 참여한 분들

프로젝트 주최/후원 (재)안양문화예술재단 이사장 최대호
　　　　　　　　　　　　　　 대표 노재천
　　　　　　　　　　　　　　 경영국장 윤재식
기획 · 총괄 송경호(안양문화예술재단 홍보미디어실장)
편집자문 최창남, (주)이야기너머
취재 · 구성 · 편집 이하나
기록 장은정
편집지원 금병상, 김주옥, 김제완
사진 김대남
동영상 배광호

연극 〈집에는 좋은 일 있을 겁니다〉
극작 김민정
연출 김종석
조연출 이기봉
제작감독 심우인
PD 김정아
무대/오브제 디자인 이유정
영상디자인 김장연
의상/소품진행 이수현
분장 윤수연, 이유나, 조예진, 박혜인, 강아영

'2012 엄마들의 유쾌한 반란' 프로젝트

■ **기획/진행**
사업총괄 강재선
시설지원 오상석
행정지원 조성호
기획, 진행 김정아

■ **무대지원**
지원총괄 주정국
사업지원 김지훈, 정승용
기술총괄 심우인
기계 엄성호, 박호중, 최승종
음향 구장현, 안우철
조명 박승영, 김종묵

연극 〈집에는 좋은 일 있을 겁니다〉 출연진

	등장인물	A팀(1부, 3시)	B팀(2부, 7시)
산부인과	명숙	강은진	이연희
	진희	추성화	변윤미
	유미	전명주	최수진
	간호사	최애리	박향임
	이수	최소화	신숙영
	의사	양미정	양미정
	산모	박향임	최애리

	등장인물	A팀(1부, 3시)	B팀(2부, 7시)
내 아이의 선생님	지영	문순진	김시형
	경은	임계성	김영미

	등장인물	A팀(1부, 3시)	B팀(2부, 7시)
모전여전	정숙	임정화	박해숙
	윤하	신숙영	최소화
	권 여사	이영미	이화순

	등장인물	A팀(1부, 3시)	B팀(2부, 7시)
사부인이 된 어머니	양 여사	이화순	이영미
	영란	정삼영	권명순
	지숙	김영미	임계성

엄마들의 유쾌한 반란
엄마연극단 '엄반' 이야기

2013년 6월 27일 초판 1쇄 찍음
2013년 7월 17일 초판 1쇄 펴냄

지은이 안양문화예술재단

펴낸이 정종주
편집주간 최연희
편집 제갈은영 이승환
마케팅 김창덕
표지디자인 장소인
본문디자인 김현진

펴낸곳 도서출판 뿌리와이파리
등록번호 제10-2201호 (2001년 8월 21일)
주소 서울시 마포구 서교동 451-48 2층
전화 02)324-2142~3
전송 02)324-2150
전자우편 puripari@hanmail.net

종이 화인페이퍼
인쇄/제본 영신사
라미네이팅 금성산업

값 15,000원
ISBN 978-89-6462-028-1 (03810)

이 도서의 국립중앙도서관 출판시도서목록(CIP)은 e-CIP 홈페이지(http://www.nl.go.kr/ecip)와
국가자료공동목록시스템(http://www.nl.go.kr/kolisnet)에서 이용하실 수 있습니다.
(CIP 제어번호:CIP2013009899)

이 책은 안양문화예술재단에서 제작비의 일부를 지원받아 만들었습니다.